War es früher anders? Gab es eine Zeit, in der Lena dazugehörte? Eine Zeit, in der sie normal war, nicht auffiel? Eine Zeit, in der sie „hineinpasste"?

Lenas Geschichte packt: mit Eltern, die drücken, drängen und mit „den anderen" vergleichen. Packt mit Verena, der besten Freundin – ... die keine Freundin ist, mit dem Schwager Manfred, einem Mister Oberwichtig, Pascha und spackig bis dorthinaus. Mit Christian, Lenas Freund, der für sie da ist, was auch passiert. Doch vor allem packt Lenas Größe, 1 Meter und 82 Zentimeter, die sich zwischen sie und andere Menschen zwängen. 1 Meter und 82 Zentimeter, die sie immer wieder aufs Neue verletzen.

Aufrichtig und mit schwarzem Humor erzählt „Die Luft da oben" von einer Außenseiterin. Es gelingt der Autorin, einen unsichtbaren Gegner sichtbar werden zu lassen – den mächtigsten Gegner, den ein junger Mensch haben kann: sich selbst.

Pauline Keller

Die Luft da oben

Roman

Bibliografische Information der Deutschen Nationalbibliothek:
Die Deutsche Nationalbibliothek verzeichnet diese Publikation in der Deutschen Nationalbibliografie; detaillierte bibliografische Daten sind im Internet über www.dnb.de abrufbar.

Satz, Umschlaggestaltung, Herstellung und Verlag:
BoD – Books on Demand, Norderstedt

ISBN 978-3-7357-8062-1

Für Timo

Aus allen Wolken

Was bin ich dämlich! Hatte ich wirklich geglaubt, ich bräuchte mich bloß mehr anstrengen und dann wäre dieses Mal alles anders? Menschenskind, wie lange kenne ich meine Eltern denn schon ...

Kaum zwei Minuten sitze ich mit ihnen und meinem Freund Christian im „Napoli", keine zehn Sätze sind hin und her gegangen, und mein Vater durchbohrt mich bereits mit den eisigsten Blicken und bei meiner Mutter fangen die Tränen an: „Immer was anderes. Sorgen über Sorgen! Womit habe ich das verdient?"

„Ich bin enttäuscht, Lena", ergänzt mein Vater, leise und umso schärfer. „Schwer enttäuscht. Dieses Mal hast du es auf die Spitze getrieben. Siehst du nicht, was du deiner Mutter antust?"

Die schluchzt hinter einem Taschentuch auf, worauf mein Vater tröstend ihr die Schulter hätschelt und an mich gewandt noch härter fortfährt: „Was in Gottes Namen hast du dir dabei gedacht? Wie soll aus dir einmal etwas werden, wenn du immer alles schleifen lässt?"

„Schleifen?", wiederhole ich. „Wann habe ich etwas schleifen lassen? Heute? Ist das dein Ernst? Wo ich gerade seit zwei Stunden mit dem Studium fertig bin?"

„Du bist 25! Ich, Oskar Wegner, hatte in deinem Alter ..."

„In meinem Alter hattest du schon zehn Jahre im Amt gearbeitet und zwei Kinder ernährt. Ich weiß!"

„Exakt. Und wie viele Jahre hast du gearbeitet?"

„Dafür hat Lena studiert."

Ein rascher Seitenblick zu Christian, und ich kann sehen, wie es unter seinem nüchternen Einwand rumort.

– Nein! Nicht! Lass dich nicht reinziehen! Es reicht, dass ich für sie wieder die Letzte bin.

Doch es ist zu spät. Der Stein ist im Rollen.

Bei meinem Vater pulsieren die Kiefer schon bis in die grau melierten Schläfen, und schmal werden die stahlfarbenen Augen, die blitzen: Bürschchen, noch ein falscher Ton von dir und du wirst mich kennenlernen!

Und auch meine Mutter. Keine Spur mehr von Verzweiflung und Hilflosigkeit, als sie sich auf Christian stürzt: „Ach, natürlich! Du hast wohl davon gewusst?!"

„Ja, habe ich."

Die unerschrockene Antwort raubt meiner Mutter für einen Moment den Wind aus den Segeln. – Schließlich strafft sie sich, reckt ihr Kinn und sagt: „Keiner denkt an mich, wie immer. Wie soll ich das der Oma begreiflich machen? Die kriegt einen Herzkasper, wenn ich ihr das erzähle. Und Frau Bergkamp! Wie stehe ich jetzt vor Frau Bergkamp da?! Nirgends kann ich mehr hin. Die ganze Familie kommt in Verruf. Wenn Frau Bergkamp davon erfährt, weiß das Dorf schneller Bescheid, als ich bis zwei zählen kann."

„Wie praktisch, dass du Frau Bergkamp hast", bebe ich aus zusammengepressten Zähnen, weil's mich sonst in 1000 Stücke reißen würde. „Was würdest du nur tun, wenn sie nicht eure Nachbarin wäre? Immerhin kannst du mich seit 25 Jahren mit ein und derselben Drohung unter Druck setzen."

„Du weißt nicht, was Druck ist." Wie gestochen kommt die Stimme meines Vaters. „Wir sind die Letzten, die dir Druck machen."

„Aber ..."

Noch bevor Christian das zweite Wort schafft, unterbricht ihn mein Vater: „Keiner macht ihr Druck! Lena ist viel zu sensibel, das ist das Problem. Und viel zu verwöhnt." – Sagt's und blickt mit einem Mal bewegt und väterlich, wie man es sich nur wünschen kann, in die Runde. Im selben Augenblick wird auch meine Mutter feierlich. Sie setzt ein Lächeln auf und hebt ihr Glas: „Also dann: Gratulation, meine liebe Tochter. Alles Gute zum bestandenen BWL-Diplom. Prost! Auf dein tolles Ergebnis. Auf dich!" Und damit kippt sie ihren Kopf zur Seite und tut, als ob sie zu Tränen des Stolzes gerührt sei.

Ich drehe mich, um ihrem Blick zu folgen. Und sehe, was ich hätte ahnen können: Sie spricht nicht mit mir. Mit beschwingten Schritten tritt der Oberkellner an unseren Tisch, wo er mit einer eleganten Geste hinter sich deutet und verkündet: „Das Büfett ist eröffnet! Sie können sich nun gerne bedienen!"

Zum Essen wurde eine CD aufgelegt: Andrea Bocelli singt aus voller Lunge.

An unserem Tisch ist dazwischen dann und wann das Rascheln einer Serviette, klapperndes Besteck oder das Klingen eines Glases zu hören, wenn es auf die Tischplatte trifft. Sonst nichts. Keine Silbe durchkreuzt das eiserne Schweigen, das zwischen uns steht.

Minute um Minute geht es so hin, bis plötzlich in meinem Rücken ein dröhnender Bariton losscheppert: „Da sitzen sie ja! Hauen rein wie die Scheunendrescher!" Und die Lache: „Harharhar!"

Mir sträuben sich die Nackenhaare.

Christian sieht aus, als müsse er speien.

Meine Eltern: strahlen. – Während Manfred, der Ehemann meiner Schwester Carolin, drei Zentner, schweißtreibend verpackt im ewig pastellgelben Polyester-Pullover, sich mit der Wucht einer Lok durch die Tischreihen pflügt und neben mir aufbaut: „Da schau her: Akademikerin wollen wir also jetzt sein? AkaDÄMLICHerin, wie ich immer sage. Zeig mir einen Studenten und ich zeige dir einen Fachidioten mit zwei linken Händen, harharhar! Zu nichts Anständigem zu gebrauchen."

Wenn das Rhinozeros mal eine Bypass-OP nötig hat, denke ich, dann möchte ich das nochmal hören. Ein Arzt? Nicht zu gebrauchen! Vielleicht ein promovierter Facharzt? Schon gleich gar nicht.

„Und du?", macht er mit Christian weiter. „Wann bist du endlich mit diesem Referendariat fertig? Als Anwalt ist das Lotterleben aber vorbei, das gebe ich dir schriftlich!"

Christian knirscht: „In einem halben Jahr."

„Wie alt bist du jetzt? 28?!"

Ein Knurren ist die Antwort auf Manfreds Standardquiz.

„Man sollte es nicht für möglich halten. Mit 28 hatte ich mich längst selbstständig gemacht!"

„Meine Worte", schaltet sich postwendend mein Vater ein. „In dem Alter hatte ich schon über zehn Jahre im Amt gearbeitet und zwei Kinder ernährt."

Aus dem breiten Windschatten von Manfred taucht nun Carolin auf. Grau in grau ist meine drei Jahre ältere Schwester gekleidet. Wie müde sie wieder aussieht! Sie begrüßt uns mit einem halben Nicken und etwas wie einem „Hallo", dann hat Manfred das Büfett entdeckt:

„Alter Schwede! Hoffentlich gibt's hier ein g'scheites Gulasch!"

Du Doldie, wir sind beim Italiener!

„Komm mit!"

Und so quetscht er sich durchs Gedränge, das rund ums Büfett herrscht, Carolin dicht hinter ihm, während zwischen meinen Eltern, Christian und mir wieder kein Blick, kein Wort, kein Garnichts gewechselt wird.

Doch kaum haben Carolin und Manfred ihre Teller gefüllt, Getränke bestellt und sich zu uns gesetzt, als sich die Augen meiner Mutter mit Tränen füllen: „Das darf man ja niemandem erzählen! Jetzt haben wir unsere Lena studieren lassen und was ist das Ende vom Lied? Solche Sorgen!"

„Sag nicht, dass sie auch noch zwei Jahre Nachhilfe braucht", poltert Manfred aus vollem Mund. „Oder als was du es uns immer verkaufen willst: Re-fe-ren-da-ri-at!" Und in Christians Richtung macht er zu jeder Silbe Grimassen und Fingerknoten, als würde er mit einem Vollbekloppten reden.

Christian schweigt. Seine Hände jedoch klammern sich so fest um Messer und Gabel, dass die Knöchel weiß hervortreten.

Vergiss ihn, versuche ich Christian mit Blicken zu beruhigen, er ist's nicht wert, schau ihn dir doch an, spackig bis dorthinaus.

„Referendariat, ach, wenn es bloß das wäre", antwortet meine Mutter.

„Kein Referendariat? Keine zwei Jahre, in denen man keinen Strich tun muss?"

Christians Knöchel knacken.

Und da meine Mutter nur den Kopf schüttelt, röhrt Manfred: „Ja was ist es denn dann?"

„Unsere Tochter – du weißt ja, wie sie ist – hat uns eben eröffnet, dass sie sich noch nicht beworben hat", verkündet mein Vater in einem so verächtlichen Tonfall, als wäre ich gar nicht vorhanden. „Bei keinem Unternehmen. Für keine Stelle. Und das ist nur das Eine! Der Gipfel ist, dass sie offensichtlich meint, es damit nicht eilig zu haben. Sie weiß noch nicht, was sie werden will."

Manfreds Gesicht leuchtet auf, als hätte er 14 Tage Karibik gewonnen. „Lena, du hast wohl einen schlechten Scherz mit deinen Eltern gemacht?"

„Nein. Kein Scherz."

„*Harharhar!* – Die letzten fünf Jahre gut geschlafen? Ein halbes Jahrzehnt, sage und schreibe, dackelst du in deine Vorlesungen, nebenbei: von mir hättest du an einem Abend mehr gelernt, und dann kommst du und weißt immer noch nicht, was du werden willst?"

Ich muss mir auf die Zunge beißen und fange an, in Gedanken wie eine Rechenmaschine das Einmaleins herunterzuleiern: Ein mal eins ist eins. Ein mal zwei ist zwei. Ein mal drei ist drei …

„Andere wissen das, wenn sie 15 Jahre alt sind und die Hauptschule abgeschlossen haben."

Zwei mal zwei ist vier. Zwei mal drei ist sechs …

„Und du weißt das mit 25 nicht und hast dich deshalb nirgends beworben?"

Zwei mal sechs ist zwölf. Zwei mal sieben ist …

Jählings reißt es mich aus der 14, denn Carolin, die bisher gegessen hat, ohne aufzublicken, hat ihre Gabel

– *klirr und krach!* – plötzlich auf den Teller fallen lassen. Das Messer folgt. Und ein harter Blick trifft mich. „Allerhand! Du musst Geld haben!" Und sie tippt sich vor die Stirn, als wäre ihr ein Licht aufgegangen. „Und ob du Geld hast! Du wirfst ja das Geld unserer Eltern zum Fenster raus."

In mir pocht's los wie ein Presslufthammer: „Bist du jetzt ganz durchknallt? Wie kommst du auf so eine verquirlte Scheiße?"

„Was erlaubst du dir?", keift sie zurück. „Ich bin deine ältere Schwester!"

„Und?"

„Ich verlange Respekt von dir!"

„So wie du mich respektierst? Andere Familien feiern mit ihren Kindern oder Geschwistern. Die freuen sich! Aber ich, ich lasse alles schleifen. Werfe das Geld zum Fenster raus. Was ich hier hingebrettert kriege! Und das am Tag meiner letzten Prüfung! Das ist der Abschuss! Und nur, weil ich in Ruhe überlegen wollte, was mich am meisten interessiert. Ich wollte keinen Fehler machen."

Nahtlos schließt Christian sich an meine Worte: „Womit Lena recht hat. Sie soll sich Zeit lassen. Sie soll erstmal einen klaren Kopf kriegen. Und für sich was Gutes tun."

„Bist du ja der Meister drin", plätscht Manfred dazwischen und verdreht die Augen zur Decke. „Tatsache ist, dass Lena sich schon vor Wochen hätte bewerben müssen. Jetzt ist sie viel zu spät dran!"

Mein Vater hat sein Stichwort gehört. Er schnappt zu wie ein scharfer Hund beim Kommando »*FASS!*«: „Da hört ihr es! Du hättest dich längst bewerben müssen! Du bist viel zu spät dran!"

„Aber wann hätte ich das machen sollen, Stellen raussuchen und Lebenslauf schreiben? Ich hatte doch überhaupt keine Zeit. Und außerdem: noch nicht mal alle Noten! In den letzten Wochen ging's um alles oder nichts. Schlag auf Schlag Prüfungen. Ich habe mich abgerackert wie eine Blöde und wusste so schon nicht, wie ich alles packen soll."

„Tatsache ist und Tatsache bleibt, dass du zu spät dran bist", entgegnet Manfred. „Und ich sage es dir klipp und klar: Das hat Konsequenzen! Als Arbeitgeber – und ich als einer weiß, wovon ich rede! – kann man wählerisch sein. Heute kannst du dich vor Anfängern nicht retten. Die sind wie die Fliegen! Denkst du, da wird jede Bewerbung durchgelesen? Ich hab auch noch was zu schaffen! Wir sind ja nicht alle im Referendariat! Da wird geguckt, wann und wie schnell sich einer beworben hat."

Carolin nickt. „Immerhin lässt das auf den Charakter des Bewerbers schließen."

„Richtig. Und Faulenzer werden nirgends gern gesehen."

„Faulenzer?" Mir stockt der Atem. „Redest du von mir?"

„Ich sage nur, wie es ist. Andere haben sich schon vor Monaten beworben."

„Stolz kann Lena auf sich sein! – das ist, wie es ist." Christian nimmt meine Hand in seine. „Wie du abgezockt hast! Mach dir gar keine ..."

Doch Manfred ratscht wie ein Rasenmäher drüberweg: „Lies die Lippen: MO-NA-TEN! Haben jetzt Bewerbungsgespräche und bis Lena mal anfängt, sind die Stellen besetzt. Umschauen wird sie sich!"

„Manfred, mal den Teufel nicht an die Wand", kreischt meine Mutter.

„Als würd's an mir liegen! Eure Tochter hat sich selbst ins Aus geschossen! Die kann froh sein, wenn bei irgend so einer Krawitschko-Firma noch was übrig ist. Jetzt kommt Weihnachten, Silvester – vor März, wenn überhaupt, wird das eh nichts mehr!"

„März?" Meiner Mutter gehen die Augen vor Entsetzen über. „Was soll ich bis März den Nachbarn erzählen?"

„Bis März also wieder kein Geld?" Carolin schnaubt. „Ich kann dich nicht verstehen, Lena, beim besten Willen nicht. Hättest du eine Ausbildung zur Kindergärtnerin gemacht, wie ich es gemacht habe, dann hättest du schon seit Jahren was Anständiges verdient. Wieso musstest du unbedingt studieren?"

Ich starre in das Gesicht meiner Schwester. Was ist es nur an mir, das so schlimm ist? Dass ihr schon die Stirnader glührot rausquillt? Dass mich kein Einziger mal in die Arme nehmen kann und mit mir jubelt: „Geschafft, geschafft, geschafft! Geil gemacht!!!"

„Ich weiß noch, wie ich es zu dir gesagt habe, vor der 10. Klasse, dass du bei uns im Kindergarten anfangen kannst. Aber nein! Du und deine fixen Ideen!"

„Abitur machen und studieren sind fixe Ideen?", frage ich. Und ich muss gegen Tränen kämpfen, die anfangen, in meiner Kehle zu brennen.

„Zur Erinnerung: Du wolltest Psychologie studieren ...", beginnt mein Vater.

... und hättest versagt! vervollständigen meine Gedanken ganz von selbst, was mir meine Eltern seit Jahr und Tag vorhalten. Und gleichsam wie von selbst springt der Gedankengang zu meiner Abiturfeier zurück, als ich mein Zeugnis überreicht bekommen hatte und es ihnen voller Elan und mit meinen Zukunftsplänen präsentierte – bis ihre Antwort alles zerschlug: Soso, also Psychologie willst du nun studieren? Bist du denn von allen guten Geistern verlassen? Was willst du damit werden außer arbeitslos? Mit Psychologen kann man die Straße pflastern! Wie willst du überhaupt das Studium schaffen? Zu viele Fachbegriffe, Latein, vielleicht Griechisch: Versagen wirst du! Aber auf der ganzen Linie! Dein Traum soll das sein? Das ist nur dein Starrsinn! Hör auf deine Eltern, wir ...

„... wissen am besten, was das Richtige für dich ist", überholt mein Vater auch schon die Erinnerung. „Zu deinem Glück hast du dir damals etwas sagen lassen und Wirtschaftslehre studiert. Nun kannst du dich für eine Stelle in der Buchhaltung bewerben."

Mir ist zumute, als hätte sich unter mir eine Falltür geöffnet und ich würde in die schwarze Tiefe stürzen. BUCHHALTUNG??? möchte ich schreien und kann nichts anderes tun, als untätig zu starren.

„Rechnungswesen ist gar nicht Lenas Schwerpunkt gewesen. Das macht sie nicht so gerne." Wie aus weiter Ferne dringt Christians Stimme dumpf an mein Ohr.

„Die Hauptsache ist, dass sie eine sichere Anstellung findet und endlich für die Rente einzahlen kann. Und Buchhaltung wird immer und überall benötigt."

„Trotzdem! Sie will das nicht."

„Lena kann nicht immer nur ihren Launen folgen. Buchhaltung hat Hand und Fuß, das ist etwas Solides", beharrt mein Vater.

„Aber eher gefriert die Hölle, als dass Lena in der Buchhaltung glücklich wird!"

„Christian!", fährt meine Mutter dazwischen. „Ich verbitte mir diesen Ton! Soll hier jeder hören, was für Verhältnisse bei uns herrschen? Als ob Frau Bergkamp nicht schon genug wäre."

Ich werde es nie ändern können. Und wenn mir noch so viele Professoren nach den mündlichen Prüfungen die Hand geschüttelt und gratuliert haben, für meine Familie bin und bleibe ich die geborene Enttäuschung. Traurig und tief frustriert gebe ich auf. Während meine Mutter beim Gedanken an Frau Bergkamp wieder verzweifelt, überwältigt mich die Erschöpfung von den wochen- und monatelangen Strapazen. Ich fühle mich wie ausgequetscht, alles bleischwer, alt wie nie zuvor. Ich will heim. Nur noch heim.

Irgendwann verdrücke ich mich zur Toilette.

Im stillen Vorraum, in dem sich eine Reihe von Waschbecken im grellweißen Licht der Leuchtstoffröhren entlangzieht, stehe ich meinem Spiegelbild gegenüber. Fremd erscheint es mir: grau wie ein verkochtes Handtuch, Augenringe, die Haare, irgendwo zwischen Blond und Braun, sind in einem strengen Zopf aus dem Gesicht gekämmt, was die Züge ernst und gespannt wirken lässt. Nur die Sommersprossen, die lustig über meinen Nasenrücken tänzeln, erinnern mich an das Bild, das ich von mir in meinem Innern trage.

Minutenlang starre ich auf den Spiegel und versinke in meinen Augen. Meine Gedanken driften ab und schließlich wird der vergangene Mittwoch in meiner Erinnerung lebendig: der Tag vor der mündlichen Prüfung in Statistik.

Kreuzschmerzen – dass ich fast nicht mehr am Schreibtisch sitzen konnte. Der Nacken, als hätte ich mir was zerrissen! Schon seit Wochen zuckte mein rechtes Unterlid. Vor mir lag ein Ordner mit Kopien von Büchern und Skripten, mathematischen Gleichungen, Definitionen und Grafiken. Bis um Punkt 8.40 Uhr am darauffolgenden Morgen musste ich den Stoff lückenlos beherrschen.

Meine Augen flitzten über die Seiten. Mit einem blauen Leuchtstift markierte ich wichtige Stellen. Kaum ein Absatz wurde nicht angestrichen, für ein gründliches Abwägen war keine Zeit.

Schneller, und schneller, und immer schneller hastete ich vorwärts, bis ich auf einmal erschrocken innehielt. Was habe ich gerade gelesen? Und wie verloren blickte ich auf den Text. Was stand auf den letzten Seiten? Worum ging es?

Mit aller Anstrengung versuchte ich, mich zu entsinnen. Ich zermarterte mir den Kopf nach Schlagworten, nach der Überschrift, suchte hilflos das gesamte Thema. Keine Spur! Nichts war hängengeblieben!

Panik, die mir kalt durch den Unterleib peitschte. Ich habe Zeit verloren! Ich schaffe es nicht! Ich kann's nicht! Durchfallen werde ich! Alles war umsonst!

Mit zitternden Fingern blätterte ich bis zu dem Abschnitt, der mir noch halbwegs bekannt vorkam. Er lag mehr als zehn Seiten zurück.

O.K., Lena, nochmal neu, jetzt ganz ruhig. Ich bemühte mich, langsam zu lesen und Satz um Satz zu durchdenken. Streng dich an, konzentriere dich! Schritt für Schritt!

Und trotzdem fingen meine Augen wieder an, wie wild über die Seiten zu preschen, dass ich am Ende nichts von dem wusste, was ich überflogen hatte. Ein ums andere Mal nahm ich einen neuen Anlauf, zwang mich sogar, laut zu lesen und wie ein Grundschüler mit dem Zeigefinger unter den Worten entlangzufahren. Doch schon sprang ich vorwärts, um den Ordner durchzukriegen, sprang aus Angst zurück, ich hätte das Wichtigste verpasst, war gleich wieder woanders, die Worte begannen, sich vor meinen Augen durcheinander zu schieben, und in meinen Kopf ging nichts hinein.

„Nicht jetzt. Bitte! Nicht jetzt!", flehte ich und trommelte verzweifelt gegen Stirn und Schläfen. „Nicht heute. Bitte nicht! Sonst ist alles aus! Sonst ..." Meine Stimme erstickte unter Tränen ...

Plötzlich: Schnellte ich auf, als würde mir eine Mistgabel in den Hintern gerammt. Wie viel Zeit habe ich noch? Wie viel habe ich vertrödelt? Ich schnappte mir die Uhr aus der Küche, die Stunden bis zur Prüfung gezählt, die Seiten, die ich noch lernen musste, und: los! Im nächsten Moment allerdings stürmte ich schon wieder in die Küche. Kaffee! Espresso, doppelt! „Reiß dich zusammen, Lena, wach auf!" –

Nichts half.

Ich war nicht mal mehr fähig, irgendwas zu entziffern.

„Du blöde Kuh, du blöde, du versaust alles!", brüllte ich mich an. „Hör auf zu heulen, du hast keine Zeit! Du musst es in den Schädel kriegen! JETZT! Du MUSST! Streng dich doch endlich an!"

Aber Weinkrämpfe schüttelten mich und raubten mir die letzte Kraft.

Irgendwann kam Christian vom Seminar nach Hause.

Zerstört hockte ich am Boden. Links von mir die Uhr, der Ordner lag schwer auf meinen Knien, seit Ewigkeiten starrte mich dieselbe Seite an. Christian setzte sich zu mir. Er berührte mich. Redete auf mich ein. Ich hörte nur den Zeiger der Uhr. *KLOK! KLOK!* Jede Sekunde wie Hammer auf Amboss.

So verging Zeit.

Zeit, die ich nicht habe! Und die Brust wird eng, dass dir das Herz tobt. Mich jagte es vom Boden auf. Ich drehte durch.

„Dämlich! Dämlich bin ich! Zu blöd zum Lesen!", schrie ich und trat auf den Ordner ein. „Was soll ich bloß tun? Meine Augen! Die machen, was sie wollen. Ich kriege nicht einen ganzen Satz durch. Monatelang habe ich gelernt und jetzt ist alles aus. Ich kapiere nichts! Strunzedoof! Alles dicht!" Meine Stimme überschlug sich. „Ich flieg durch! VERDAMMT!"

Mit einem jähen Tritt schleuderte ich den Ordner von mir. Er schoss über den Boden und donnerte gegen die Wand, während ich in Christians Armen zusammenbrach ...

Etwa 20 Minuten später saß ich neben Christian am Schreibtisch. Er hatte den lädierten Ordner vor sich, blickte auf das aufgeschlagene Inhaltsverzeichnis und fragte ruhig und sachlich: „Welche Punkte davon musst du noch durcharbeiten?"

„Lass mal sehen", sagte ich und merkte erst, wie kratzig mein Hals vom Schreien war. Ich blätterte bis zu der Stelle, wo die blauen Markierungen noch einigermaßen Sinn machten – an der Erläuterung eines Baumdiagramms, welches sich über eine halbe Seite verästelte –, und tippte darauf. „Ungefähr ab da habe ich einen Aussetzer."

„Dann mal los." Kurzerhand begann Christian damit, mir vorzulesen.

Zunächst fielen seine Worte durch meinen Kopf wie durch ein zu grobes Sieb. Allmählich jedoch blieben Splitter hängen, formten sich zu Bruchstücken, zu Ketten und ergaben schließlich Sinn. Seite um Seite arbeiteten wir uns auf diese Weise vorwärts. Bis zu guter Letzt – es war mittlerweile 9 Uhr abends, Christian hatte mir einen Teller mit belegten Broten gebracht, dazu Bananen und heiße Schokomilch – der Punkt gekommen war, dass ich den Ordner zu mir nahm und in der Lage war, wieder selbst zu lesen und zu lernen.

Ich konnte wieder kämpfen.

Bei dieser Erinnerung breitet sich ein langsames Lächeln auf meinem Spiegelbild aus. Es wandert von den Mundwinkeln über die Wangen bis hinein in die Augen. Ein Anflug von Strahlen blitzt in ihnen auf.

Ich war die Maschine, die die Nacht durchbüffelte, die am nächsten Morgen zwar mit wässrigen Knien und einem Kopf, als wäre ein Doppeldecker drübergerollt, in die Prüfung ging, doch ... diese mit einer glatten Eins verließ.

„Eine Eins in Statistik", sage ich leise vor mich hin. Und nach einer Pause: „Ich habe nicht versagt."

Im selben Augenblick wird die Toilettentür aufgestoßen. Sie schlägt gegen die grau gekachelte Wand, Ga-

ckern, Lachen, wirblige Ausgelassenheit, und hereinge-
flattert kommt eine Clique jungendlicher Mädchen. Sie
drängen sich um die Spiegel, Puder, Rouge und Lipgloss
werden gezückt, Tampons und Jungsnamen 'rüber und
'nüber geschossen, Wimpern nach oben gedrillt.

Und so wasche ich mir nur noch kurz die Hände und
mache Platz.

Inzwischen ist man schon beim Dessert.

„Das sind Kaloreuen!"

„Mich kannst du nachher aus dem Lokal rollen."

„Sie bringen neues Tiramisu! Schnell!"

„Plombenzieher! Dass mir nur das Implantat hält!"
Und SCHWUPP sind zwei, drei ... vier ... die letzten
Nougatecken weg.

„Hätte ich doch nicht damit angefangen! Bloß ein Löf-
fel noch ..."

Groß ist also der Jammer aller und noch größer ist
die Gier. Auch bei mir! Ich lade auf, als gäb's kein Morgen mehr: Eis, frittierte Teigtaschen, Pfirsiche gefüllt
mit Mandeln und Amarettini, Windbeutel, gepuderte
Biskuitstückchen und sahnig süße Cremes, ehe ich den
Tisch meiner Familie ansteuere.

Die letzten Meter liegen vor mir, das Wasser läuft in
meinem Mund zusammen, als mir Manfreds Stimme,
laut wie durch ein Mikrophon, entgegenschlägt: „Als
Arbeitgeber – und ich spreche da nicht nur für mich! –
kann man vollen Einsatz verlangen. Die Rumlampelei
eurer Tochter haben die vielleicht an der Uni mitgemacht,
diese 68er-Sippschaft, aber in der Wirtschaft wird sie raus-
gepfeffert, so schnell schaut sie gar nicht."

Auf dem Punkt erlahmt mein Schritt. Scheiß die Wand an, kann der mich nicht mal in Ruhe lassen? Wie der Ochs vorm Berg stehe ich da und spähe umher. Ich weiß nicht, wohin ich soll. Vor? Zu Manfred, dem Arschgesicht, dem aufgeblasenen? Dagegen wehrt sich alles in mir. Zurück? Aber da ist immer noch die Mädchenclique. Und hier, das merke ich mehr und mehr, hier bin ich erst recht im Weg! Linker Hand, hinter der Theke beim Gläserpolieren, fuchtelt ein junger Kellner, während er durch die Zähne etwas sehr Italienisches und sehr Temperamentvolles ausstößt. Zu meiner rechten Seite räkelt sich der offensichtliche Grund dafür: viermal Pamela Anderson. Die auch schon anfangen, ganz motzig zu gucken. – Aus der Bahn, kapiert?!

Längst kapiert! Und so setze ich mich wohl oder übel in Bewegung. Mit Vorsicht bugsiere ich meinen Nachtisch vor mir her, denn das Vanilleeis ist zwischenzeitlich unter den heißen Himbeeren geschmolzen und droht über den Tellerrand zu schwappen. Ich schlängle mich zwischen den Tischreihen durch und rutsche auf den Stuhl neben Christian.

„Warst wohl ins Klo gefallen, harharhar?!", kommt es prompt von Manfred. „Und am Büfett mal wieder nichts übrig gelassen? Schaut euch eure Tochter an, bald ist die so breit wie lang!"

Ausgerechnet er, dieser Vielfraß, das menschliche Exemplar eines Walrosses, der herumeiert wie eine Hochschwangere und grundsätzlich auf dem Behindertenparkplatz parkt, weil er am liebsten bis hinein ins Geschäft fahren würde, der braucht hier Töne machen! Und dennoch spüre ich, wie mir die Wangen heiß anlaufen.

Sowie Manfred das bemerkt, lacht er gleich nochmal umso lauter: „Stopp! Rote Ampel! Alle Mann, STOPP!"

Bis sein Handy zu bimmeln beginnt. Mit wichtiger Miene zückt er es. „Ja ... Aha. Ja!", posaunt er hinein, und an uns gewandt: „Dringende Aktiengeschäfte. Big business, ihr versteht?! Bei mir rollt der Rubel!"

„Manfred kennt sich aus", fährt Carolin fort. „Er hatte den Tipp bekommen, in argentinische Staatsanleihen zu investieren, und neuerdings spekuliert er mit Technologie-Aktien von ..."

„Wirst du deinen dummen Mund halten?!" Und Manfred packt meine Schwester mit stechendem Blick.

Woah, spinnt der?! Das wird sie sich doch wohl nicht bieten lassen?

Aber Carolin bleibt stumm und knickt wie in sich zusammen.

Dieser Drecksack! Wie um alles in der Welt können da meine Eltern ruhig bleiben? Während Manfred wieder ins Handy blökt und mit Zahlen und Befehlen um sich wirft, starren und lauschen sie ehrfürchtig wie sonntags bei der Predigt, dass einem vom Zusehen schlecht werden kann!

Da stupst Christian mich mit dem Ellebogen an. „Schau mal", flüstert er, wobei ihm das Lachen in der Kehle steckt. Mit seinen blauen Augen, die vor plötzlichem Übermut nur so sprühen, den lustigen Grübchen in den kupferbraunen Wangen und seinem zerzausten Blondschopf sieht er aus wie ein Lausebengel, dem eben ein Streich gelungen ist. Auf meinen fragenden Blick antwortet Christian, indem er mit seinem Kinn in Richtung Manfred ruckt. Meine Augen folgen der Bewegung und ein Grinsen schleicht sich auch auf mein Gesicht: An Manfreds Schnauzbart pappt ein Pfropf aus rotziger Siffe und durchgelutschtem Nachtisch. Baumelt und wippt, schaumiggelber Schlabber.

„Uhä, ist der kotzig", sage ich in Christians Ohr. Tief atme ich dabei seinen Duft ein, Seife, Haargel und etwas wie sommerwarme, weiche Wäsche. Und sobald ich einen Atemzug getan habe, fühle ich mich sofort einen Tick leichter: Christian ist an meiner Seite, er ist für mich da, die Prüfungen sind vorbei, das Leben geht wieder los!

„Das hat er von seiner Rumschreierei", prustet Christian und die zwei Grübchen zucken über seinen Mundwinkeln. „Sollen wir was sagen?"

Christian und ich sehen uns an. Unsere Mienen verziehen sich, wir schütteln die Köpfe. Wir sagen nichts! Eher würden wir uns die Zungen abbeißen!

Carolin sagt auch nichts. Wie sollte sie? Sie hat die leichenblasse Stirn gesenkt und stiert auf ihren Teller. Und meine Eltern riskieren es lieber nicht, Manfred zu unterbrechen, um ihn nicht aus dem Konzept zu bringen: Jeder hier soll hören, was für einen tüchtigen und erfolgreichen Schwiegersohn sie haben. Bei ihm nämlich rollt der Rubel! Frau Bergkamp würde mit den Ohren schlackern!

Und so sitzt Manfred im „Napoli", große Klappe, ehe ihm die Spätze – *und plöpp!* – zuletzt auf den prall gepolsterten Polyester-Pullover tropft.

Gegen halb elf ist es endlich so weit: Wir brechen auf.

Auf dem Parkplatz des Restaurants fegt uns ein scharfer Wind um die Köpfe. Grau wie Stein ist das tiefe

Gewölk, das am nachtschwarzen Dezemberhimmel dahinprescht. Es nieselt, halb Schnee, halb Regen. Das nasskalte Wetter dringt rasch in unsere Knochen und lässt uns frösteln. Und so endet der schier unendliche Abend mit einer knappen Verabschiedung, bevor wir in entgegengesetzte Richtungen zu den Autos eilen.

Christian hat eben unseren „Golf" angelassen, aus dem Gebläse der Heizung strömt eine Woge gefrorener Luft und ich reibe mir Hände und Arme, um mich aufzuwärmen, da tut mein Herz einen fürchterlichen Schlag – *Gott!* – und flattert in der nächsten Sekunde wie ein gefangener Vogel gegen die Rippen. Mein Vater steht plötzlich neben mir und klopft kurz und mit fordernder Miene an die Beifahrerscheibe.

Ich öffne die Wagentür, mein Vater beugt sich zu mir herab.

„Nur damit wir uns richtig verstehen: Du wirst dich für eine Stelle in der Buchhaltung bewerben."

Ich möchte etwas entgegnen und kann nur schweigen. Mein Kopf scheint durch den Wolf gedreht zu sein. Nichts und alles fällt mir ein, und zu allem fehlen mir die Worte.

Christian schweigt ebenfalls. Durch den Lärm des laufenden Motors hat er wohl nichts hören können.

„Gut. Nun aber los. Es ist spät geworden."

Energisch schlägt mein Vater die Tür zu und ich starre auf seine Gestalt. Obwohl uns nur die nasse Fensterscheibe trennt, liegt eine Distanz zwischen uns, als wären wir Fremde. Ein Mann im Wintermantel, Lederhandschuhe, Bügelfalten. Unantastbar. Von oben ein Nicken, dann macht er auf dem Absatz kehrt. –

Böses Erwachen

Ein Schrillen zerreißt mir den Schlaf.

Ohne die Augen zu öffnen grapsche ich mit der Linken nach dem Wecker, drücke auf gut Glück auf die Tasten und vergrabe mich tief in der Bettdecke.

Dahinein schrillt es erneut. Einige Sekunden später zum dritten Mal.

Es ist nicht der Wecker, es ist das verdammte Handy, dämmert es mir allmählich. Und damit rüttle ich Christian, der jedoch nicht mustergültig aufspringt, sondern sich grunzend zur anderen Seite wälzt.

Wieder schrillt es.

Schlaftrunken richte ich mich auf und schiele durch das Schlafzimmer, bis ich auf der Kommode neben der Tür mein Handy erspähe. Ich warte ab, doch es hört und hört nicht auf. Schließlich schlurfe ich fluchend hinüber: „Was für ein Faulpelz! Lässt mich hingehen. Jetzt kriege ich kalte Füße und der pennt einfach weiter! Was ist eigentlich mit der Mailbox? Wieso schaltet die sich nicht an? Und überhaupt: Wie viel Uhr ist es? Ich bin noch hundsmüde."

Gähnend hebe ich ab. „Lena Wegner", sage ich lahm, wobei ich mich gegen die Wand lehne und die Augen schließe.

„Hi."

Mir fährt's ins Herz. Ratzfatz wach! Und wie aufgezogen schnelle ich von der Wand weg. – Verena, meine beste Freundin ist dran.

Seit Grundschulzeiten sind wir Freundinnen. Und schon damals hat es sich eingespielt, dass Verena eher dazu neigt, den Takt anzugeben, und ich diejenige bin, die nicht gut im Entscheiden ist und es lieber hat, einfach mitzuschwingen. Hat Verena gute Laune, heißt das, dass ich auch versuche, 'ne Stimmungskanone zu sein. Wie ich es liebe, mit ihr Gaudi zu machen! Schade bloß, wenn ich nicht schnell genug einsteige – dann meint Verena, ich würde mich nie für sie freuen, und ihr Spaß kann jäh in eisig abweisende Enttäuschung umschlagen. Bei schlechter Laune hilft ihr am besten: zuhören, Zuversicht verkörpern, aber kein Mucks, falls in meinem Leben gerade etwas glatt laufen sollte, um ihr zu zeigen, dass sie nicht allein dasteht. Nur passiert es mir immer wieder, dass ich doch das Falsche sage, womit ich Verena verletze und zur Weißglut bringe.

Leider ist sie momentan häufiger schlecht als gut gelaunt. Vorwiegend wegen Männern. Ihr charakterlicher Geschmack tendiert zu machohaften Angebern, je rotziger und härter, desto verlockender: „mit der richtigen Liebe ... wenn er sich erst öffnet ... nur zu mir wird er ganz anders sein!" Aber wie mies sie sich da oft behandeln lässt! Und irgendwo muss sie ja dann mit ihrem Frust hin. Äußerlich steht sie auf den Typ „Sonnenstudio" gekreuzt mit „Drogendealer": Sommer wie Winter etwas zu braun, zu weiß die Zähne, die Haare in diesem einfarbigen Schwarz, kinnlang und nach hinten gespeckt, dazu Dreitagebart, breitschultrig und aufgepumpt, der wiederum auf langbeinige, feurig-rassige, schlanke Gisele Bündchens steht. Weil Verena jedoch um die 85 Kilo bei 1,68 m wiegt und auf den ersten Eindruck vielleicht mehr an eine fränkische Krautskönigin erinnern mag als an ein brasilianisches Supermodel, werden ihre Annäherungsversuche schon mal mit fiesen Lachern beantwortet: „Biste dicht oder was?! Heute mal in 'nen Spiegel g'schaut? Schwing deine fetten Stampfer woanders hin oder ich reiher dir ins G'sicht!" – Tiefschlag, alles aus. Würde sie doch nur nicht auf solche Säcke abfahren! Grundsätzlich schlecht gelaunt ist Verena, wenn sie solo ist und wie in einer Torschlusspanik fürchtet, niemals den Richtigen zu finden. Ferner wenn sie den vermeintlich Richtigen gefunden hatte, allerdings irgendwann urplötzlich anruft und schimpft, dass er ihr größter Fehlgriff des Lebens gewesen sei: „Weil dieser schwule ..." – und sobald Verena diesen Ton anschlägt, weiß ich, dass der seltene Fall eingetreten ist, dass die ewig weibliche Phantasie von der harten Schale und dem weichen Kern wahr geworden ist – „... weil dieser schwule Fuzzi von einem Weichei an ihr dranklebt wie »Pattex« und mit seiner »Rosamunde Pilcher«-Duselei mit Händchenhalten, Kuscheln-vor-dem-Kamin und Einladung-zum-selbstgekochten-Essen der letzte Abtörner ist! Wer findet denn einen Kerl sexy, der kochen kann?" Hä?! Ich! Und was hat Verena sich vorher nicht auch nach genau jener „Rosamunde Pilcher"-Duselei gesehnt?!?! Von Männern abgesehen ist Verena dann schlecht gelaunt, wenn sie Diät macht: Trennkost, Kohlsuppe, Eiweißshake, „Brigitte"-Diät, was hat die Arme nicht bereits alles probiert. Weil sie aber gerade durch diesen Endlos-Entzug nur ans Essen denkt und in extreme Frustaussetzer verfallen muss, während Sport ihr so peinlich ist wie Pubertierenden im gemischten Turnunterricht, nimmt sie immer mehr zu und ist immer öfter schlecht gelaunt.

„Ich bin's", meldet sie sich und die knappe Begrüßung, gepaart mit einem Tonfall, der meine Eingeweide gefrieren lässt, bestätigt, wovor ich mich gefürchtet habe: schlechte Laune. Telefonieren gleicht da einem Fußballspiel auf einem Minenfeld.

Ganz ruhig. Ruhig Blut! Kühlen Kopf bewahren, Lena! ermahne ich mich deshalb. Bring sie zum Reden, wer weiß, was los ist, hoffentlich nichts Schlimmes. Überleg, bevor du was sagst, und unterbrich ja nicht!

„Hi, Verena, schön von dir zu hören!"

„Pah!", – geht mir durch und durch.

„Wie geht's dir?", frage ich, während ich mich auf den Weg ins Wohnzimmer mache.

„Bestens!"

„Und ... hast du heute schon mal hier angerufen?", erkundige ich mich zum Überbrücken der Stille und verfluche mich noch in derselben Sekunde. Bist du bescheuert? Falls sie angerufen hat ...! Wie dämlich muss man sein!

„Hmm", knurrt Verena. „Zweimal."

Auweh!

„Ich habe nichts gehört, ganz ehrlich, tut mir leid! Ich habe bis jetzt geschlafen. Wie ein Stein! Ich war total weg. Wie viel Uhr ist es überhaupt? ... *Was?* Halb zwei am Nachmittag? Unmöglich! Ich dachte, es ist früh am Morgen!" Mühsam gaukle ich ein Kichern vor und kippe mit zitternden Knien und stürmisch dahinjagendem Herzen auf die Wohnzimmercouch.

„Aha."

„Wenn ich wach gewesen wäre, hätte ich dich längst angerufen. Gestern Abend habe ich es mal probiert, aber du warst nicht da. Und danach habe ich es leider nicht mehr geschafft, weil wir im »Napoli« waren.«

Verächtlich lacht Verena auf und fegt meine Entschuldigung weg: „Pah! Wenn du meinst.«

„Weißt du, wir haben ein bisschen gefeiert, dass meine Prüfungen endlich vorbei sind. Nichts Großes. Meine Eltern waren dabei. Und Carolin, Christian und Manfred. Es war Büfett und bis um ungefähr ...«

„Schön für dich«, erstickt sie mein Gequassel und verstummt ebenfalls.

Für eine sekundenlange Ewigkeit erfüllt ein forderndes Schweigen die Luft. In meinem Hirn fahnde ich nach etwas Ungefährlichem, womit ich es brechen könnte, und verfalle in eine heillose Schwafelei über den Schlamassel mit meiner Familie.

„Und was geht mich das an?«, rasiert Verena es mittendrin ab. „Was interessiert es mich, wenn ihr Stunk hattet?« Dann schweigt sie in den Hörer.

Besänftigen! Aber schnell! schreit es in mir auf und schon stürzen die Worte aus meinem Mund: „Also, genug von mir. Jetzt erzähl du mal! Was war bei dir so los? Gibt's was Neues? Gerüchte? Klatsch? Ist irgendwas Aufregendes passiert?«

„Passiert?«, blafft es zurück. „Passiert ist bei mir nicht viel. Wie denn auch? Schließlich war ich andauernd allein!«

WUMM!

Das alte Thema.

Allein. –

„Was hätte mir da Tolles passieren sollen? Kannst du mir das verraten? Langweile ich dich etwa?«

„So habe ich das doch nicht gemeint", versuche ich die Kurve zu kriegen, aber es ist schon zu spät.

„Ach, nicht so gemeint? Wahrscheinlich hast du es auch nicht so gemeint, dass du mich wochenlang allein sitzen gelassen hast!"

„Glaub mir, das wollte ich nicht. Du hast ja recht, während meines Examens hatten wir viel zu wenig Kontakt. Aber das habe ich nicht mit Absicht gemacht. Das war nicht meine Schuld."

„Falsch! Der springende Punkt ist: Drei Wochen hast du mich allein gelassen."

„Nur weil ich keine einzige freie Minute hatte. Ich hätte viel lieber etwas mit dir unternommen, als von früh bis spät zu Hause zu sitzen und zu büffeln."

„Red kein Blech! Von wegen von früh bis spät. Das nehme ich dir sowieso nicht ab!"

„Trotzdem war es so. Wirklich! Ich habe ..."

Ein „Ha-Ha-Ha", leise, doch kalt und markdurchdringend wie das Geräusch der berstenden Eisdecke unter einem, würgt meinen Einwand ab. „Und anrufen? Nicht mal dazu hattest du Zeit? Weißt du, wie lange du mich nicht angerufen hast? Fünf Tage! *Fünf volle Tage!* Und du willst meine Freundin sein. Pah! Du bist dir unserer Freundschaft viel zu sicher! Du kümmerst dich nie um mich. Ich habe längst gemerkt, dass ich dir nichts wert bin."

„Das ist nicht wahr! Ich hatte keine Zeit wegen den Prüfungen, das musst du doch verstehen."

„Noch was?"

„Die Ergebnisse entscheiden über mein weiteres Leben!"

„Deine Prüfungen, deine Prüfungen, deine Prüfungen! Ich kann es nicht mehr hören. Das ist nicht zum Aushalten! Du bist nicht die Einzige, die Prüfungsstress kennt. Du denkst wohl, ich kann nicht mitreden, weil ich nicht studiert habe. Aber da bist du schief gewickelt. Hatte ich keine Abschlussproben an der Berufsschule? Haben die nicht über mein Leben entschieden? Es geht mir auf den Senkel, wie du es dir heraushängen lässt! Ich hätte dich damals genauso im Stich lassen sollen, wie du es jetzt mit mir gemacht hast! Aber hab ich das? HAB ICH DAS?"

„Es war enorm viel zu lernen und die Zeit wurde knapp", werfe ich ein, doch Verena ist unerreichbar.

„Erzähl das jemandem, der es hören will!", herrscht sie mich mit einer hohen, verzerrten Stimme an. „Mir ging es sauschlecht. Ich hatte Probleme wegen dem Alex und du hast mich im Stich gelassen. Das ist alles, was zählt!"

Alex? Wie eine Besessene überlege ich, wer gemeint sein könnte. Bekannte Gesichter tauchen auf, paaren sich in meinem Hirn mit Namen ... Ein Alex ist nicht dabei! Wer zum Henker ist das? Alexander-Wer? Wie heißt der Typ mit Nachnamen? Wie um Kopf und Kragen fiebere ich nur dieser Frage nach und bedenke nicht, dass ich durch mein Schweigen Verena erst recht zum Entgleisen bringe.

„Sag gleich, dass dir unsere Freundschaft scheißegal ist! Gib zu, dass ich dir nicht intelligent genug bin!"

„Nein! Das ist nicht ..."

Ein Kreischen, dass es mir den Boden wegreißt: „Unterbrich mich nicht! Du denkst nur an dich! Immer du, du, du! Noch nie war es anders! Ich komme an allerletzter Stelle bei dir! Du interessierst dich bloß für deinen

Christian und dein beschissenes Studium! Wenn du meinst, dass du deshalb auf mich herabschauen kannst, dann fahr zur Hölle! Jeder kann studieren, also bilde dir nichts auf dein tolles BWL ein. Ich habe gewusst, dass du so wirst, genauso arrogant wie alle Studenten. Mit ihren Skripten, ihrer Mensa, wir anderen gehen in die Kantine, und immer mit ihrem Examen, du redest wie sie! Seit du Christian hast, sitzt du auf deinem hohen Ross. Du denkst, du brauchst dich nicht mehr mit mir abgeben. Aber eins kannst du mir glauben: Ich scher mich einen feuchten Dreck darum, dass du jetzt was Besseres sein willst, nur weil du auf der Uni warst."

Während der Vorwürfe, die einander scheinbar gegenseitig aufpeitschen, verliere ich mich in nackter Angst. Geduckt kauere ich auf der Couch. Wie ein angeschossenes Tier, das nicht mehr fliehen kann, fürchte ich mich, mich zu regen, zu atmen, gar zu schlucken, ein Geräusch von mir zu geben.

„Kannst du gnädigerweise deine Klappe aufmachen oder geht dir alles am Arsch vorbei?", scheucht Verena mich aus der Erstarrung auf. „Ach so, ich verstehe, du bist dir jetzt zu fein, um dich mit jemandem wie mir zu unterhalten."

„Das ist nicht wahr!"

„Natürlich ist das wahr. Eine Studentin unterhält sich nicht mit jemandem, der am Fließband arbeitet, sondern nur mit ihresgleichen. Bei denen wärst du jetzt kein Stoffel, dafür lege ich meine Hand ins Feuer!"

„Hör auf!", platzt mir die ganze Verzweiflung hervor. „Du weißt, dass das nicht stimmt! Hör auf!"

„Willst du mir unterschieben, dass ich lüge? Da ist doch echt der Bock fett! Ich rufe dich an, weil es mir schlecht geht, und du musst noch austeilen und auf mir herumtrampeln! Daran sieht man, was ich dir bedeute. Jetzt bin ich nicht nur nicht gut genug, jetzt bin ich auch noch die Lügnerin. Vielen Dank! Aber ich kenn's ja nicht anders, immer musst du ..."

Gott! Was alles aus Verena kommt! Eins jagt das nächste, lauter, härter. Lodernder Zorn. Ich weiß nicht mehr ein noch aus. Lautlos beginne ich zu weinen.

„... und meine Probleme sind dir wieder mal schnuppe! Mit keiner Silbe hast du nach Alex gefragt. Wahrscheinlich fühlst du dich von mir und meinen ungebildeten Problemen belästigt."

„Hör doch auf, bitte", flehe ich mit brüchiger Stimme. „Bitte, Verena, hör damit auf. Erzähl, wieso hattest du Probleme? Wollen wir uns treffen und darüber reden? Vielleicht kann ich dir helfen. Soll ich bei dir vorbeikommen?"

Zunächst schweigt Verena einige Augenblicke. Schließlich sticht es in die Stille: „Das hätte ich mir denken können! Weil die Madame heute zur Abwechslung Langeweile hat, meint sie, dass jeder für sie bereitsteht und ihr dankbar um den Hals fällt. Meinst du, ich bin dein Affe und hüpfe für dich im Dreieck, sobald du pfeifst? Darüber lache ich! Hast du geglaubt, ich hocke daheim und warte, bis du dich erbarmst, etwas mit mir zu unternehmen? Falsch gedacht! Das habe ich nicht nötig! Ich bin nicht mehr auf dich angewiesen. Heute habe ich schon was vor. Mit echten Freunden!"

Allmählich wird mein hilfloses Schluchzen unkontrollierbar.

„Unter denen ist keine, die die Nase hoch trägt, bloß weil sie studiert hat."

Das Schluchzen wird zu laut. Um es zu ersticken, beiße ich mir in den Handrücken, bis es schmerzt.

Dennoch merkt sie es. „Ha, ich krieg mich nicht mehr ein! Ha, jetzt heult die Madame! Jetzt siehst du mal, wie es so ist. Jetzt kriegst du zu spüren, wie es ist, wenn niemand Zeit für dich hat. Immerhin hält dich keiner mehr von deinem wichtigen Lernen ab. Oh, uups, deine Prüfungen sind ja vorbei. PP – Persönliches Pech! Ich muss Schluss machen. Meine neuen Freunde kommen gleich vorbei!"

Sie sagt's und legt auf.

Alles bloß das nicht! Obwohl mir die Kehle wie zugeknotet ist, wähle ich unverzüglich Verenas Nummer. Einige Male ertönt das Freizeichen. Geh ran, Verena, geh ran, bitte! Während jeder unbeantworteten Stille dazwischen dröhnt mir der Puls in den Ohren, als wäre ich in einer schalldichten Kammer. Lieber Gott, mach, dass sie rangeht! Endlich: das erlösende Knacken in der Leitung. Verena hebt ab.

Ein anderer Mensch. Eine Stimme, die nach Samt klingt, Sinnlichkeit, zart schmelzend wie Schokolade – Verena beim telefonischen Blinddate: „Hier Verena May, ja bitte?", meldet sie sich, wie sie es immer tut, melodisch wie ein Gedichtvers. Und das muss man ihr lassen: Verena kann das. Wäre ich ein Mann, bei mir würde es zünden.

Doch kaum habe ich mich gemeldet, schaltet sie auch schon um: „Was soll das? Habe ich nicht eben gesagt, dass ich keine Zeit habe? Kapierst du's nicht? Du tust doch sonst immer so schlau. Ach, ich ahne es: Du kannst nicht akzeptieren, dass sich keiner mehr für dich interessiert. Sorry, aber daran hättest du denken sollen, als deine Bücher zu deinen besten Freunden wurden. Ich hab zu tun!"

Wieder ein Knacken.

Zuckerbrot und Peitsche

In der nächsten Nacht jagt es mich auf.

Für den Bruchteil einer Sekunde fehlen mir die Sinne. Es ist, als ob mein Inneres stillstehen würde, ehe die Panik mit umso mehr Gewalt hineinbricht. Im rasenden Takt beginnt mein Herz zu stampfen, Blut kocht in den Adern, pocht in den Ohren, die Glieder beben vor Spannung. Kerzengerade – jede Faser meines Körpers fürchtet einen Angriff – sitze ich im Bett, während meine Augen im endlosen Schwarz der Nacht umherspringen und bei jedem Blick dasselbe sehen: den Traum, der mich eben aus dem Schlaf gerissen hat. Ich presse die Augen zu, doch wie eine Dia-Show läuft es in mir weiter. Hilflos öffne ich die Lider, um nur wieder auf die Leinwand aus Dunkelheit zu starren, zwinkernd kämpfe ich mit aller Macht gegen die Bilder – vergebens! Sie weichen nicht. Unaufhörlich löst ein Traumbild das andere ab:

Silvester. Minuten vor Mitternacht. Alles ist still, kein Mensch ist bei mir. Die Wohnung liegt in einer solchen Finsternis, dass ich die Hand vor Augen nicht sehen kann. Es treibt mich in den Zimmern umher, ich weiß nicht, wohin, weiß nur, ich muss hier raus, ganz schnell. Da! Plötzlich! Großer Lärm kommt von draußen. Raketengeböller, dazu Glockenläuten. Es schlägt zwölf. Das neue Jahr beginnt. An den Wänden und Möbeln entlangtastend geistere ich durch das Dunkel und folge den Klängen. Irgendwann ein Türrahmen. Gottlob: Wohnzimmer, Schiebetür! In einem Zug öffne ich sie und stürze Hals über Kopf auf die Terrasse hinaus. Gleißende Helligkeit prallt mir entgegen und macht mich schier blind. Brennrot leuchtet es hinter meinen Lidern, während ich heftig blinzeln muss. Wie ein glühender Bienenschwarm flirrt und flammt es noch in meinen Augen, als ich mich schließlich halbwegs an das grelle Licht gewöhnt habe und durch die mannshohe Glasfront spähe, welche sich vor mir aufgetan hat. Mit hastigen Blicken überfliege ich einen helllichten Garten, in dem eine Silvesterparty in vollem Gange ist. Korken knallen, Trinksprüche und Wünsche für das neue Jahr erfüllen die von Wunderkerzen festlich prickelnde Luft, funkelnde Lampions und Lichterketten in Bäumen und Sträuchern, am Sternenhimmel zischen farbenprächtige Feuerwerkskörper, und eine Bigband, ganz in Weiß, macht Stimmung. Fröhliche Menschen überall. Ausgelassen tanzt man, man umarmt einander, man drückt Küsschen auf die Wangen, man staunt und jubelt in den sprühenden Himmel.

Man entdeckt mich.

„SCHLUSS! SIE IST DA!" Der Befehl, ein rabiater Ruf aus der Mitte der Menge, schlägt ein wie der Blitz. In kürzester Zeit erstirbt die Musik, das Geplauder verstummt, die Gesellschaft wendet sich mir zu. Und kaum dass jedermann sich meiner Gegenwart vergewissert hat, breitet sich von Mund zu Mund ein garstiges Grinsen aus. Dann machen die Gäste wie auf einem Fuße kehrt, rücken im Gleichschritt von der Glasfront ab, drehen sich erneut zu mir herum und rotten sich zusammen. Schulter an Schulter bauen sie sich auf und verschmelzen zu einem Heer hinter einer Person. – Verena!

Nie sah Verena gefährlicher aus. Regungslos steht sie und verzieht keine Miene. In ihrer Haltung ist sie die

Ruhe selbst, in ihren Augen allerdings, die sich in den meinen verbissen haben, tanzt ein fanatisches Funkeln.

Auf und davon möchte ich bei ihrem Anblick stürmen, doch als hätte ich keinen Boden unter mir, strample ich wie im Leerlauf und komme nicht vom Fleck.

Mittlerweile ist Verena näher zur Glasfront gerückt. Keine Handbreit steht sie von mir entfernt. Riesig plötzlich, – bis ihre Gestalt mächtig wie ein Brückenpfeiler vor mir aufragt. Zum Verschlucken groß und gruselig rot wie Clownslippen ist ihr Mund, der zu zucken beginnt, ehe Verena, als könne sie es nicht länger in sich einsperren, in jähes und rohes Gelächter über mich ausbricht.

Auf Anhieb fällt die Schar rings um sie mit ein. Alles lacht. Und lässt seinem Hohn freien Lauf.

„Welch lächerliche Figur!" Inmitten des brausenden Wirrwarrs von Zurufen schlägt's mich mit der Wucht eines Hammers vor den Kopf. „Die steht da wie Klein-Doofi! Zum Glück bin ich die endlich los. Jahrelang war die ein Klotz an meinem Bein. Genialer Plan, Verena! Dieses Mal muss sie es geschnallt haben!"

Mit dem verzweifelten Wunsch, dass ich mich verhört habe, reiße ich mich von Verena los und schiele in die Richtung, aus der die Stimme dröhnt. – Und sehe das Entsetzliche: Christian! Zur Rechten von Verena. Und schlimmer noch: Christian ist nicht der Einzige, den ich erkenne. Dicht um Verena taucht meine gesamte Familie auf.

Meine Mutter und mein Vater klatschen aufgekratzten Beifall und jubeln: „Verena, du bist die Beste! Die wollte uns nur melken wie 'ne Kuh. Jetzt haben wir's ihr heimgezahlt!"

„Ausgemelkt hat sich's!" Carolin schlägt sich vor Begeisterung auf die Schenkel, während Alina, ihre sechsjährige Tochter, zu wiehern anfängt: „Die Tante Lena is' wissi, die Tante Lena is' wissi ..."

Nur einen Schritt dahinter steht Manfred, der sich vor Schadenfreude die pastellgelb bezogene Wampe halten muss: „Einmalig! Alle auf einen Streich. Der Einfall hätte von mir sein können!"

Und selbst meine Großmutter, sonst immer dem Weinen nahe, ist mit von der Partie. Gestützt auf Manfreds Unterarm lacht sie sich ins Fäustchen.

In wirrer Hast huscht mein Blick von einem zum anderen, bis er wieder bei Verena hängenbleibt. Ihr Gelächter ist inzwischen erfroren. Mit einem Wink fordert sie Ruhe, worauf es augenblicklich so still wird, als wäre die Welt auf „Stopp". Kein Ende wollen die lautlosen Sekunden nehmen, in denen ich wie unter Zwang auf Verena starre. Die schließlich die Zähne fletscht und giftet: „Hast du noch nicht begriffen: Du gehörst nicht zu uns! Mach, dass du wegkommst! Hau ab zu deinen Büchern!"

Aufs Neue fährt der Schreck mir durch die Glieder. Klamm klebt mir der durchgeschwitzte Schlafanzug auf Brust und Rücken, während meine Hände sich zu beiden Seiten in die Matratze krampfen und die Augen im schwarzen Nichts schwimmen ... bis sie Halt an den Leuchtziffern des Radioweckers finden und dort versteinern.

„Ein Traum. Alles nur ein Traum", murmle ich in dieser Benommenheit vor mich hin, wobei die Worte in meinen Ohren so blechern und fremd klingen, als würde meine Stimme von einem Tonband abgespielt.

„Ein Traum. Ein dummer Traum." Meine rechte Hand tastet nach Christian. Er ist hier. Er liegt in tiefem Schlaf neben mir. „Alles ist in Ordnung. Es war nur ein Traum. Sonst nichts."

Jäh bleibe ich in meinem leiernden Gemurmel stecken. Meine Finger verkrallen sich fester denn zuvor in der Matratze ... dumpf, eine Ahnung. Und plötzlich, es vergeht keine Sekunde, ist die Wirklichkeit über mich hergefallen: Streit mit Verena, das ist kein Traum, sondern Tatsache. Gestern ist es geschehen. Sie hat neue Freunde.

Minuten verrinnen, in denen ich ein Loch vor mich hinstarre und mein Kopf unermüdlich diesen Gedanken weiter ausbrütet.

„Verena hat sich neue Freunde gesucht und ich bin schuld!", entfährt es mir schließlich und eine Heidenangst macht sich in mir breit.

Als ich in die Kissen zurücksinke und mich unter der Bettdecke einrolle, zeigt der Radiowecker 5:17 Uhr. Die sich dahinschleppenden Minuten fest ins Auge gefasst rede ich im Stillen unentwegt auf mich ein: Gleich kann ich anrufen. Nicht mehr lange, dann ist Verena wach. Ich entschuldige mich bei ihr, für alles, was war. Sobald sie ausgeschlafen hat, probiere ich es. Und dann ist alles wieder gut. Wenn nur die Zeit vergehen würde ...

In der Ferne schlägt eine Kirchturmuhr: halb 6.

Vielleicht denkt Verena schon gar nicht mehr daran. Vielleicht ist sie mir nicht mehr böse? Wir sind doch schon ewig Freundinnen ...

Inzwischen hat es 6 Uhr geschlagen und meine Angst hat sich noch immer nicht einlullen lassen. Zu viele Erinnerungen fangen an, mir im Kopf herumzuspuken.

Viertel 7. Keine schönen Erinnerungen: Verena, kalt, ihre Miene verbarrikadiert und ohne Bewegung, während ich ihr erzählte, dass ich mit Babysitten begonnen hatte, um mir was sparen zu können. Knallplötzlich dann: „Hast also noch weniger Zeit?! Kannst du dir vorstellen, wie es für mich ist, immer zu Hause rumzusitzen? Wenn du so weitermachst, wirst du sehen, was du davon hast! Ich pfeif bald auf dich! Mutterseelenallein stehst du dann da!"

Ein andres Mal, ich lag mit Grippe im Bett. Mir ging es wirklich hundeelend, doch Verena glaubte mir nicht. „Hast was Besseres vor, was? Bin ich für dich nur der letzte Lückenbüßer?!", gellte es durch den Telefonhörer, weil wir ursprünglich ausgemacht hatten, zusammen in die Disko zu gehen. „Nur weil du deinen tollen Christian hast, meinst du, dass du mir dauernd einen Korb geben kannst! Weißt du was: Wenn er Schluss macht, brauchst du mir auch nicht mehr kommen! Mir reicht's. Ich habe die Schnauze gestrichen voll!"

Christian! Der Knackpunkt. Kurz vor dem Abitur lernte ich ihn kennen. Der Himmel hatte ihn geschickt. Vom allerersten Blickkontakt an war mir zumute, als ob jemand die Farben in meinem Leben angeknipst hätte. So schwülstig es klingen mag: Da war plötzlich mein Gegenstück! Er war der Erste, zu dem ich 100 Prozent Vertrauen hatte, der Erste, bei dem ich mich nie zwingen musste, die Starke zu spielen, sondern mich stärker denn je zuvor fühlte, und der Erste, der in allen Lebenslagen für mich da war – selbst in solchen, wo ich an seiner Stelle längst vor mir davongelaufen wäre. Christian schenkte mir, worauf ich so lange gewartet hatte: Geborgenheit. Und würgte ich auch schon sauer stinkende Galle, strich er mir noch die Haare aus dem Gesicht und kühlte Nacken und Schläfen mit einem Waschlappen, genau so wie die Mütter jener Familienserien, in die ich mich immer hineingewünscht hatte. Was für ein Schnulli! könnte man denken. Viel zu nett, der Kerl. Der muss ja ausschauen! Voll der Vogel! Wenn er die Kompensationsmethode nötig hat. Aber mitnichten: Christian war das ganze Paket! Der Mann, den ich mir erträumt hatte, und wenn ich mit ihm zusammen war, fing ich sogar an, mich selbst ein bisschen zu mögen.

Als Verena merkte, dass es ernst mit uns war, begann die Sache schwierig zu werden. Fast schien es, als ob sie Christian und mich um jeden Preis entzweien wollte, obwohl er sich nicht ein einziges Mal zwischen sie und mich gestellt hatte. Verena schimpfte, bald flehte sie, bald kam es irgendwie so weit, dass ein paar Lügengeschichten auftauchten, bald drohte sie. Christian hatte zunächst keine Ahnung davon, denn mit ihm sprach Verena sogar in ihrer samtigen Telefonstimme. Bis wir drei eines Tages zusammen ins Kino wollten und Christian dafür Verena und mich mit dem Auto abholte. Ich ließ Verena hinten einsteigen, setzte mich neben Christian auf den Beifahrersitz und gab ihm einen Begrüßungskuss. Und da machte es bei Verena Päng! Sie schrie: Wir würden sie ausgrenzen, müssten ihr noch reinreiben, dass sie niemanden hat, täten sie vorführen, als Anhängsel, als peinliche Nummer, die keiner will, schrie, es sei das letzte Mal, dass sie für mich das fünfte Rad am Wagen spielen würde, sie schrie, dass mein Herz vor Angst wie aus der Brust schlug. Christian hatte keine Angst: Er machte kurzerhand kehrt und lieferte Verena ohne ein Wort zu Hause ab. Sie war für ihn gestorben. Nur mir zuliebe bewahrte er höfliches Benehmen, wenn er in der Zukunft auf Verena traf.

Verena allerdings war noch nie diejenige gewesen, die sich um des lieben Friedens willen verstellte. Wie sie lospflaumte, weil ich sie geweckt hatte, als ich mit Sekt vor ihrer Tür stand, aufgekratzt und wie befreit, keine halbe Stunde nach meiner letzten Abiprüfung, und mit ihr feiern wollte! Wie eisigkalt sie abblockte, als ich überlegte, mich fürs Studium einzuschreiben: „Pah! Wer's braucht!" Wenn ich mich da noch über die Semesterferien oder meine Noten gefreut hätte! Wehe, ich wäre auf die Idee gekommen, etwas mit den anderen Studenten zu unternehmen. Wehe, wenn einer beim Weggehen auf mich zukam. Von einer Sekunde zur nächsten konnte Verena ungeduldig werden: „Gib mir die Autoschlüssel, das nächste Mal kannst du alleine gehen. Meinst du, ich find's geil, in deinem Schatten zu stehen?"

Und wehe, wenn ich beim Einkaufsbummel ein Auge auf etwas warf, bevor Verena versorgt war. Es war, wie auf Provision zu arbeiten: War Verena glücklich eingedeckt mit zwei Pullis, Sandalen, einer Vorratspackung Socken, blauer Spitzenunterwäsche und Body-Lotion, dann fing es auch für mich an rundzugehen wie in „Pretty Woman"! Kleider, Handtaschen, eine neue Frisur – Verena fand genau das für mich, was ich mir gewünscht hatte. Solange sie allerdings noch etwas für sich suchte, war es nicht drin, auch nur an irgendwelche Sachen für mich zu denken! Bloß eine Sekunde der Unaufmerksamkeit, ein verstohlener Blick zu den Ständern mit meiner Kleidergröße – und BOOM: „Los, geh, such dir doch deine Sachen! Und danach such dir gleich eine neue Freundin!"

Einmal, es war im vorletzten Oktober – dicker Regen tropfte herab, der Herbstwind wirbelte das Laub von den Bäumen und verdarb uns die Haare und Verena die Laune –, streiften wir kreuz und quer durch die Innenstadt. Wir waren auf der Suche nach einer Jeans für Verena. Kein ganz leichtes Unterfangen, denn sie hatte trotz ihrer aktuellen Rohkost-Diät leider noch zugenommen. Verena schimpfte über die Rezepte, dass es in den Ohren wehtat, bezeichnete sie als Lügen, als Mittel, um Dicken eins auszuwischen, ja als maskulines Mittel, Frauen zu knechten, nach dem einfachen Prinzip: Wer sich in seinem Körper nicht wohl fühlt, ist froh, überhaupt einen Mann abzukriegen, lässt ihm seine nötigen Freiheiten, macht selbst keine Schwierigkeiten, bringt dir noch Bier und Pantoffeln ... Ich war skeptisch, ich verdächtigte dieses Mal eher Verenas laxe Art im Umgang mit den Rezepten – es machte doch wohl einen Unterschied, ob man den Salat allein mit der angegebenen Zitronenhälfte beträufelte oder einen Becher Schmand dazu nahm? Um zuletzt das Dressing mit einem Kräuterbutter-Baguette herauszutunken? Aber was wusste ich schon, wie Verena meine leise Nachfrage niedertrat. Vermutlich hatte sie recht. In puncto „Übergröße" ist mein Problem nun mal etwas anders gelagert: unmögliche, unweibliche, unveränderliche 1,82 m! Ein Vermögen für Verenas Proportionen! Sie sticht nicht überall heraus. Sie ist eine von 40 Prozent der Deutschen, ich ein Patzer der Natur. Ein lebenslanger Geburtsfehler. Abart. Ein halber Mann,

„King Kong", dumpf-dämlicher Grobmotoriker, ein Lulatsch, das Drum, wuchernd, erdrückend ... die Liste ist endlos. Verena und ich stellten ein Geschäft nach dem anderen auf den Kopf. Plötzlich: das Unfassbare! In einer kleinen Boutique namens „Eightball" durchwühlte ich die Ständer und hielt unvermittelt die passende Jeans für mich in den Händen! Nachdem ich hineingeschlüpft war, wollte ich flippen, denn sie saß nicht nur wie angegossen, sondern sie war auch lang genug. Was bei meinen Mammut-Beinen fast so selten ist wie ein Sechser im Lotto. Jubel, Trubel, Heiterkeit! Ich war bereits drauf und dran, stolzen Schrittes vor die Kabine zu treten, da lähmte es mich: Verena ...

Zögerlich lupfte ich den Vorhang der Umkleidekabine. --- Und schon kam es mir entgegengeschleudert: „Pah!"

„Wie findest du sie?", riskierte ich noch zu fragen, wobei meine Stimmbänder schneller zu zittern schienen, als mein Herz es tat.

„War ja klar, dass DU etwas findest. DIR fällt eben alles in den Schoß!" Und damit dampfte Verena Knall auf Fall aus der Boutique.

Wieselflink wechselte ich die Hosen und schoss hinter ihr her – ohne neue Jeans. „Verena, ich hab die Hose gar nicht gekauft!", rief ich. „Sie war mir eh zu teuer. Und potthässlich! Gepasst hat sie schon gar nicht. Sie war zu kurz. Komplette Hochwasserhose, hast du das nicht gesehen?" Ich log, dass sich die Balken bogen, doch es nützte nichts. Verena redete keinen Ton mit mir, während sie im Stechschritt zum Parkplatz marschierte. Alles, was ich da noch machen konnte, war bei Fuß neben ihr herzueilen.

Bereits am nächsten Nachmittag allerdings durchkämmten wir wieder gemeinsam die Geschäfte. Wie ein Computerprogramm scannten meine Augen alles nach Verenas Geschmack, Größe, Wunschfarbe, ich fragte Verkäuferinnen nach den Hosen im Schaufenster, lief zwischen Umkleidekabinen und Ständern bald Trampelpfade. Ich hatte ja was gutzumachen. Und das bekam ich knallhart zu spüren. Meine Güte, wie ich unter Strom stand! Immerhin endete unsere Suche damit, dass wir ein echt tolles Modell fanden, zwar in der Umstandsmode-Abteilung und aus einem speziellen Stretch-Stoff, aber wer würde das ahnen können bei dieser süßen Kringelstickerei auf den Gesäßtaschen, der coolen topmodischen Waschung und dem lässigen Schnitt?! Also: JACKPOT für Verena! Sofort schnellte ihr Stimmungspegel in die Höhe. Ihre Laune wurde so phantastisch und ansteckend, dass auch meine Anspannung verflog. Aufgedreht wie zwei Teenies schlingerten wir durch die Straßen, kauften noch da ein, dort ein und machten zur Feier des Tages sogar einen Abstecher zu „Burger King". „Diät?", lachte Verena. „In neun Monaten bin ich doch eh um 'ne Wassermelone leichter!" Die ganze Stadt schien uns zu gehören. Verena konnte so lustig sein und ich vergötterte sie dafür!

Inzwischen schleicht die frühe Dämmerung heran. Der Wintermorgen dringt zaghaft in einem frostigen Graurosa durch die Schlafzimmervorhänge und noch immer finde ich keine Ruhe. Ein kaltes, banges Gefühl senkt sich mir tiefer und tiefer in die Eingeweide, während das Räderwerk der Erinnerung unermüdlich arbeitet:

Teneriffa! Der Strand von Playa de las Americas. So weit der Blick reichte, nichts als blaugrünes Wasser und strahlend klarer Himmel. Warme Lüfte ließen die Palmen rauschen, die an der Uferpromenade in Reih und Glied in die Höhe stießen. Brausend rollten die Wellen heran. Der Strand lag wie leergefegt da, fast alle Liegen waren nur mit Handtüchern belegt, denn die meisten Urlauber waren gerade im Sturm aufs Mittagsbüfett. Nur ein paar Surfer werkelten an ihren Brettern oder flitzten in einem atemberaubenden Tempo über die Schaumkronen dahin. Selig blickte ich ins Weite, genoss die Wärme, träumte vor mich hin. Auch Verena schien zufrieden! Alle Viere von sich gestreckt döste sie im Halbschlaf neben mir. Seit ein Engländer, sommersprossig und die Haare so rot wie die Soße seiner Bohnen, ihr beim Frühstück hinterhergepfiffen hatte, waren wir nur am Albern gewesen. Und noch eine volle Woche sollten wir vor uns haben – der Himmel auf Erden!

Doch dann: Die Sonne war hoch aufgestiegen. Das Licht flutete mit einer Kraft, dass ich meine Augen zusammenkneifen musste. Und so setzte ich meine neue Sonnenbrille auf, um die Surfer draußen auf dem glitzernden Meer weiter beobachten zu können.

„Pah." Ganz leise zwar, aber hart wie ein Tritt in die Magengegend. „Ist die neu?"

„Ja", schluckte ich.

„Hast du die vom Sperrmüll?"

„Ähm ... nö ... natürlich nicht."

„Woher dann?"

„Vom »Kaufhof«."

Verena machte ein Gesicht, als müsste sie gleich spucken. „Danach sieht sie auch aus!"

„Wie meinst du das?"

„Dreimal darfst du raten: Die schaut kotzscheußlich aus! Voll altmodisch. So ein Riesending ist doch seit zig Jahren aus der Mode. Die ist ja wohl von vorvorgestern."

„Das ist 'ne stinknormale Sonnenbrille."

„Vorsintflutlich ist die! Und du schaust aus wie Nana Mouskouri! Mit so einem affenhässlichen Ding solltest du dich nicht mal im Dunkeln sehen lassen! Mit dir fällt man ja auf. Echt peinlich, damit hast du wieder mal den Vogel abgeschossen! Ich glaube, du leidest an Geschmacksverirrung!"

Ich tat trotzig und zwang mich, die Sonnenbrille auf-zubehalten. Doch die Vorstellung von Nana Mouskouri ließ mich nicht los. Und so geschah es, dass ich vom darauffolgenden Morgen an meine Sonnenbrille Tag um Tag im Hotelzimmer vergaß, wenn wir an den Strand gingen. Aus geblendeten Augen blinzelte und zwinkerte ich durch die Helligkeit, sodass sich am Urlaubsende vom ständigen Zukneifen zwei weiße Falten steil über meine Stirn zogen.

Sei's drum. Der Höhepunkt sollte erst noch kommen. Wieder zu Hause hatten Verena und ich uns zum Mi-nigolf verabredet. Ich war etwas spät dran, weil ich den Bus verpasst hatte, und sprang auf das Drehkreuz zu, wo sie bereits auf mich wartete. Und ... – vor Erstaunen sackte mir die Kinnlade schier auf die Brust. Auf Vere-nas Nase saß ein Zwilling meiner Sonnenbrille. Jenes kotzscheußliche, vorsintflutliche, sperrmüllartige Rie-sending!!! Und wie sie es trug! Ich wagte fast nicht, sie darauf anzusprechen, so sicher wirkte sie. Und als ich schließlich dennoch möglichst beiläufig fragte, ranzte sie mich an: „Ich habe nicht gesagt, dass die Sonnenbrille hässlich ist. Ich habe gesagt, dass sie an DIR scheiße ausschaut! Verdreh mir nicht die Worte im Mund!"

„Aber du hast doch ..."

„Gar nichts hab ich! Ich bin nicht auf den Kopf gefallen! Ich weiß, was ich gesagt habe!"

„Also gibst du zu, dass ..."

Damit war ich zu weit gegangen.

Verena tickte aus: „Ich soll etwas zugeben? Bin ich der kleine Sünder auf der Anklagebank und bist du mein Richter? Die Sonnenbrille darf wohl keiner außer dir haben? Das ist wieder mal typisch! Bildest du dir ein, dass ..."

Unter diesen Bildern vergeht die Nacht. Endlich kann ich aus dem Bett raus und Frühstück machen. Appetitlos wie nie nage ich an einem Hörnchen herum. Es schmeckt wie Altpapier für den Container und jeder Bissen liegt schwer und sperrig in meinem Bauch. Irgendwie schreitet so der Dezembermorgen voran. Verena müsste längst wach sein. Doch es wird Mittag, immer neue Erinnerungen kommen über mich, schon gleiten ein paar schräge Strahlen der schwachen Nachmittagssonne durchs Fenster, während die geträumte Verena furchteinflößend in meinem Hinterkopf thront, schon dunkelt es wieder. Und so geht der Tag. – Ohne dass ich mich bei Verena entschuldigt habe. Die Angst vor ihr war plötzlich zu groß. Größer als jemals zuvor war sie und ein ums andere Mal ließ sie mich auflegen, ehe ich ihre Telefonnummer zu Ende wählen konnte.

Familienplanung

„Und aus diesem Grund, Fräulein Wegner, ist es in Ihrem Fall ratsam, dass Sie spätestens bis zu Ihrem 30. Geburtstag das Kapitel »Kinder« abgeschlossen haben."

Ein Aufschrei entfährt mir: „WAS?" Und mein Blick, der bisher den Untersuchungsraum meines Frauenarztes abgegrast und dabei die geschmackvollen Schwarzweißfotografien von makellosen hochschwangeren Bäuchen bestaunt hat, springt an die Lippen von Dr. Meinberger.

„Durchaus! Legen Sie los!", verkünden diese mit einem routinierten Lächeln, das mich glatt von den Füßen reißen würde, wäre ich nicht schon hingestreckt wie das Opferlamm auf der Untersuchungsspritsche. „Jetzt sind Sie im richtigen Alter, Fräulein Wegner. Nicht später. Bis Sie 30 sind, sollten Ihre Schwangerschaften definitiv hinter Ihnen liegen."

Wovon redet der? 30? Kinder? Damit abgeschlossen? ICH? *KINDER???*

„Ihnen bleiben ja noch ... einen Moment ... ah ja, hier habe ich Ihre genauen Daten ... knapp fünf Jahre. Na, in der Zeit dürfte das doch spielend zu schaffen sein."

In Dr. Meinbergers Gesicht forsche ich nach einem Anzeichen dafür, dass er gerade einen Scherz gemacht hat. – Oh! – Mein! – Gott! Herrjemine! HILFE! Der meint es tatsächlich ernst! Ich komme hierher, weil ich wieder ein Rezept für die Pille brauche, und der will mir Kinder einreden. Wie soll ich bis 30 mit Kinderkriegen fertig sein? Und das soll ich wegen meinen Brüsten? Das ist mir ja ganz was Neues!

Innerlich meinen Kopf bis zum Ausrenken schüttelnd starre ich meinen offenbar irr gewordenen Frauenarzt an, während der mit dem Ultraschallgerät meine rechte, dann meine linke Brust untersucht.

„So ein dichtes Gewebe, erstaunlich, so viele Drüsen. Und ganz eng, samt und sonders Drüsen. Damit können Sie aus Leibeskräften stillen! Sehen Sie, Fräulein Wegner, da ist fast kein Fett. Wirklich, Drüsen ohne Zahl und kaum Fett!"

Wie zum Beweis tippt er auf den Monitor, nickt mir zu, als müssten wir dort dasselbe feststellen, und fährt augenblicklich fort, mich zu entsetzen: „Gerade im Hinblick auf die Krankengeschichte Ihrer Familie, Fräulein Wegner, ist es deshalb notwendig, dass Sie nicht zu spät Kinder bekommen und vor allem nicht zu kurz stillen. Durch eine späte Schwangerschaft kann das Risiko, dass Zellen entarten und Brustkrebs entsteht, erfahrungsgemäß leider deutlich ansteigen. Gerade bei einem derart dichten Gewebe, wie es bei Ihnen zu erkennen ist, Fräulein Wegner, könnte das unter Umständen der Fall sein."

„Verstehe", würge ich hervor.

„Können Sie es sehen? Eine Drüse an der anderen. Überzeugen Sie sich mit Ihren eigenen Augen: kaum Fett dazwischen."

„Mhm", sage ich und verfolge scheinbar gebannt den Wechsel von schwarzen, weißen, grauen Wellen und Feldern, als ob ich zwischen Fett und Drüsen unterscheiden könnte.

„Wissen Sie, Fräulein Wegner, es besteht Grund zur Annahme, dass in früheren Generationen Brustkrebs deshalb seltener auftrat, weil die Frauen von jung an in einem fort schwanger waren und gestillt haben. Heute erkrankt jede achte deutsche Frau an Brustkrebs. Halten Sie sich das vor Augen! Jede ACHTE Frau! Tendenz steigend."

Die Worte sickern wie beißende Säure in jede Verästelung meiner Gedanken: Ich sehe Reihen von Frauen verschiedenen Alters, jede achte Gestalt ist schon vom Schicksal Krebs, Bestrahlung, Operation, Chemotherapie gezeichnet, und wen wird es von den gesunden in der Zukunft noch treffen?

„Natürlich spielen verschiedene Faktoren eine Rolle: Ernährung, Umwelteinflüsse, Stress, hormonelle Disharmonien. Und die Veranlagung – wie leider, Fräulein Wegner, bei Ihnen."

Mir ist zumute, als zerfresse die Säure alle Hoffnung auf ein Leben ohne Krankheit.

„Aber man weiß heute auch, dass sich dieses genetische Risiko beeinflussen lässt. Zum Beispiel durch Schwangerschaften beziehungsweise deren Zeitpunkt. Gerade frühe Schwangerschaften können dazu beitragen, die Gefahr zu minimieren."

„Aha", sind die einzigen Laute, die sich in meinem Kopf sammeln lassen.

„Da wir von den Erkrankungen Ihrer Tante und Ihrer Großmutter wissen, sollten wir diese Erkenntnis für Ihre Gesundheit nicht unterschätzen. Das wollen Sie doch auch?"

Natürlich! möchte ich schreien. Was für eine Frage! Ich will nicht krank werden. Ich will keinen Brustkrebs bekommen! Ich will nicht, dass es mir so geht wie Tante Isabel und Oma Magda.

Aber ich will auch noch keine Kinder!

Deshalb schreie ich nicht. Und weil ich auch nichts anderes zu sagen weiß, nicke ich nur mechanisch.

„Eben!", nickt er zurück, als wäre alles beschlossene Sache. „So, Fräulein Wegner, das war's dann auch schon für heute. Alles ist in bester Ordnung. Sie können sich wieder anziehen und anschließend ins Besprechungszimmer nach nebenan kommen."

Alles in bester Ordnung? Für mich ist überhaupt nichts in bester Ordnung, protestiere ich im Stillen, während ich mich sagen höre: „Ja. Danke."

Nachdem Dr. Meinberger aus dem Zimmer gerauscht ist und ich das Ultraschallgel abgewischt und mich angezogen habe, bleibe ich noch für einen Moment am Rand der Liege sitzen. Dabei erinnert mich mein Kopf an ein Goldfischglas, das von einem schweren Hieb getroffen wurde: ähnlich der trüben, faulig riechenden Brühe aus aufgewühlten Pflanzenresten, Sand und braungrüner Schlacke wirbeln in mir die Gedanken und diffusen Gefühle. So werde ich durchströmt von Ärger über Dr. Meinberger, der hier einen auf einfühlsam macht, obwohl er wie die Kuh vom Eierlegen redet. Nur weil er keine Brüste hat, hat er das Privileg, sich frei zu entscheiden. Ich dagegen werde ohne eigene Meinung und ohne auch nur eine Frage nach meinen Umständen von ihm in die Ecke gedrängt. Du Dummchen da Frau machst, was Mann dir sagt, und wenn's ein Doktor ist, schon erst recht. Ich fühle, wie ich in einen Strudel aus Neid gezogen werde, Neid auf Dr. Meinbergers etabliertes Leben, das ich mir – Gott weiß, woher die gestochen scharfen

Bilder kommen! – mit einem taubengrauen „Jaguar X-Type" für ihn und einem „Mercedes"-Kombi für seine Frau ausmale, die damit die Söhne zum Klavierunterricht, Karate und Hockey und den Weimaraner-Rüden Valentin zum Agility-Training kutschiert. Angst brodelt in mir, wobei ich so neben der Kappe bin, dass ich nicht sagen könnte, welche Angst jetzt, in diesem einen Augenblick, stärker ist: die Angst vor Krebs oder vor der Verantwortung für Kinder. Und obendrein herrscht in mir Verwirrung, wie ich mich gleich im Sprechzimmer verhalten soll. Nach all dem kann ich doch jetzt nicht mehr kommen und ihn nach der Pille fragen. Aber was will ich dann machen? Alles so hoppladihopp ...! So was muss man sich doch in Ruhe durch den Kopf gehen lassen! Und bis dahin? Wenn ich nicht bald den Mund aufmache, laufe ich ohne Rezept aus der Praxis ...

Im Besprechungszimmer steht Dr. Meinberger wie eine Statue hinter seinem übergroßen Schreibtisch aus Chrom und blitzblankem Glas. Eine Hand hält er im Rücken, mit der ausgestreckten weist er mir einen Stuhl zu. „Bitte, nehmen Sie Platz, Fräulein Wegner", sagt er und lässt sich in seinen Drehstuhl aus dunklem, schwerem Leder fallen.

„Danke schön", antworte ich, während ich mich setze und mein Gegenüber unauffällig beäuge: Silberhaar, obwohl keine 50 Jahre alt, das ihm eine weltmännische, galante Ausstrahlung verleiht, graublaue Augen, gepflegte Hände und die Körperhaltung eines Mannes, der in einer wohlhabenden Familie, womöglich wiederum als Sohn eines Arztes, geboren wurde. Dr. Meinberger erscheint mir vollkommener als vorhin in meiner „Jaguar"-Phantasie, vor allem der blütenweiße Arztkittel verstärkt diesen Eindruck. Vom Wirbel bis zur Zehe betont er: Ich habe mein Leben im Griff. Dagegen bist du ein Niemand.

„Soweit ich die Vorsorgeuntersuchung bis jetzt beurteilen kann", fasst der Gott in Weiß zusammen, „ist alles in Ordnung. Natürlich werde ich noch die Laborwerte zu Rate ziehen, aber auch diese dürften in Ordnung sein."

„Ah", japse ich eingeschüchtert aus gepresster Kehle. „Sehr gut."

Dr. Meinberger räuspert sich, ich tue es ihm gleich, dann schweigen wir uns an – unangenehm lange. Er kräuselt die Stirn, ich kralle mich unbeholfen an meiner Handtasche fest. Er lässt seinen Blick prüfend auf mir ruhen und ich kämpfe trotz steigender Nervosität, diesem tapfer standzuhalten. Schließlich wippt er gegen die Stuhllehne und sagt: „Fräulein Wegner, kommen wir zur Sache. Ich habe natürlich bemerkt, dass Sie über meine Worte bei der Ultraschalluntersuchung etwas ... na wir wollen es mal so formulieren ... – erstaunt waren."

„Ähm, ja, das stimmt", gebe ich zu, wobei ich mich gewaltig zwingen muss, nicht zu Boden zu schauen.

„Verraten Sie mir, aus welchem Grund Sie das waren?"

Unsicher eilen meine Augen an der Wand hinter Dr. Meinberger umher. Wieder prall schwangere Bäuche, künstlerisch in Szene gesetzt: samtartige Haut, Bauchnabel wie krönende Perlen, ein Spiegel der Schönheit, der natürlichen Perfektion, Leben pur, in ästhetischem Schwarzweiß und Silberrahmen. „Also, tja, ehrlich gesagt habe ich bisher noch nicht ernsthaft über ... ähm ... Kinder nachgedacht."

„Nein?", fragt er, von unten bis oben, dass es wie ein Vorwurf klingt.

„Nein, ich war ein bisschen überrumpelt", stammle ich nun doch gegen den Fußboden. „Eigentlich wollte ich mir wieder die Pille von Ihnen verschreiben lassen."

Dr. Meinberger schweigt sich aus.

„Mit Kindern, also, irgendwie, das passt momentan für mich nicht recht."

Von neuem erhalte ich ein demonstratives Schweigen als Antwort. Eine halbe Ewigkeit schleicht sich hin, bis Dr. Meinberger endlich das Wort ergreift: „Nun, etwas Ähnliches vermutete ich aufgrund Ihrer Reaktion bereits."

Ich schiele vom Boden auf.

Dr. Meinbergers Züge haben sich inzwischen verhärtet. Ein säuerliches Lächeln steht starr in ihnen. „Sie hatten bis jetzt die »Monofem«, wie ich anhand der Computerdaten ersehen kann?"

„Das stimmt."

„Sie wollen also tatsächlich ... *tatsächlich* ...", wiederholt er mit Nachdruck, wobei sich seine Pupillen wie zur Hypnose weiten, „... dass ich Ihnen ein neues Rezept verschreibe?"

„Das wäre sehr nett."

Wie die Pupillen jetzt zucken! „Sind Sie sich sicher?"

„Ja, schon. Mit der »Monofem« komme ich nämlich wirklich gut zurecht. Ich habe keinerlei Probleme, keine Nebenwirkungen, alles klappt ausgezeichnet."

„Wie Sie meinen." Und er wendet sich seinem Computer zu. „Dann verschreibe ich Ihnen eine Packung für sechs Monate."

Uff! Zentner werden von meinen Schultern gehievt.

„Und danach sehen wir uns bitte wieder. Bis dahin können Sie über all das nachdenken, was ich Ihnen vorhin erklärt habe. Haben Sie diesbezüglich noch Fragen?"

„Ähm, nein ... eigentlich nein ... eigentlich nicht", lüge ich stockend.

Dr. Meinberger zögert. Er betrachtet mich, als habe ihn der Verlauf unseres Gesprächs persönlich gekränkt. Schließlich ringt er sich von den Lippen: „Gut."

„Gut", schlüpft es auch mir heraus.

„Seien Sie sich jedoch bitte im Klaren, dass von Tag zu Tag Ihr Risiko, an Brustkrebs zu erkranken, steigen kann."

Schwer schlucke ich, denn mir ist zumute, als wären mit meinen Brüsten zwei tickende Zeitbomben mit mir verwachsen.

„Also dann", meint Dr. Meinberger daraufhin. „Dann sehen wir uns im Juni. Falls sich bei Ihnen jedoch irgendetwas ändern sollte, Fräulein Wegner, können Sie bei Bedarf natürlich auch schon eher jederzeit mit mir sprechen."

„Vielen Dank, das ist sehr nett von Ihnen."

„Gerne." Damit erhebt Dr. Meinberger sich und reicht mir von oben die Hand. „Auf Wiedersehen. Bis Juni." Seine tadelnden Augen halten mich noch stärker fest als der Griff seiner Rechten. „Und vergessen Sie nicht: Kinder bekommen ist für Frauen die natürlichste Sache der Welt."

„Ja, natürlich. Danke. Dann also bis Juni. Auf Wiedersehen. Und nochmals vielen Dank!", stürmen mir die Abschiedsfloskeln schnell vor Verlegenheit über die

Lippen, während ich nach dem Rezept schnappe. Und mit einem letzten Anstandslächeln schlüpfe ich aus dem Zimmer und entfliehe der Praxis.

Kinder! Krebs! hämmert mein Schädel im Takt der Treppenstufen, während ich Stockwerk um Stockwerk hinabjage. Kinder, Krebs! Kinder, Krebs! Sofort Kinder. Oder irgendwann ...

Mit einem Hechtsprung nehme ich die letzten Stufen, durchquere in Windeseile das Foyer des Ärztegebäudes und fege durch den Ausgang. Durch die winterlich kalte Stadt haste ich heimwärts.

Kinder, Krebs! Mein Kopf gibt keine Ruhe. Kinder. Krebs. Kinder. Oder Krebs. Oder --- Scheiße! Du denkst über EIGENE Kinder nach! Über brüllende Babys, aufmüpfige Teenager, Jahrzehnte der Pflicht, über dich als Mutter! übersetzt ein jäher Anflug von Vernunft meine stumpfsinnige Grübelei und das Entsetzen fährt mir wie ein Stromstoß durch die Glieder. Kinder, was für ein Irrsinn! Ich will doch noch keine Kinder! Ich weiß nicht einmal, ob ich überhaupt jemals welche möchte. Na ja, irgendwann, ja irgendwann will ich wohl welche, aber nicht in nächster Zeit. Immerhin bin ich erst 25! Ich bin viel zu jung, um Mutter zu werden. *Mutter*, wie sich das schon anhört! Auch wenn Mama und Carolin eine ganze Stange jünger gewesen sind, als sie schwanger wurden – sie waren schon richtige Frauen! Fertig, reif, hatten ein geregeltes Leben. Und sie wollten nicht mehr arbeiten gehen. Ich andererseits bin erst mit meiner Ausbildung fertig geworden. Wenn ich jetzt schwanger werde, wann soll ich dann Geld verdienen? Meine Laufbahn wäre im Eimer, bevor ich überhaupt den ersten Schritt getan habe. Ich kann noch keine Kinder bekommen. Das kommt nicht in Frage. Was weiß Dr. Meinberger schon?! Eindeutig: Ich bin viel zu jung dafür!

Oder nicht?

Wie eine saftige Ohrfeige saust der Zweifel auf mich nieder, als eine gertenschlanke, strahlende und – sämtliche Synapsen zwischen Augen und Hirn gehören mir doch weggeätzt: – *junge* Frau meinen Weg kreuzt, die mit einer für mich unfassbaren Gelassenheit und mit liebevollen Worten ihre zwei quicklebendigen Mädchen an die Hand nimmt und sicher über den Zebrastreifen bugsiert. Von Kopf bis Fuß bis Handtasche und Schulmappen stecken sie in farblich aufeinander abgestimmten Designer-Teilen. Mit kniehohen Damenstiefeln, Kurzmantel in Creme und „Burberry"-Schal trägt sie den Stil des gepflegten Understatements einer Unternehmergattin, die man in den Boutiquen mit Namen kennt. Die kleinen Töchter scheinen mit Baskenmützen, tailliert geschnittenen Kaschmirjäckchen, hüpfenden Glockenröcken und dazu schwarzen Stiefeletten direkt von einem Pariser Laufsteg eingeflogen worden zu sein – und das in einem Alter, in dem ich die abgelegten Hosen und Treter meiner Cousins auftragen musste und alles andere mit der Parole „Geldverschwendung! Da wächst du doch viel zu schnell raus!" abgelehnt wurde. Mein Zweifel wächst, weil ihnen eine Schwangere folgt, in deren Augen ein seliger Glanz schimmert. Alles an ihr atmet eine Bewusstheit und tiefe innere Ruhe, für die ich spontan so ziemlich alles tun und geben würde. Sie hält beide Handflächen verschränkt über dem Bauch und behütet ihren kostbaren Schatz. In kurzem Abstand erscheint wiederum eine glücklich lächelnde, vor dem Hintergrund des asphaltgrauen, lichtlosen Dezembertages in ihrer Vitalität wie ein ganzes Rapsfeld leuchtende Schwangere, die im Arm eines breitschultrigen, attraktiven Mannes durch die Straßen gondelt. Kaum sind sie an mir vorbei, kommt's gleich knüppelhart: Ich beobachte eine elfenhafte Frau mit einer taufrischen Ausstrahlung und einem Gesichtchen wie gemalt. Sie schiebt einen bulligen Buggy vor ihrem schwangeren Bauch, während sie an ihrer rechten Hand einen pausbäckigen, ikeablonden Knirps von etwa vier Jahren durch den Menschenstrom lotst – Nachwuchs in allen Varianten!

Und da fängt es an, mir wie Schuppen von den Augen zu bröckeln, dass irgendwie alle Mütter nicht nur zufrieden, bildschön und gesund, sondern auch jung, blutjung, VIEL JÜNGER ALS ICH sind!!!

Zufall! versuche ich, mich zu beruhigen. Reiner Zufall. Selektive Wahrnehmung nennt man das. Das hat nichts zu sagen. Das beweist nichts! Nicht einen Deut! Ausnahmen tun nichts zur Sache. Rein gar nichts.

Oder nicht?

Während ich durch die Fußgängerzone eile, dringt der Zweifel wie ein Stachel mit jedem Schritt und jedem Blick tiefer in mich. Er schlägt alle anderen Gedanken in Bann und häuft das nagende Körnchen in meinem Bauch zu Geröllblöcken an. Niederkämpfen lässt der Zweifel sich nicht, denn wohin mein Blick in dem Gewühl aus Menschen auch fällt, trifft er auf die blühenden Gesichter von jungen Müttern mit ihren Sprösslingen im Schlepptau oder aber von jungen Schwangeren. Wie Pilze scheinen sie aus dem Boden zu schießen, tummeln sich in fröhlichen Grüppchen auf dem Bürgersteig oder kommen gleich in Scharen auf mich zu, um mich zur Ausnahme abzustempeln. ZACK, erwischt, du bist's! Niemand sonst. Nur die Lena Wegner! Sie ganz allein! Die Alte ist auf dem Irrweg und will es bloß nicht wahrhaben.

Der Zweifel reißt nicht ab. Wie könnte er auch? Wo doch jede einzelne dieser Frauen mit ihrer ungeheuer machtvollen, von Genugtuung getränkten Körpersprache ausstrahlt: Schaut mich an! Ich bin wertvoll! Das ist das wahre Glück. Eine Königin bin ich!

Und ich, – ich fange an, meine Augen ins Pflaster des Gehsteigs zu verbeißen, in lederbraune Halbschuhe, Winterboots und quadratische Stadtoma-Dackel, die in die Gegenrichtung strömen. Hätte doch Dr. Meinberger nie diesen ganzen Mist hochgebracht! Er hat ja auch leicht reden. Was bedeuten denn Kinder schon für ihn? Zum Anfang, Sex – wohl das kleinste Problem. Seine Samenzellen singen im Chor: „Halleluja! Was du heute kannst besorgen, das verschiebe nicht auf morgen!" Wenn's denn geklappt hat, Kohle – die er wegen Patientinnen wie mir mit Leichtigkeit abdrücken kann. Und schließlich ein kleines bisschen Zeit – wenn ihm am Wochenende oder an Feiertagen der Sinn nach Familie steht. Den Rest übernimmt die Frau und so kann sein Leben ohne große Veränderungen oder gar Einschränkungen weitergehen wie bisher. Selbstverwirklichung und Karriere inklusive. Und so einer will mir ein schlechtes Gewissen machen. Vielen Dank!

Ich schimpfe in den Kragen meiner Jacke hinein und lege einen Zahn zu. Mit Riesenschritten hetze ich in Richtung Straßenbahnhaltestelle.

Endspurt! feuere ich mich an, obwohl ich längst aus dem letzten Loch pfeife. Im kratzenden Hals paukt das Herz, die Brust will mir förmlich zerspringen, unter der dicken Winterjacke jagt eine Gänsehaut wie eine Lawine über meinen schweißklammen Körper.

Los, Lena! Auf!

Ich schnappe nach Luft. Kälte flutet in den Mund und durch den Rachen. Frost füllt die Lungen. Die Rippen stechen.

Schneller!

Außer Atem biege ich um die letzte Kurve vor der Haltestelle und – na klar! – sehe gerade noch, wie mir die Straßenbahn vor der Nase wegfährt. Na spitze, jetzt heißt's in dem Ekelwetter warten. Ich friere mir hier den Arsch ab! Ich will endlich heim! Wie blöd, dass Christian noch nicht zu Hause ist. Was er wohl zu allem sagen wird? Ich möchte schwören, dass er sich noch nicht einen Gedanken gemacht hat, ob er bald zu alt für Kinder sein könnte, obwohl er drei Jahre älter ist als ich. Aber er ist ja ein Mann, der Mistkerl, ihm steht noch ein halbes Jahrhundert zur Verfügung. Wenn das nicht ungerecht ist! Scheiß Natur!

In scharfen Zügen keuche ich ein und aus, wobei der eisige Luftstrom meine Kehle zu zerschneiden scheint. Die Schultern gegen den Kopf gestemmt, leicht vorgebeugt, um dem aufkommenden Wind zu trotzen, und mit vor der Brust verknoteten Armen warte ich ungeduldig auf die nächste Straßenbahn, während meine Muskeln wie dünne, gespannte Fäden zittern.

„Unsere Julika freut sich wie ein Honigkuchenpferd auf ihr Brüderchen!" Aus dem betriebsamen Gesumme, das um mich herumläuft, dröhnen diese Worte an mein Ohr. „Möchtest du dir die aktuelle Ultraschallaufnahme von unserem Lucca ansehen? Ja, ein Lucca wird es, schöner Name, nicht?! Mitte Januar habe ich Termin. Bis dahin muss unsere Julika-Maus leider noch zappeln. Von Tag zu Tag wird sie aufgelöster."

„Armes Ding! Mit unserem Marcel war es das gleiche Drama, als unsere Lisa zur Welt gekommen ist."

„Aber mein Mann, ja wirklich, der zappelt am meisten!"

„Davon kann ich dir ein Lied singen. Mit meinem Mann war es genauso! Der war vor Freude außer Rand und Band. Bei beiden Kindern."

„Verständlich! Sind Kinder nicht das schönste Geschenk, das eine Frau ihrem Mann machen kann?"

Das grenzt ja an eine Treibjagd! denke ich fassungslos und verrenke meinen Hals, um über einige Köpfe hinweg in die Richtung zu spähen, aus der die Stimmen kommen. Ein schockierendes Bild bietet sich mir dort. Zwei Schönheiten – beide in meinem Alter, beide wieder mit diesem besonderen Leuchten in den Augen und beide scheinbar unberührt von Wind und Wetter – präsentieren sich. Die eine trägt einen topmodischen, am Saum mit Fell besetzten Krokomantel, die andere einen Hosenanzug mit Nadelstreifen, die den schwangeren Bauch geschmackvoll betonen. Ihre Stilsicherheit und mondäne Ausstrahlung, die hollywoodweißen Zähne und das sorgfältig aufgelegte, charakteristische Make-up jener „Schönen und Reichen" auf der lupenreinen Pfirsichhaut ihrer Gesichter, umrahmt vom honigblonden Haar, sowie das Übermaß an Stolz und Selbstbewusstsein, das in ihren Bewegungen liegt, all das straft mich Lügen. Ich spüre es so deutlich wie die Kälte, die beißend an meinen Beinen höher und höher wandert: Nichts ist mit „Alles hat seine zwei Seiten", was ich mir noch eben wie ein Mantra versucht habe vorzubeten, und schon gar nichts mit „Jeder hat sein Päckchen zu tragen" – DIE NICHT! Es ist sinnlos, mir weiter einreden zu wollen, dass all diese so majestätisch anmutenden Mütter nur gekonnt die Nachteile ihres Schicksals überspielen. Dass sie gefrustet sind, *sein müssen!*, ausgelaugt bis in die „Palmolive"-Spülhände, weil sie als Kehrseite ihrer Vorzeigemutter-Medaille die eigenen Ziele für Mann und Kinder hintansetzen müssen. Dass sie in Wahrheit womöglich aus kleinbürgerlichen, ländlichen Verhältnissen stammen und sich vom knapp bemessenen Haushaltsgeld gerade mal einen ihrer seltenen Stadttage gönnen, um dem Alltagstrott zu entfliehen. Verborgen unter der schillernden Ausgeh-Fassade stecken vergretelte Still-BHs, monatelanges Schlafdefizit und Schwangerschaftsstreifen. Leggings und Schürze: Für mehr ist daheim keine Zeit, während sie zwischen Wickeln, Wischen, Wäscheberg rotieren, ehe der Göttergatte spätabends vom Büro und der Sekretärin, diesem Feger im schwarzen Mini, *und wie die einen immer anschaut!*, nach Hause kommt. Der sich beim zweiten Bier anfängt zu fragen: Ob die Jungs ohne mich die Trike-Tour machen? Krabbelstubenfest, was muss da ich hin?! Und warum sagt einem vorher keiner, dass die nicht nur rund werden, sondern auch braun-geblümt wie die Oma? Zwei Wochen läuft die jetzt schon in dem Kittel rum! Hand aufs Herz, diese Ideen sind absurd! RIE-SEN-SCHWACH-SINN! Das war einmal. Wenn überhaupt! Junge verheiratete Mütter in der heutigen Zeit sind das Ideal einer Frau. Weiblichkeit und Lebensglück in höchster Vollendung. Von ihren Männern auf Händen getragen, stolzen Papis wie in der „Knorr Fix"-Werbung, leben sie fröhlich, unbeschwert und sorgenfrei. „Pilates"-Kurs, Verabredung zum Frühstück im „Haupelshofer", ein bisschen Shoppen, ein bisschen was für Mittag aus dem Bio-Markt, ein bisschen Cappuccino bei „Starbucks". Jeder Tag glänzt bei ihnen so golden wie beide Seiten ihrer Medaille! Sie sind der personifizierte makellose Luxus. Finanziell abgesichert, ausgesorgt, die Made im Speck.

Ein schwerer Anflug von Neid schlägt mir auf den Magen. In mir beginnt es zu grummeln und so wende ich schnell meinen Hals. Und ertappe mich schon im nächsten Moment, wie ich den Kopf zurück zu den beiden biege. Aus den Augenwinkeln heraus beobachte ich sie und lausche mit gespitzten Ohren, während sie angeregt ratschen: Kitzbühels Charme an Weihnachten, der Juwelier am Dom – und bei jeder Geste zeichnen ihre Brillanteheringe tausende kleine Blitzlichtgewitter in die Luft –, Putzfrauen-Querstrich-Nannys ...

Als hätte man es mir nochmal reindrücken müssen: von wegen Spülhände und Schürzen! Meine Magensäfte rumoren. Es gluckst und grollt.

Als eine Dritte sich hinzugesellt, werfen sie zur Begrüßung französische Küsschen auf die Wangen, streicheln den schwangeren Bauch und bestaunen den Ehering, der an ihrem Finger blinkt und blitzt, regenbogenfunkelt, zitronensilberflirrt.

„Weißgold?"

„Nein, Platin."

„Schick."

„Danke, du."

„Da muss ich auch zustimmen, geschmackvoll und elegant. Gute Wahl!"

„Danke schön, du."

„Wo hast du den gefunden?"

„In einer bezaubernden Goldschmiede in Cannes. Ein Geheimtipp. Mein Mann und ich sind extra deswegen hingeflogen."

„Cannes? Herrlich! Mein Mann und ich waren auch schon dort!"

„Wir auch! Selbstverständlich!"

Und dann rückt die neue Frisur der dritten Königin in den Mittelpunkt: goldighübsch, der lange Pony, die soften Stufen im Deckhaar und, ein Hingucker!, und so natürlich!, die karamellfarbenen Strähnen, die weiche Lichtreflexe in ihr kastanienbraunes Haar zaubern ... – sie wollen gar nicht mehr aufhören. Und das Schlimmste daran ist: Sie untertreiben noch! Ihre Haare, die wie ein seidig wallender, dichter und doch nicht schwerer Vorhang um ihr feines Gesicht und über die Schultern fließen, sind beispiellos schön! Sie sind das innere Traumbild, das ich früher hatte, wenn ich im Jugendgottesdienst bei den Fürbitten statt um Brot für Tansania heimlich in Gedanken um glänzendes Haar und Volumen gebetet habe. Und wie viel Geld habe ich nicht schon in Styling- und Pflegeprodukte gebuttert, von

Spannkraft-Modellier-Essenzen aus Arganöl und Proteinen über waschaktive Lavaerde bis hin zu Kopfhautmassagen mit Koffein-Q10-Aktiv-Konzentrat – immer in der Hoffnung, mit meinen Spaghetti-Haaren irgendwas anstellen zu können. Doch genauso gut hätte ich hergehen und mein Geld in den Main schmeißen können! Womöglich wachsen solche Haare nur mit einem bestimmten Schwangerschaftshormoncocktail? Oder beim gesellschaftlichen Aufstieg zur reichen Glamour-Gattin, sozusagen als Statussymbol? Hast du erst was, kriegst du den Rest eben noch hinterhergetragen! Tja, da kann ich schmieren, was ich will.

Schließlich werden die Schwiegereltern Gesprächsthema. Wie Schmetterbälle beim Tennis beginnen Fincas auf Mallorca, Aufsichtsratposten, politische Beziehungen, Golfturniere hin- und herzusausen, bevor die Ehemänner in einem „Und mein Mann tut, kann, ist, hat"-Wettbewerb an die Reihe kommen: Traummänner, Koryphäen in ihrem Beruf, Doktor, Juniorpartner oder gleich Chef von zig Angestellten, die sich am Feierabend auch noch ach so rührend um die lieben Kleinen kümmern und ihre besseren Hälften nach Strich und Faden verwöhnen.

„Mein Mann", sprudelt die im Krokomantel hervor, „ist so ein Schatz. Wisst ihr, was er gestern mitgebracht hat? Champagner und Pralinen, und dann haben wir es uns vor dem Kamin gemütlich gemacht. Ein Romantiker ist er!"

„Was mein Mann alles für mich macht! Wenn ich erschöpft bin, knetet er meine Füße mit Lavendelöl durch.

Die Reflexzonenmassage beherrscht er wie ein Profi!",
beteuert die nadelgestreifte Schwangere.

„Und mein Mann kann wie aus dem Nichts ein Drei-
Gänge-Menü der feinsten Küche hervorzaubern. Dafür
könnte ich mich Mal für Mal aufs Neue in ihn verlie-
ben!", sagt die Dritte. „Delikat sind seine Kreationen!"

„Mein Mann isst in der Mittagspause in der Kantine,
damit ich keine Umstände habe. Der Konzern gehört
seinem Vater, wisst ihr?! Und abends bringt er etwas
vom Italiener oder Griechen nach Hause. Sushi auch
ab und zu."

„Habt ihr schon einmal das Sushi im »Kormoran« probiert?"

„Ja, es ist Weltklasse! Das bringt mein Mann oft mit.
Und er ..."

Zum Glück fährt da endlich meine Straßenbahn ein.
Ich finde einen freien Platz am Fenster und kann von
dort einen letzten Blick auf das Grüppchen der drei werfen, die auf eine andere Linie warten. Logisch, die Linie
in die gehobene Gegend, heim in ihre Bilderbuchleben
und Feng-Shui-Gärten und nicht ins billige Studenten-
viertel. Ob ich auch irgendwann den Absprung schaffen werde? Aber während ich noch träume und darum
kämpfe, dass es mit mir vorangeht, haben sie es schon
geschafft. Mit einer Leichtigkeit! Sprungbrett „Ehe", rein
ins gemachte Nest.

An der Vorstellung habe ich mehr zu schlucken, als ich
gedacht hätte. Es ist, als würde mir die Missgunst galle-
bitter und wie zähflüssiger Schleim in der Kehle kleben.

Heißt es nicht: Ohne Fleiß kein Preis? Was für eine
Lüge! Als ob sie nicht alles hätten! Und dann sind sie

noch viel selbstsicherer, als ich es je vorspielen könnte: Ehefrau und Mutter sind wir! Wer könnte ihnen das schlecht machen? Keiner sagt etwas gegen Kinder. Im Gegenteil. Kinder braucht das Land! Welche Aufgabe könnte also wertvoller und angesehener sein? Sie müssen sich nicht vor Brustkrebs fürchten und davor, dass es zum Schluss noch heißt: „Selbst schuld!", und sie werden mit Fragen nach Zukunftsplänen und Stellensuche nicht in die Enge getrieben. Und falls doch, ist es für sie ein Kinderspiel zu kontern. Nämlich dass sie ihre Karriere erstmal aufs Eis gelegt haben. Zugunsten der *natürlichsten* Sache der Welt! Sie leben in dem Bewusstsein, dass sie damit genau das Richtige tun. Wann habe ich schon jemals dieses Gefühl? Könnte ich mich nur auch einmal für ein „Entweder" entscheiden, ohne dann von der Angst aufgefressen zu werden, ob mir das fehlende „Oder" in der Zukunft das Genick brechen wird! Statt sich um die Statistik, dass jede dritte Ehe in Deutschland geschieden wird, und ungelegte Eier wie verlorene Jahre auf dem Arbeitsmarkt, schwerer Berufseinstieg als Alleinerziehende und sozialer Abstieg zu sorgen, genießen sie ihre Wahl in vollen Zügen. Ich dagegen werde wahnsinnig mit meinem ewigen „Aber-was-ist-wenn ..." Und das Ganze ist gleich doppelt ungerecht: Sorgen machen alt! Während ich also konsequent auf Krähenfüße, Augensäcke, graues Haar und obendrein dicker Kurzsichtigenbrille vom Computer hinarbeite, zahlen ihre Männer für „Botox", Detox, Ayurveda im Day-SPA und Ich-weiß-nicht-was-und-schieß-mich-tot und so brauchen sie sich im Falle einer Scheidung wiederum keine Sorgen um den nächsten Goldesel zu machen. Warum nur kann ich nicht sein wie sie? WA-RUM??? Scheiß auf eigenes Geld und Unabhängigkeit, warum kann ich nicht Kinder bekommen und mich aus diesem ganzen Schlamassel um Bewerbung, Absagen und Arbeit einfach ausklinken? Vergiss Erfolg! Was mache ich mir Stress, wo ich mich lieber mehr um Mode und Gesichtscremes kümmern sollte und darum, dass ich mich abends, wenn Christian heimkommt, ein bisschen nett zurechtmache? So was wollen schließlich die Männer haben: A happy wife is a happy life. Soll Christian mich doch versorgen! Ist es nicht der Traum jeder Frau, geheiratet zu werden und sich versorgen zu lassen? Was, Tod und Teufel, ist da wieder mal bei mir schief gelaufen?

Wenn alle Minen springen

Kaum bin ich von Dr. Meinberger zu Hause, klingelt das Telefon. Es ist meine Mutter. „Kindchen, sperr schnell die Öhrchen auf."

Kindchen?? Öhr-chen?!?!

„Ich habe eine tolle Neuigkeit. Gerade habe ich mit Manfred gesprochen. Er hat mir angeboten, dich unter seine Fittiche zu nehmen. Ich habe ihn gefragt, ob in seinem Betrieb eine Stelle für dich frei wäre, und er ..."

„Du hast was?"

„Mit Manfred gesprochen", wiederholt meine Mutter mit dickem Schmalz auf der Zunge, weil sie haargenau weiß, welche Bombe sie gezündet hat. „In seinem Betrieb hätte er eine Stelle für dich. Du sollst dich einfach bei ihm melden. Ist das nicht nett von ihm?"

„Nett?", schnaube ich und lasse einen spöttischen Auflacher hören. „Ha! Nett! Und wie!"

„Ich habe Manfred um seine Hilfe gebeten und er hat sie mir ohne Zögern zugesagt. Also ich finde das nett. Du etwa nicht?"

„Das ist das Letzte! Erst soll ich irgendwo in die Buchhaltung, ob ich will oder nicht, und jetzt machst du hinter meinem Rücken gemeinsame Sache mit Manfred? Ausgerechnet mit dem Blödmann! Was soll der Mist?"

„Lena, die Ausdrücke verbitte ich mir! Oder ist das der Dank dafür, dass ich mich um dich gekümmert habe?"

„Ich habe dich nicht darum gebeten!"

„Aber ich habe mir solche Sorgen um dich gemacht. Ich habe es nur gut gemeint!"

„Klar, du meinst immer alles nur gut. Fragt sich bloß, für wen!"

„Wenn meine Mutter das für mich getan hätte! Ich wäre ihr dankbar gewesen."

„Ich aber nicht!"

„Willst du denn keine Arbeit? Die Füße hochlegen und in den Tag hineingammeln, zu der Einstellung haben wir dich nicht erzogen."

„Natürlich will ich arbeiten! Wie kommst du auf so was? Ich bin doch erst seit drei Tagen mit dem Studium fertig. Die meisten, die mit mir Examen gemacht haben, machen jetzt erstmal richtig Urlaub. Und ich will nur ein bisschen Zeit und überlegen, welcher Job der richtige für mich ist."

„Dann könntest du wenigstens solange zu Manfred. Tu Papa und mir den Gefallen. Vielleicht gefällt es dir."

„Wer's glaubt, wird selig! Manfred und ich, das funktioniert nicht."

„Wo ein Wille ist ... –"

„Ach ja? Hast du vergessen, wie es war, als Carolin bei ihm als Vertretung eingesprungen ist?"

Meine Mutter stellt sich taub.

„Obwohl Carolin doch sonst immer kuscht, hat's damals so oft gekracht, bis es nicht mehr ging."

Ihre Ohren stehen auf Durchzug.

„Manfred hatte sich aufgeführt wie der letzte Sklaventreiber! Überhaupt, was soll ich in einem 4-Mann-Betrieb, der Dachfenster verkauft?"

Plötzlich ist ihre Stimme spitz wie eine Säbelklinge: „Du weißt so gut wie ich, dass er inzwischen nicht nur Dachfenster im Programm hat, sondern auch Wintergärten und Innentüren."

„Und?!"

„Hast du nicht gehört, was Manfred über den Arbeitsmarkt gesagt hat? Keiner wird sich um dich reißen. Du solltest froh sein, dass du auf Anhieb eine Stelle angeboten bekommst. Andere wären froh."

Na bitte, da haben wir's. Das musste kommen. Das kommt nämlich immer!

Andere sind all das, was ich nicht bin! Andere sind froh, dankbar, tüchtig, sparsam, ordentlich, selbstständig und schlafen am Wochenende nicht bis ultimo. Von klein auf wurde das in mein Hirn eingemeißelt.

„Ich bin auch froh, wenn ich eine Stelle bekomme", entgegne ich, während mir die Bitterkeit gegen die Kehle presst. „Aber nicht irgendeine. Und erst recht nicht bei Manfred! Ich suche mir lieber was Eigenes. Auch wenn es vielleicht ein kleines bisschen länger dauert."

„Und willst noch länger auf unsere Kosten leben? Wie stellst du dir das vor? Seit Jahren haben wir genug Belastungen durch dich!"

Der Hieb sitzt. „Es ist ... es ist ja nicht lange. Ich wollte nur ..."

In dem Augenblick platzt sie. „Kannst du mir verraten, was wir den Leuten sagen sollen? Was soll ich antworten, wenn ich gefragt werde, wo du arbeitest? Soll ich sagen, die Lena weiß noch nicht, wofür sie sich bewerben soll? Keiner glaubt das! Alle würden reden. Was wirft das für ein Licht auf Papa und mich? Nimm dir mal ein Beispiel an der Beate von gegenüber. Die ist jünger als du, arbeitet bei der Bahn im Schichtdienst und am Samstag hilft sie bei ihren Eltern im Lokal aus. Und jeden Sonntag ist sie um 10 in der Kirche. Wie die auf ihre Familie bedacht ist! Denk mal darüber nach. Papa und ich sind nicht mehr die Jüngsten! Du hast keine Vorstellung davon, wie sehr es uns belastet, dass du noch nicht versorgt bist. Ich kann keine Nacht schlafen!"

Wie Pfeilgeschosse bohren sich die Worte in mein Innerstes. Wehrlos lehne ich mich zurück. Und schmecke Metall. Eisen. Blut! Von meinen aufgebissenen Lippen.

„Nimm dir das mal zu Herzen! Und das Angebot von Manfred, lass es dir durch den Kopf gehen ... Für uns ... Ja?! ... Du musst dich nur bei ihm melden. Glaub mir, das hätten meine Eltern mir geraten."

Was ist, wenn sie recht hat? Vielleicht stimmt alles, was sie sagt. Genau wie all das wahr ist, was Papa und Manfred im „Napoli" behauptet haben? Ich muss größenwahnsinnig gewesen sein. Was habe ich mir eingebildet? Vergiss meine Noten! Hinter denen steckt nichts, das durchschaut jeder. Dahinter versteckt sich ein Versager, der bisher bloß Riesenglück hatte. Ich bin irgendwie durchgeschlittert, sonst nichts! Nur durch Fleiß und kein Können: Ersetzbar bin ich. Und dann beschwatze ich mich und meine Familie, dass ich noch nicht weiß, was ich werden will, gerade so, als ob ich es mir aussuchen könnte. So ein Stuss! Mit Kniefall muss ich nehmen, was ich kriegen kann. Und das haben meine Eltern schon die ganze Zeit gewusst.

„Ähm ... Mama ... als was könnte ich bei Manfred denn anfangen?", höre ich mich fragen, obwohl ich mich lieber aus dem nächsten Fenster stürzen würde.

„Ach Lena, bin ich glücklich! Endlich nimmst du Vernunft an. Kindchen, ich weiß nicht, was du bei ihm arbeiten kannst, aber du wirst es erfahren, wenn du nachher bei ihm vorbeischaust. Lass Manfred nur machen."

Manfred machen lassen? Ich seh's direkt vor mir: wie er sich die Hände reibt und mich den Lakaien spielen lässt. Ausstellungsstücke putzen, Kaffee kochen, Werbezettel austragen, für ihn rennen: Waschstraße, Dönerbude und zum Urinstein-Entfernen in die Kundentoilette, wie ein Zirkustier mit Schockhalsband parieren. Manfreds persönlicher Depp vom Dienst. Und das Bild haut mich glatt aus meiner Gehirnwäsche. „Nachher?"

„Um halb sieben sollst du zu ihm ins Büro kommen. Da passt es ihm am besten. Davor hat er noch Termine."

„Du hast das mit ihm ausgemacht, bevor du überhaupt mit mir gesprochen hast?" Und ich spüre, wie mir das Blut anfängt, heiß durch den Körper zu pulsen.

„Ich wusste doch, dass ich eine vernünftige Tochter habe."

„Ach ja? Das wusstest du?"

„Eine Tochter", schnurrt sie, „auf die ich mich verlassen kann."

„Auf einmal?"

„Und die mich nicht enttäuscht."

„Eine wie die Beate, was?!", pfätze ich rein.

„Die Beate würde ganz sicher das Richtige tun."

„Tja, Pech, dass du mich als Tochter hast. Ich gehe nämlich nicht zu Manfred. Nicht nachher und auch nicht später. Nie! Beinahe hättest du mich gehabt, aber weißt du was: Das könnt ihr euch abschminken. Auf die Tour nicht! Kannst selbst zu Manfred gehen, wenn du so scharf drauf bist!"

„Das hat man nun davon. Ich kümmere mich und werde dafür noch heruntergeputzt", bruttelt meine Mutter ihre Empörung in den Hörer. „Jahraus, jahrein mache und tue ich und was ist der Dank? Welche Eltern hätten das überhaupt so lange mitgemacht? Was du uns schon gekostet hast! An Geld! An Nerven! Carolin war früher nicht so. Andere Kinder ..."

„Die anderen, die anderen, das höre ich, seit ich lebe!", bricht's aus mir heraus. „Immer die anderen! Die machen alles richtig! Nur ich kann es euch nicht recht machen. Ich jobbe neben dem Studium, bringe anständige Noten nach Hause, doch die übergeht ihr mit einem »Gut gemacht« und einem lumpigen Schultertätscheln. Wie man einen Hund lobt! Aber die anderen, die werden bewundert. Da wird aufgezählt: Was die leisten ...! Was die haben ...!"

Mit bebender Brust keuche ich nach Luft. Und da meine Mutter diese Gelegenheit nicht nutzt, um mir irgendwie zu widersprechen, dresche ich weiter auf sie ein: „Denn die anderen, die kommen von der Nachtschicht bei der Bahn heim und renovieren anschließend noch eigenhändig ihr Gästeklo. Ohne Fliesenleger! Picobello machen die das, stimmt's?! Und genauso sauber stehen sie da, wenn sie mit ihren Sonntagskleidern vom »C&A« in die Kirche gehen. Dafür sind die sich nämlich nicht zu schade. Die haben keinen Marken-Wahn. Vielleicht kannst du ja die Beate adoptieren! Die kommt zu was in ihrem Leben! Tut mir leid, dass ich nicht in Carolins Fußstapfen getreten und Kindergärtnerin geworden bin. Tut mir leid, dass ich studiert habe und noch nicht auf eigenen Beinen stehe und ihr deshalb nicht stolz auf mich sein könnt. Tut mir leid, verdammte Scheiße!"

Zu allem schweigt meine Mutter.

Dadurch bringt sie mich allerdings erst recht zur Weißglut. „Sag doch gleich, dass ich der Schandfleck der Familie bin! Dass ihr euch für mich schämt. Schon immer!"

Nichts! Meine Mutter lässt mich voll ins Leere laufen. Deshalb brülle ich sie an: „Sag's! Los! Dass es ohne mich besser wäre!"

Sie bleibt hart – und wortlos.

Damit schreie ich wieder. Mit wüsten Beschimpfungen schreie ich mir die Kehle aus dem Hals, um nur irgendeine Reaktion aus ihr herauszupressen.

Und plötzlich lässt meine Mutter einen Satz in mein Geschrei fallen. Gefährlich leise, voll kaltem Zorn sagt sie den Satz, der meinen letzten Funken Selbstkontrolle dahinrafft: „Nicht in dem Ton."

„AAAAAAAHHHHHHH!" Mir ist, als ob mein Schädel explodieren würde. Ich werde wild wie ein Tier und muss um mich schlagen. Ich weine. Ich fluche. Ich bin außer mir!

Kein Wort dazu.

„Nicht ums Verrecken gehe ich zu Manfred! Dass der Scheißkerl mich auch noch so herumschikanieren kann, wie er es mit seiner eigenen Frau macht! Aber da macht ihr immer schön die Augen zu."

Bloß ein Knirschen darauf: „Darüber diskutiere ich mit dir in dem Ton nicht."

„Warum geht es jetzt um den Ton?"

„In dem Ton ..."

Brüllend verschlucke ich den verhassten Einwand: „Warum zählt bei euch nur der beschissene Ton? Egal was ich sage! »Achte auf deinen Ton, Lena, oder hast du vergessen, wen du vor dir hast? Der Ton macht die Musik. In dem Ton rede ich mit dir nicht.« Ich könnt' kotzen! Weshalb ist euch der verdammte Ton das Heiligste?"

„Wenn du wieder einen normalen Ton anschlägst, dann ..."

Wie eine Tobsüchtige keife ich dazwischen und überschreie jede weitere Silbe meiner Mutter. Bis irgendwann vom anderen Ende der Leitung kein Geräusch, kein Atem mehr zu hören ist. Ich halte die Luft an, lausche in den Hörer. Rufe: „Mama? Hey, Mama?"

„*MAMA?*", kreische ich.

Summende Stille aus der Muschel.

Dann ein Tuten: aufgelegt.

Lange Latte – Mein Mädle

Am andren Morgen. Dünner Regen rinnt die Fenster hinab. Im Schlafzimmer lagern stahlgraues Dämmerlicht und eine Stille wie unter einer Käseglocke. Nur meine Atemzüge sind zu hören. Flach und einsam. Die Knie gegen die Brust gedrängt und mit den Armen umklammert, bis zum Kinn vergraben unter der Bettdecke, die Augen geheftet auf die erleuchteten Fenster des Nachbarhauses, kauere ich im Bett. Schwere liegt auf meinem Körper und hält ihn niedergestreckt. Mir erscheint es unmöglich, einen Muskel zu regen, geschweige denn aufzustehen.

Nichts als eine Last bin ich. Wenn sie mich nur los wären!

Nestbeschmutzer, das bin ich in ihren Augen. Nie haben sie sich etwas zu Schulden kommen lassen, warum müssen sie immer mit so einer Tochter auffallen?

Schmerz. Verzweiflung. Selbstverachtung. Wenn nicht einmal meine eigenen Eltern mich lieb haben können! Und ein übers andere Mal derselbe Wunsch: Wüsste ich doch nur selbst, was aus mir werden soll!

Irgendwann, die Fenster gegenüber sind längst erloschen, graugelber Platzregen trommelt nun gegen die Scheibe, sitze ich wie ein Klotz an der Bettkante. Mechanisch stehe ich auf und ziehe mich an. Ein knurrender Magen bringt mich dazu.

Auf bleiernen Beinen schlurfe ich wie ein Schlafwandler in die Küche. In meinen wund geweinten Augen schmerzt die Lichtflut der grellen Küchenlampe, während ich um mich blicke und mich dabei wie eine Fremde in meiner eigenen Wohnung fühle. Eine Zecke bin ich! Die Kälte der Fliesen ist bereits durch die dünnen Sohlen meiner Schlappen bis in die Socken gedrungen, als ich endlich aus der Erstarrung komme: Auf der Arbeitsplatte habe ich neben der Espressomaschine einen Zettel von Christian entdeckt.

„Guten Morgen, mein Liebling!", lese ich, wobei ich blinzeln muss, um den Tränen, die sofort wieder aufsteigen, Herr zu werden. „Es tut mir leid, dass ich wegmusste! Aber sobald ich Feierabend habe, bin ich für dich da, versprochen! Nachher schaue ich im Internet schon mal, was ich über Brustkrebs finde. Kopf hoch, wir schaffen das zusammen. Wir haben doch schon alles geschafft!"

Schnelleres Blinzeln. Und Schlucken gegen den Frosch im Hals.

„Ich werde versuchen, dich in der Mittagspause anzurufen. Lass solang alles hinter dir und ruh dich erstmal aus. Du hast es dir verdient! Und vergiss nicht: Du hast es nicht nötig, für Manfred zu arbeiten. Du hast tausendmal mehr auf dem Kasten!!! Ich denk an dich, einen dicken Kuss, Christian!"

Hunger hatte mich aus dem Bett getrieben.

Hunger war es auch, der mich nach einer Katzenwäsche schließlich aus der Wohnung getrieben hat, denn was ich dort an Lebensmitteln finden konnte, war von vorne bis hinten eine Katastrophe: ein Glas Heringe, weit über dem Haltbarkeitsdatum, dazu Curryketchup und H-Milch im Kühlschrank, Champignons im Gefrierfach und im Brotkorb nur ein knüppelhartes Endstück. Es hatte also keinen Zweck, ich musste einkaufen gehen.

Mit zwei prall gefüllten Tüten kehre ich vom Supermarkt heim. Wo mir der blinkende Anrufbeantworter ins Auge springt. Es ist ein Gefühl, als müsste ich einen elektrischen Zaun anfassen, als ich auf die „Abhören"-Taste drücke, woraufhin die Ansage in abgehackten Silben verrät: „Sie-ha-ben-vier-Nach-rich-ten."

Die erste Nachricht ist von Christians Autoversicherung, die um seinen Rückruf bittet, die zweite ist von unserem Vermieter, der an das fällige Wassergeld erinnert, die dritte ist von Christian und die letzte ist – und gleich mit dieser steinkalten Stimme! – von meiner Mutter.

„Lena! Glaub nicht, dass ich vergessen habe, was du dir gestern geleistet hast. Ich rufe nur an, weil bei uns eine Postkarte für dich eingeworfen worden ist. Wochenlang liegt die jetzt schon hier. Wenn ich mich nicht um alles kümmern würde! Die Postkarte ist eine Einladung von der Karin ..."

Panisch schnelle ich herum und starre auf das Tonband.

„Erinnerst du dich? Das nette Mädchen aus dem Gymnasium!"

Kalter Schweiß bricht aus allen Poren.

„Die, die früher die schönen, langen Locken hatte. Die hat dich eingeladen. Zu einem Klassentreffen!"

Überwältigt von der Wucht des Grauens knicken mir die Knie ein, etwas rumpelt und kracht zu Boden, ich sinke gegen die Anrichte an der Wand. Und blicke zu meinen Füßen auf die weihnachtliche Duftöllampe, die rasch ausrinnt und eine glänzende Lache bildet. Zimtduft steigt mir in die Nase.

„Es ist am 28. Dezember ab 19 Uhr. Schreib's dir gleich in den Kalender, damit du es nicht vergisst! Im Gasthaus »Goldener Schwan« in der Brücknerstraße 10. Schreib's auf, ich kann nicht an alles denken!"

„Sollst du ja auch nicht."

„Es ist ein Treffen deiner 5. Klasse. Zu deinem Glück bin ich Karin beim Metzger in die Arme gelaufen. Ich habe ihr gesagt, dass du selbstverständlich kommen wirst. Deine neue Adresse und Telefonnummer habe ich ihr auch gleich gegeben. Sie will sich vielleicht nochmal bei dir melden. Ein anständiges Mädchen ist die Karin, da kann man nichts sagen. Frag doch die mal, ob die mit ihrer Mutter so umspringt! Darüber wird noch geredet werden müssen. Mit Manfred hätte was aus dir werden können. Jeder an deiner Stelle ..."

Das Band macht endlich „Piiiieeeep!" und schnürt damit die Strafpredigt meiner Mutter unverrichteter Dinge ab.

Trotzdem bin ich vor hilflosem Entsetzen wie durch den Wind. Insgesamt viermal muss ich die Nachricht abhören, bis ich es glauben kann: Ich habe am 28. Dezember ein Treffen mit meiner ehemaligen 5. Klasse und meine Mutter hat mich dafür angemeldet.

Ich bin geliefert!

„Ich gehe nicht hin! Ich gehe nicht hin! Und gehe NICHT hin!" Als würde mir der Fußboden widersprechen, hämmere ich ihm meinen Entschluss mit dem Wischmopp ein, während ich die ölige Zimt-Siffe aufwische. „Ich gehe nicht hin und basta!"

Und ans Telefon gehe ich ab heute auch nicht mehr. Karin an der Strippe, schon für sich der Horror. Und dann auch noch alle auf einem Haufen? Von Angesicht zu Angesicht? Damit ich mich wieder so fühle, wie ich mich neun Schuljahre hindurch gefühlt habe? Nein danke, das wäre das Letzte, was ich jetzt gebrauchen könnte! Und doch würde es ohne Zweifel passieren. Nicht nur mir. Jeder, aber auch wirklich jeder, würde unwillkürlich in seiner früheren Rolle stecken und sich dementsprechend fühlen, verhalten und behandeln lassen. Wieso sollte es anders sein? Wenn man sich neun Jahre lang nicht aus der Rolle befreien konnte, in die man wie in eine Zwangsjacke gepresst worden war.

Wie hätte man sich auch befreien sollen? Nach ebenso einfachen wie strikten Maßstäben war die Rangordnung in unserer Schule geregelt, und weil jeder sich allmählich mit seiner Rolle darin nicht nur abfand, sondern sie mehr und mehr verinnerlichte, blieb alles von Anfang bis Ende ohne nennenswerte Veränderungen bestehen.

Ganz typisch sah die Staffelung auf unserem „Städtischen Schillergymnasium" aus:

Von der ersten Stunde an gab es die Schüler, die sich fühlten und gaben, als seien sie etwas Besseres. Reiche Akademikereltern, einige mit Sitz im Stadtrat und damit eben auch verantwortlich für schulische Personalentscheidungen, waren die Basis, die sie miteinander verband. Eintrittskarte wie Aushängeschild ihres Clans waren die angesagtesten Markenklamotten – immer das Neueste und immer das Teuerste. Die Freizeit wurde im Tennisverein verbracht, in dieser reinweißen Welt, mit Profischlägern und Röckchen oder Shorts aus den Kollektionen der Weltranglistenersten statt mit Dreck unter den Fingernägeln vom Spielen auf Baustellen. Die Besseren konnten sich alles erlauben, denn von den Lehrkräften bekamen sie ihre Extrawürste gebraten – „und sag dem Papa einen Gruß! Wie er unser gemischtes Doppel noch herumgerissen hat!" –, unter den Schülern sonnten sie sich in allgemeiner Bewunderung. Jeder wollte sein wie sie und wer das Gegenteil behauptete, der wurde angeschaut, als wäre er in Wahrheit nur noch neidischer als alle anderen zusammen. Wie ein Geheimbund gaben sich die Besseren ausschließlich mit ihresgleichen ab. Rangniedere Schüler, die sich ihre Freundschaft erschmeicheln wollten, in der Hoffnung, dass die Popularität auf sie abfärben würde, wurden höchstens mal ausgenutzt, bis es nichts mehr zu holen gab oder man ihrer Gefälligkeiten überdrüssig wurde, und danach wurden sie umso schäbiger übergangen.

Wie im Gefängnis geht es unter Schülern grausamer zu als im echten Leben draußen: Von 8 bis 13 Uhr haben manche schon keine Würde mehr, die noch angetastet werden könnte. Grundrechte??? Meinungsfreiheit für jeden? Nada! Recht auf Leben und körperliche Unversehrtheit? Die Lehrer sind ja nicht immer zur Stelle. Gleichheit? Witz komm raus, du bist umzingelt! Eine Schule ist ein Kastenwesen mit drei streng getrennten Schülerschichten. Und jede Schule hat sie: ihre „Opfer", am untersten Ende der Hackordnung, ohne Recht, an so was wie Meinung bloß zu denken, ja ohne Recht auf das eigene, mitgebrachte Pausenbrot, falls ein anderer spontan Appetit darauf verspüren sollte. Brillenträger, verspottet als Brillenschlangen, die mit ihren dicken Fernsehscheiben im hässlichen Gesicht eigentlich in die Zukunft sehen können müssten, Dicke, Mathefreaks und Informatiker: *„Halt's Maul, du Spast!"*, irgendwie zu anders, die Turnschuhe vom „Aldi", zu schwach: grauen muss es ihnen jeden Tag vor der Schule, sind sie doch das Ventil für den geballten Frust ihrer Mitschüler, werden herumgeschubst, beschimpft und vermöbelt, ohne dagegen angehen zu können. Denn alles würde es nur noch schlimmer machen. Allerdings erinnere ich mich unter den Jungs unseres Jahrgangs auch an Exemplare, die es regelrecht provozierten, mal eins vor die Platte gehaut zu bekommen: das Häufchen der Speichellecker, die sich bei den Lehrern einschleimen wollten, indem sie hintenherum petzten und streberhaft solch oberwichtige Pöstchen übernahmen, wie die Klassenkasse zu verwalten. Einer sah so scheiße aus wie der andere: Busen und Hintern wie ein Mädchen, die Gesichter fett und rosa wie gekochter Schinken, dazu sogar schon Flaum über der Oberlippe – widerlicher als Lippenherpes! –, tipptopp hinzementierter Mittelscheitel und Digitaluhr mit integriertem Taschenrechner am mit Babyspeck wattiertem Handgelenk. Wo man stand und ging, ständig war einer der schmierigen Geldeintreiber da und rechnete mit seiner „Casio" vor, was man für die Klassenkasse noch schuldig war. Statt Geld gab's jedoch immer öfter Schläge.

Und dazwischen, im Raum von Himmel zu schulischer Hölle, stand die Gruppe der Durchschnittsschüler, die Gruppe mit der größten Spannbreite. Von Einserschüler bis Sitzenbleiber, Sportskanone bis Asthmatiker mit Attest, von Popper bis Rocker bis Trutscherle mit Halstuch – doch alle Radfahrer: bei den Besseren buckeln, gegen die Opfer treten.

So klar dieses Raster auch war: Ich fiel durch! Ich wurde nicht wie die Opfer in die Pfanne gehauen und schon gar nicht genoss ich das Ansehen der Besseren. Weder war ich ein Arztkind noch hatten wir zu Hause eine Putzfrau noch das Geld für Tennisstunden. Auch beim Durchschnitt rasselte ich gnadenlos durch. Wegen meiner Größe! Ich sprengte den verbindlichen Rahmen, wie ein Mädchen zu sein hat, und stand deshalb gefährlich nah an der Grenze, in die Opfer-Abteilung abzurutschen, ja sogar dort ganz am Boden aufzuschlagen. Denn im Gegensatz zu Brille oder Pfunden gab es bei mir schließlich nicht einmal die Hoffnung, dass ich irgendwann meine langen Trampelbeine würde loskriegen können. Jedoch hatte ich schnell genug gemerkt, wie ich mich in die Gunst meiner Mitschüler dienern konnte. Ich war der Kummerkasten in Menschengestalt, der zu jeder Tages- und Nachtzeit ein offenes Ohr hatte und auf dessen Rat man zählen konnte, und ich war der gute Kumpel auf Abruf. Wer gerade niemand Besseres zur Verfügung hatte, konnte mit mir Pferde stehlen. Ich spielte die Lustige, die keine Probleme hat, niemandem Probleme macht und locker-flockig durch alle Lebenslagen geht. Humor ist, wenn man trotzdem lacht – und ich war diejenige, die immer lachte. Trotzdem, erst recht und besonders laut und viel über mich, um den anderen zuvorzukommen. Ich war gut: Keiner hätte ahnen können, wie sehr ich mich anstrengen musste, um dazuzugehören. Es schien, als sei ich um meiner selbst willen erlaubt und gemocht. Es *schien* so. Ich wusste es besser.

Wie oft hörte ich stundenlang zu, saugte die Sorgen und besonders den Liebeskummer der anderen Mädels wie ein Schwamm auf, ohne jemals offenbaren zu dürfen, was auf mir lastete. Auch für die Jungs war ich auf dem Gebiet der „großen Gefühle" in der Regel der erste Ansprechpartner: weil sie mich zum Verkuppeln brauchten. Immer drehte es sich um dieselben blöden Gänse und weiß der Himmel, wie oft es mir auf der Zunge brannte: „He, ich bin auch ein Mädchen!" Stattdessen schwieg ich, tat meine Pflicht und zwang mir noch ein Lächeln auf die Lippen, wenn die Jungs sich für meine Hilfe bedankten und mir versicherten, wie – ich zitiere – „nett, echt total meganett" sie mich fänden, obwohl mir eher zum Heulen oder Schreien zumute gewesen wäre: „Vielen Dank! Nett ist die kleine Schwester von Scheiße!" Aber mein Eis war hauchdünn. Nicht aufmucken, nicht schwierig sein, sonst brichst du ein.

Bis zum Abitur zog ich meine Masche erfolgreich durch. Heilfroh war ich, als ich endlich an die Uni kam. Dort war ich irgendeiner von vielen schrägen Vögeln und konnte in den riesig-anonymen Hörsälen untertauchen. Radikal kapselte ich mich von allen ehemaligen Klassenkameraden ab. Ich wollte vergessen. Wollte neu werden. Doch neun Jahre, die waren nicht spurlos an mir vorübergegangen ... Da tue ich mir doch nicht freiwillig ein Klassentreffen an!

FREI-willig? Blitzartig trifft mich dieser Gedanke und wie im Krampf lache ich auf. Was heißt das bei mir mit der Mutter schon? Dank ihr bleibt mir keine andere Wahl, als dass ich mich zu dem beschissenen Treffen schleppe. Wenn sie Karin nicht längst zugesagt hätte, dann hätte ich versuchen können, mich irgendwie rauszureden. Auch wenn man so was nicht an die Wand malen sollte, aber drastische Situationen fordern nun mal drastische Mittel, und wer bitte hätte etwas gegen eine anstehende Operation sagen können?! Oder gleich etwas, das sogar noch Eindruck macht – lügen wie gedruckt! Dass ich im Urlaub bin, vier Wochen USA, Rundreise! Ist aber auch so was von schade, Karin, hätte euch alle liebend gern mal wieder gesehen, werde an euch denken! Ich hätte schon einen Ausweg gefunden ...

Aber nein, *selbstverständlich* kommt die Lena. Ohne Schwindel, ohne Wenn und Aber. Dafür hat sie ja ihre Mutter!

Vielleicht wird es ja gar nicht so schlimm. – Zwei Stunden und XXL-„Nutella", Laugenstange, Spiegeleier, Salami, Butterkäse und saure Gurken später: Fast jeder wird wohl irgendwann in seinem Leben zu einem Klassentreffen eingeladen, doch keiner macht deshalb so ein Drama wie ich. Wegen der paar Stunden! Es gibt sowieso kein Drücken mehr. Also sollte ich versuchen, das Beste draus zu machen. Wer weiß, womöglich könnte es nach der Zeit sogar noch ein bisschen lustig werden? Schwamm drüber, was früher war, alles Schnee von gestern, seitdem hat sich viel getan, danach lache ich bestimmt über meine ganzen Bedenken ... Oder etwa nicht?!

Im Eifer meines Anfalls mache ich mich auf die Suche nach Erinnerungsstücken an meine Schulzeit. Im Keller finde ich in einem verstaubten Schuhkarton mein Poesiealbum, eine Handvoll Fotos, einige der Briefchen, welche wir Mädels uns heimlich im Unterricht geschrieben hatten, und mein Exemplar der Abizeitung: mehr als 90 Seiten gefüllt mit Steckbriefen, Reportagen über

Lehrkräfte, Feierlichkeiten und Ausflüge, mit Witzen sowie zahlreichen Fotos, die vom Tag unserer Einschulung bis zu den Ereignissen im letzten Schuljahr reichen. Kurz blättere ich darin herum und indem mein Blick flüchtig über die Seiten streift, sehe ich im Rückblick den zusammengewürfelten Haufen meiner Schulklasse. Was wir doch alles miteinander geteilt haben. Und wie schnell wir uns entwickelt haben! Gerade noch Kinder, schon verstockte Teenager, mit fettiger Gesichtshaut, den ersten Schminkversuchen und experimentierfreudigen Frisuren. – Und das in einem Sprung von circa zwei Jahren. Wann dagegen habe ich mich das letzte Mal irgendwie äußerlich groß verändert? Wie lange trage ich nun schon dieselbe schlappe Frisur? – Bis hin zu den Abiturienten, die mit selbstgedrehten Zigaretten in den Mundwinkeln und Secondhand-Klamotten auf Intellektuelle machen. Einbildung ist eben auch 'ne Bildung.

Die Neugier ist geweckt, und so stopfe ich meine Funde zurück in den Schuhkarton und trage diesen mit hoch in die Wohnung, um dort alles gründlich zu durchleuchten.

Im Wohnzimmer nehme ich erneut die Abizeitung zur Hand und blättere dorthin, wo in alphabetischer Reihenfolge eine Auflistung aller Schüler beginnt, jeweils mit Farbfoto vom Tag der Einschulung. Die Durchsicht weckt bei mir einen ganzen Film von Erinnerungen. Und ich muss mir eingestehen, dass doch tatsächlich auch viel Schönes dabei ist und wir anscheinend eine Menge Quatsch miteinander erlebt haben:

So huscht über mich ein Lächeln, als ich Mirco sehe und daran denke, wie er einst ein Referat über „Haushunde aus der Domestikation der Wölfe" halten sollte. Mit einem läppisch fränkischen Mundwerk hob er an: „Hünd sin Ruddeldier un stamme vo de Wölf ab ..."

Und besiegelte damit sein Schicksal bei Dr. Kramer.

„Stopp!", herrschte Dr. Kramer Mirco an, wobei es ihm sichtlich in den Händen zuckte. „Es heißt: »Hunde sind Rudeltiere und stammen von den Wölfen ab«, kannst du kein Deutsch? Mach es nochmal!"

Mirco grinste verschlagen und begann erneut zu fränkeln: „Wie g'sacht: Hünd ..."

„SCHWEIG! Setzen! Aber sofort! Geh mir aus den Augen! Was denkst du denn, wo wir hier sind?"

Mirco jedoch, der das Ende seines Referats schneller erreicht hatte als erhofft, antwortete nur mit einem Kichern, in das die halbe Klasse einstimmte. – Worauf Dr. Kramer außer sich geriet! In seinem Gesicht begannen die Mundwinkel auf krampfhafte Art zu zucken, die Augäpfel schienen hinter den Gläsern seiner Brille zu explodieren, während die Tränensäcke zu blauroten Kolossen anschwollen. „Hünd!", stieß er andauernd atemlos hervor. Sein Spitzbart zitterte vor Empörung. „Hünd!" Der ganze Dr. Kramer zitterte. „So ein Unfug! In die Ecke mit dir! Und für die ganze Klasse einen Verweis. Wer noch einmal lacht, kriegt Nachsitzen, bis er schwarz wird! HÜND! Ihr sollt mich kennenlernen! Bedankt euch bei eurem Mitschüler: dumm geboren und nichts dazugelernt!"

Beim nächsten Portrait erinnere ich mich an Eva, die als Erste unserer Klasse einen eigenen Computer mit Drucker besaß und damit für jeden vor den Geschichtsprüfungen professionelle Spickzettel fabrizierte, welche in der klitzekleinsten Schrift und sauber gegliedert den ganzen Lernstoff umfassten. Was hätten wir ohne sie getan? Bei Oliver fällt mir ein, wie er einmal hinter dem Abfalleimer einen CD-Player versteckt hatte, aus dem 15 Minuten nach Beginn der Religionsstunde plötzlich der Gesang „We don't need no education" dröhnte. Bei Ben, dass er einst beim Sommerfest mit einem „Super Soaker" aufgetaucht war, mit dem er erst uns und später die Direktorin Frau Liebner klatschnass spritzte! Petra ist auf der nächsten Seite verewigt. Sie war das einzige Mädchen unserer Klasse, das Reitstunden hatte nehmen dürfen, statt nur „Wendy" zu abonnieren und „My Little Pony"-Aufkleber zu tauschen wie wir anderen Pferde-wahnsinnigen. Jedoch hatte Petra selbst viel von einem Pferd und roch so beißend nach Stall, dass unter ihre Schulbank sogar ein Duftei geklebt wurde! Pferdekopf wurde sie damals getauft. Auf einem der folgenden Fotos taucht Nikkis Gestalt auf. Und SCHNIPPS ist die Erin-nerung geweckt, wie Nikki in einer Englischstunde den Fernseher im Sprachlabor mit der Fernbedienung stän-dig heimlich umschaltete und dadurch den zerstreuten Referendar in die Verzweiflung trieb. Und schließlich, als ich auf der Seite mit dem Buchstaben „P" angelangt bin, durchbohrt mich ein Giftpfeil und das Lächeln, das sich auf mein Gesicht geschlichen hat, erstirbt. Svenia Preinfeld schiebt sich vor meine Augen und alte Wunden reißen auf.

Svenia und Co. – die Püppchen-Clique!

Uns trennten Welten. Ich war das riesige Kaliber, sie vom Charakter her zwar roh und abgebrüht wie die gröbsten Schlachter, äußerlich aber – worauf es im Leben ankommt; innere Werte interessieren doch höchstens beim Neuwagenkauf bezüglich des Kofferraumvolumens oder bei einer Pizza Calzone – Mädchen bis aufs i-Tüpfelchen: „Oilily"-Babes mit einem Körperbau wie aus dem Bestell-Katalog, klein, zart und zierlich, doch Busen und barbieblonde Mähnen, die sie bei jedem zweiten Schritt über ihre Schultern zurückwarfen, wenn sie durch das Schulhaus stöckelten, als wär's „Beverly Hills 90210", dabei über ihr Lieblingsthema „Jungs" kicherten oder sich allenthalben vor irgendetwas ekelten, fürchteten oder zierten. Jeder tatterige Weberknecht konnte da ein Gekreische wie die riesigste Vogelspinne entfachen, jeder Regenwurm, als wäre er eine Python, und ein einzelner Regentropfen während der Pause ein stundenlanges Geheul um die Frisuren. Jemandem wie Petra dem Pferdekopf wäre für eine solche Anstellerei das Leben noch schwerer gemacht worden, ich hätte es riskiert, mich gleich zu ihr gesellen zu können. Das Alpha-Püppchen Svenia und ihre Klone allerdings genossen Ansehen und unbegrenzte Narrenfreiheit, denn von klein auf konnten sie das Eine, was eine Frau können muss: Männer um den Finger wickeln. Mann in Sicht, und – *bling!* – sofort wurde gestrahlt, geblinzelt und auf das Nimm-mich-Zirpsestimmchen umgeschaltet. Sie wussten um ihre Reize, und mit steigendem Alter und „Wonderbra"-Busen wurden ihre Kleidchen immer enger und gewagter, sodass man – das maskuline „man" – bei jeder Bewegung das Aufplatzen der Nähte erwarten durfte. Sie wussten, wie man „süß" tut, wie man die Köpfchen verdrehen und schräg von unten lächeln muss, um ein Ziel zu erreichen, ohne selbst etwas dafür zu tun, oder wann man praktischerweise lieber schmollen sollte. Ja überhaupt konnten sie, um ihrem ganzen Klein-Mädchen-Image die Krone aufzusetzen, bei Bedarf hilflos wirken.

Und wo ich schon mal beim Thema bin: Ich lehne mich keinen Millimeter zu weit aus dem Fenster, wenn ich hier und jetzt behaupte, dass eine gewisse Hilflosigkeit die Atombombe unter den Waffen einer Frau ist. Bei Gott, ich schwöre, sich immer schön hilflos, niedlich und dankbar für jeden Beschützer anstellen, heißt die Zauberformel, um alles in den Arsch geschoben zu kriegen und Männer scharf wie Rasierklingen zu machen. Auf schnuckelig schwache Weibchen, die beim Einzug lieber den neuen Nachbarn aus dem Bett klingeln, als selbst einen Umzugskarton anzurühren, fahren Kerle ab. Ein bisschen „Ich kann das doch nicht!" hier, ein bisschen „Das ist so schwer, kann mir wer helfen?" dort, dazu ein Augenaufschlag und ein schwärmerischer Blick aus großen, runden Augen, als entdecke man gerade „Superman" höchstpersönlich vor sich, und schon hat man den Mann im Griff! Das animiert wie das Kindchenschema. Und falls dann noch hinzukommt, dass im Treppenhaus ihr Kleidchen sozusagen als Vorauskasse ein paar Zentimeter über Kniehöhe wandern sollte – „hach aber auch! Dass mir das immer wieder passiert!" –, erfüllt sich wohl jede noch so abgedroschene Phantasie des Superhelden. Worin, und das ist so sicher wie das Amen in der Kirche, keine vorkommt, die selbst mit anpacken kann.

Svenia, Patricia und Janine, – die drei beherrschten die Hilflos-Strategie wie aus dem Effeff. Wen sie gerade brauchen konnten, wurde damit eingeschmiert wie mit

Melkfett. Ein frühes Beispiel: Mit traurigen Bambiaugen und ihrem speziellen Schmollmundlächeln waren sie an einem Februarmorgen zur Schule gekommen, um einen nach dem anderen der coolsten Jungs unseres Jahrgangs zu überreden, mit ihnen Szenen von „Dirty Dancing" einzuüben und an der kommenden Faschingsfeier aufzuführen: „Oh bitte, bitte, du bist unsere letzte Rettung! Wenn wir Mädchen die Hebefiguren allein machen, ist es viel zu gefährlich. Aber du bist doch sooooo...ooo stark! Außerdem sind wir auch gar nicht schwer. Bitte, bitte, bitte, lass uns nicht hängen, wir haben uns so viel Mühe mit der Choreographie gegeben und sonst war alles umsonst. Ohne dich sind wir aufgeschmissen. Du hast bei uns auch was gut!"

Viel zu bitten und zu betteln gab es sowieso nicht. Zwar taten die Jungs zunächst, als würden sie vor Spott um sich lachen: „Tanzen? Sind wir schwul?" Doch schon nach dem Unterricht waren sie zur verabredeten Zeit am genannten Ort. In einem leer geräumten Klassenzimmer konnten die Tanzstunden – hipp, hipp, hurra! – beginnen! Wer jedoch ungefragt vorbeischaute und gern mitgemacht hätte, der fand nur eine Tür vor, die von innen zugedrückt wurde und hinter der ein verächtliches Kichern zu vernehmen war. Dieses blöde, fiese Volk! Und dann, kaum zwei Wochen später, schwebten, wirbelten und sprangen an der Faschingsfeier die Jungs wie Patrick Swayze mit ihrer Jennifer Grey über den erbsengrünen Linoleumboden unseres Klassenzimmers. Der langen Rede kurzer Sinn: Jene Hilflosigkeit hatte Methode und einschlägigen Erfolg. Aus den Tanz- wurden bald Liebespärchen und so konnten die „Svenias" in unserer

Klasse den Ton angeben, weil die Top-Jungs Wachs in ihren Händen waren. Damit das auch so blieb und der Elite miteinander nie langweilig werden konnte, hieß es alle paar Wochen: „Bäumchen, wechsle dich!" – nur innerhalb ihres Zirkels, versteht sich. Machte ein Pärchen Schluss, folgten binnen einer Schulstunde, ritschratsch, die anderen. Aber keine Angst! Schon am Ende des Unterrichts waren sie wieder frisch versorgt. Schön über Kreuz, gerecht wie nach einer Liste. Nicht drängeln, jeder kommt doch dran oder ging schon mal einer leer aus? Und ob ich wollte oder nicht: Unter dem Sarkasmus, den ich empfand, wenn in steter Folge der Partnertausch vonstatten ging, ertappte ich mich auch immer wieder bei einem Gedanken, der wie Galle schmeckte: Immerhin müssen sie sich nicht allein durchs Leben kämpfen.

Unter „W" bilde ich das Schlusslicht des Schülerverzeichnisses: Lena Wegner.

Wehmut überfällt mich, während ich mein Einschulungsfoto betrachte und mich im Alter von zehn Jahren sehe: Wie unbekümmert mein sonnenverbranntes Gesicht in die Linse strahlt. Ich strotze nur so von gesundem Selbstvertrauen! In den Haaren, flachsblond von Sommerferien und Schwimmbad, habe ich zwei lange, geflochtene Zöpfe. Ich trage einen signalroten Pulli, auf dem im Großformat und regenbogenneongrell das „ESPRIT"-Logo in seiner charakteristischen Lücken-Blockschrift prangt – nur eine billige Fälschung, erbettelt im Urlaub am Gardasee. Dazu kombiniert habe ich eine abgeschnittene Jeans, selbst eingefärbt mit Textilfarbe in einem Kanariengelb, und, um sozusagen die modische Ampelkoalition komplett zu machen, froschgrüne Söckchen, *hochgezogen!,* in ausgelatschten Turnschuhen. Was für ein Geschmack!

Da war meine Welt noch in Ordnung gewesen, gehen meine Gedanken weiter. Mein kindlicher Mädchenkörper war wie der einer jeden anderen. Flach wie ein Scherenschnitt, die Pubertät mit allen peinlichen Verformungen hatte noch nicht zugeschlagen, und vor allem: normal groß. So normal, dass ich im Rückblick nicht einmal sagen kann, wie groß. Es sollte aber nur noch kurz vor der Zeit sein, da ich begann, mich jeden Tag fanatisch an ein Metermaß zu stellen, welches ich eigens an meinem Türrahmen angebracht hatte, und das Ergebnis mehr als einen Dolchstoß fürchtete. Keine drei Monate, bevor ich mich für jeden neuen Zentimeter hasste und bestrafte. Wenn es geholfen hätte, ich hätte mir die Knie zertrümmert! Mit zehn, das war der letzte Sommer in kurzen Hosen. Ich hatte noch nicht überlegt, ob ich hübsch oder hässlich bin.

– Und mich noch nicht für Letzteres entschieden, bis ...

Jäh blicke ich von meinem Foto auf.

Durchatmen ---

Doch als wäre der Damm gebrochen, überrollt es mich in einer Flut.

... bis es von einem Tag auf den anderen anfing, dass ich wie die Bohne in die Höhe schoss.

„Lange Latte!", stimmten damals meine Altersgenossen im örtlichen Katholischen Jugendzentrum ihre Brüllchöre an. „Nie im Leben findet die einen Mann", zischelten ihre Mütter einander beim Abholen zu.

Auch in der Schule war ich von da an abgestempelt:

„Och Männo, die Mannschaften gehen nicht auf! Wie sollen wir jetzt Völkerball spielen?"

„Die Lena soll halt solang bei den Jungen mitmachen. Die hat doch Kraft wie ein Stier!"

Schnell! Schnell die Tränen runterwürgen und einen Witz reißen!

„Morgen, Lena, na, wie ist heute die Luft da oben?", wurde ich von den Lehrern begrüßt.

Nur nicht anmerken lassen, dass es weh tut. Niemanden Blut lecken lassen! Einfach dazu grinsen!

Familientreffen, – immer diese Vorwürfe, als würde ich absichtlich wachsen! Dieses Mitleid für meine Eltern. Oder auch jene schiefe Blicke von so mancher Tante, als wäre ich ein Kuckucksei. Irgendwann fing ich an, vorher heimlich literweise Sauerkrautsaft zu trinken und Tonnen von getrockneten Pflaumen zu vertilgen, nur um nicht hingehen zu müssen. Keine Chance allerdings hatte ich, wenn Bekannte meiner Eltern bei uns zu Hause vorbeischauten. Da wurde über mich geredet wie über ein Tier im Zoo: „Mal unter uns gefragt: Was gebt ihr der zu Essen?" Ich kringelte Rücken und Schultern ein, um kleiner zu erscheinen, denn Scham stand im Gesicht meines Vaters, Schweigen bei meiner Mutter. „Gibt's dafür 'nen Namen? Elefantitis, was?! Aber ernsthaft, wart ihr mal mit ihr beim Arzt?" Ich machte bereits den tiefsten Buckel, den ich hinkriegen konnte, und verzog mich in mein Zimmer, damit ich die Abscheu nicht weitererregte. Ich war schuld! Warum sonst hätten meine Eltern das zugelassen?

Im Kino sollte das Tuscheln gar nicht mehr aufhören: „Dass die sich ja nicht vor mich pflanzt. Der geige ich was. Die versperrt doch die Sicht! So was dürfte man hier nicht reinlassen!"

Und dann beim Bummeln in der Stadt: Köpfeschüt-
teln, ausgestreckte Finger – überhaupt, was hatte ich
erwartet? Für mich langes Elend gibt's sowieso nirgends
was! Heim, weg, verkriechen! – und auf Schritt und
Tritt: „Boh, guck, haste die g'seh'n?" Und zwar nicht
kurz im Flüsterton, sondern so, als könnte man nicht
anders. „Boh, g'straft! Hightower! Näää, Bigfoot! Boh,
bei der Gröss' fehlt's woan'ers ...!"

Wie kann man nur so grausam sein? Verfluchte Menschen! Wie kann man immer und immer wieder über ein
Kind herfallen, bis es anfängt, sich selbst zu verabscheuen?

„Vergesst eure Jugend nicht!" Diese Mahnung von Erich
Kästner steht als Motto über dem Kollegstufenfoto, das
eine Doppelseite in der Abizeitung einnimmt.

Mit erstarrtem Blick hänge ich dort an meiner Gestalt: im Hintergrund von 72 Abiturienten, abseits, in
der letzten Reihe, da, wo sie hingehört. Links und rechts
von ihr lachen und johlen sie, haben eine Gaudi, werfen das Victory-Zeichen in die Linse, zelebrieren ihre
Hochschulreife, zelebrieren sich: alles Kerle. Die Mädchen nämlich posieren, wo der Fotograf jedes einzelne
hingewiesen hat: sitzend, mit übereinander geschlagenen
Beinen in der vordersten Reihe oder aber mit der Geübt-
heit eines Models sich darstellend, mit gerecktem Kinn
und graziler Haltung direkt dahinter. Sie, als Einzige
ausgemustert, *vor aller Augen!, todpeinlich!,* gefühlte drei
Meter hoch und klobig wie ein Kasten, hat heimlich die
Knie eingeknickt und macht einen krummen Rücken,
weil sie hofft, so in der Masse irgendwie verschwinden
zu können. Oder soll das Foto für alle beweisen und

konservieren, dass sie sogar die Jungs ihres Jahrgangs überragt hat? Soll sie ähnlich wie ein Verkehrsunfall am Straßenrand jedermanns Blick zwanghaft auf sich ziehen: betroffen, entsetzt, doch froh, dass es einen anderen erwischt hat? Oder aber so wie der Blick des Fotografen gewesen ist: Könnte er das Monstrum nur ganz wegsperren. Am liebsten würde sie so tief in sich hineinkriechen, bis sie sich aufgelöst hat. Im brütenden Juni trägt sie lange Jeans und einen hochgeschlossenen Wollpulli, um möglichst viel von ihrem widerlichen Körper zu verbergen. Wieder einmal weiß sie nicht, wohin mit ihren Händen, wohin mit ihren Augen, seit Jahren hat sie versucht, es zu vermeiden, fotografiert zu werden, damit sie sich nicht selbst anschauen muss, und immer schwerer fällt es ihr, zu schauspielern und mitzumachen, um ihre Unsicherheit zu vertuschen.

Nein, Herr Kästner, ich habe meine Jugend nicht vergessen. Wie sollte ich? Es quält mich ja immer noch. Wie konnte ich mir vormachen, dass ich zum Klassentreffen gehen kann, wenn zwei olle Fotografien von mir reichen, um die ewig nagende Stimme in mir um 1000 Dezibel aufzudrehen: ICH HASSE ES, HASSE MICH DAFÜR, DASS ICH SO BIN ... SO ABARTIG!

Ich kann zu keinem Treffen gehen, weiß Gott nicht!

Wie mechanisch blättere ich weiter durch die Abizeitung. Auf den nächsten Seiten folgen Aufnahmen vom Sportfest, Lehrerwitze, „Garfield"-Comics auf Lateinisch und außerdem eine Reihe von Stilblüten, die allesamt wie an den Haaren herbeigezogen klingen. Am Ende stehen ein paar Zeilen über unsere Abschlussfahrt nach London. Der Inhalt: Saufen, Klagen über das Regenwetter und noch mehr Klagen über unseren Lehrer Dr. Waigner, der – wie Ben schrieb – „nachts wie im Kinderlandschulheim die Gänge patrouillierte und uns tagsüber wie ein Pitbull am Arsch hing und von f***ing Kultur zu Kultur jagte." Dazu die passenden Fotos: Die gesamte Mannschaft auf der Tower Bridge in triefenden Regenjacken unter schwarzem Himmel und einer dicken Wolkenwand, es gießt in Strömen. Vor Westminster Abbey blicken Mircos und Nikkis verkaterte Gesichter mühsam in die Kamera. Darunter sind Svenia und Oliver abgelichtet, ungeniert auf einem zerknautschten Hotelbett. Am Piccadilly Circus flanieren Patricia, Janine und – seht her! Welch große Überraschung! – Svenia. Im Hintergrund sind Ben und Oliver auszumachen, die ihnen auf den Fingern hinterherpfeifen. Betitelt ist das Foto mit dicken Lettern: „Drei Schnitten machen London unsicher!" Ein Knipser vom Nachtleben folgt: Jochen, einst im Schul-Orchester, zwischenzeitlich im Grunge-Look und Rekordhalter im „Guinness"-Trinken, stürzt in einem Pub sein Glas auf ex hinunter. Neben ihm an der Theke, mit ihrer allerersten Zigarette im Leben und aufgeschwatztem Bier, ist Eva glücklich am Strahlen, gleich links davon, den Arm um Evas Schultern gelegt, als hätte die es nun zum Püppchen geschafft, sitzt die Anstifterin: Svenia, in deren Mundfalten ein heimtückisches Grinsen nistet. Ein gemeiner Schnappschuss vom darauffolgenden Morgen mit der Bildunterschrift „KOTZ! REIHER! WÜRG!" zeigt Eva über eine Kloschüssel gebeugt. Scheinheilig rückt Svenia sich hinter ihr in Pose – knapp bemessene Garderobe, Bauch rein, Brust raus, bitte recht freundlich! Und schließlich, inmitten Svenias höchstpersönlicher Fotogalerie, taucht ein Abzug von Erik auf, der im „Hard Rock Café" um sich prostet.

„Erik!", schlüpft es mir raus. Wieso war von ihm kein Foto in der alphabetischen Liste? Oder habe ich es glatt überblättert? Und wieso habe ich nicht von selbst eher an ihn gedacht? Ob er zum Klassentreffen kommt? Klarer Fall, jemand wie Erik sagt kein Klassentreffen ab. Warum sollte er? Jemand wie er hat das nicht nötig.

Um es beim Namen zu nennen: Erik war seinerzeit der begehrteste Junge des „Städtischen Schillergymnasiums". Ich weiß von keinem Mädchen, das nicht wenigstens für eine Weile hinter ihm her war. Alle standen irgendwann mal auf ihn – auch ich, logisch! Genauso logisch war es für mich allerdings, dass das keine einzige Menschenseele über mich wissen durfte. Ich hatte nämlich schon früh gespürt, was in meiner Rolle tabu war: Herzchen malen, einen süß finden, wie die anderen mal ein bisschen herumschäkern. Wie denn auch als geschlechtsloser Kumpel? Entsprechend verhielt ich mich. Wenn die anderen Mädchen von Erik schwärmten, Liebeskummer litten oder gar aneinander gerieten, wen er am längsten angeschaut und wen er denn mit seinem Lächeln nun gemeint hatte, dann hörte ich geduldig zu, verwarf dies am Ende für mich jedoch ganz lässig: „Er ist o.k., nett. Vor allem für einen Jungen. Aber wie ihr euch wegen ihm fertig macht! Ist's doch gar nicht wert. Und keine Ahnung, ob ihm die neue Frisur besser steht. Ich hab nicht mal gemerkt, dass er 'ne neue hat." Was hätte ich denn sonst sagen sollen? Dass er zum Schluss noch irgendwas erfahren hätte? Herr im Himmel, um keinen Preis! Ich war kein Mädchen aus der Freundin-Liga, sondern aus der Freundin-der-Freundin-Liga, und ein Typ wie Erik, Mädchenschwarm, Vorbild aller Jungs, Leitwolf der Schul-Schickeria, Klassensprecher, Bester im Sport, jemand wie er, der die Qual der Wahl hat, nimmt doch keine 2. Wahl zur Freundin! Punkt. – Schnell hatte ich das geschluckt, und nachdem ich es auch verdaut hatte, tat's nicht mehr kribbeln, wenn ich an Erik dachte oder ihn sah: Ich war nicht mehr verknallt in ihn. Und so konnte ich mich gegenüber ihm verhalten wie gegen jeden anderen. Ich war nicht mehr taubstumm, wenn er was wissen wollte, und ich musste nicht mehr schämig-verbissen aus dem Fenster stieren, wenn er im Schulbus neben mir stand. Ich hatte keinen lodernden Bauch, wenn wir blau machten und uns den ganzen Vormittag im „Mc Donald's" rumdrückten, und verlor nicht den Kopf, wenn wir in einer Freistunde zusammen Hausaufgaben machten. Allmählich wurden wir so dicke Kumpels, dass wir sogar ab und zu in der Freizeit was miteinander machten.

Svenia passte das natürlich gar nicht. Nie werde ich ihren ersten Blick vergessen, als sie an einem Samstag in der Stadt auf Erik und mich prallte, diesen Sekundenblick, ehe sie sich wieder gefangen und Erik mit Bussi-Bussi begrüßt und eingelullt hatte. Sie hatte ja nicht ahnen können, dass ich ihm nur half, für seine neue Freundin aus dem Tennisverein ein Geburtstagsgeschenk zu suchen.

Und wie ich mir nun Svenias Gesichtsausdruck vergegenwärtige, da schweifen meine Gedanken wieder zum bevorstehenden Klassentreffen: Es wäre bestimmt spaßig, mit Erik mal wieder 'ne Runde zu quatschen. Was wohl aus ihm geworden ist? Ob er schon Familienvater ist? Erik als Papa? Andererseits sind fünf Jahre vergangen, seit ich das letzte Mal mit ihm geredet habe. Vielleicht hat er inzwischen eine steile Karriere hingelegt? Vielleicht ist er nun einer dieser eingebildeten Yuppies? Als hätte ich die Vorstellung nur andenken müssen, wird mir plötzlich zumute, als ob eine eiskalte Hand mich würgen würde: Mama und Papa haben eben recht. Andere Kinder sind schon wer ...

Mit einem Ruck schleudere ich die Abizeitung zurück in den Schuhkarton. Weg damit! Tief runter in den Keller. Als ob Erik sich überhaupt mit mir abgeben würde. Schau mich doch an! Wer braucht an einem Klassentreffen bitte schön einen Kumpel? Als würde man deshalb kommen! Ich wär' noch im Weg wie auf Klassenfahrt abends am Lagerfeuer ... Also weg! Weg mit den Erinnerungen!

Trotzdem greife ich aus irgendeinem Grund noch nach dem Poesiealbum und öffne es.

Auf der ersten Seite springen mich die Zeilen meiner Mutter wie eine Mahnung an:

Sei stets der Eltern Freude,
beglücke sie durch Fleiß,
so erntest du im Alter
dafür den besten Preis.

Jäh blättere ich weiter.

Auf der nächsten Seite treffe ich auf zwei Verse in einer gequälten „Lateinischen Ausgangsschrift", die einst von meiner Schwester Carolin hingekrakelt worden sind:

Mach es wie die Sonnenuhr,
zähl die heiteren Stunden nur!

Wenn es ginge! Wenn man die Vergangenheit doch so einfach aussortieren könnte!

Und dann, auf der dritten Seite, blicke ich auf die gestochen sauberen Buchstaben meines Opas. In königsblauer Tinte steht dort:

Meine liebste Lena!
Lass nie den Mut im Sturm der Zeiten sinken
und gib den Glauben an dich selbst nicht auf.
Ein guter Wille lehrt dir vieles überwinden
und was die andern können,
das kannst du auch.

Die Worte tun ihre Wirkung: Im Handumdrehen ist ein Zittern in mir, meine Kehle wird eng und ein Brennen steigt mir bis in die Augen. Ich schlucke, um es abzuwürgen, doch Rührung, Verzweiflung und Trauer bahnen sich ihren Weg und brechen aus meinem Tiefsten heraus. Meine Augen laufen über und schon spüre ich die Tränen über mein Gesicht rollen. Und so starre ich mit wässrig getrübtem Blick auf die Zeilen vor mir, während ich in der Erinnerung versinke. Bilder, Gedanken und Gefühle überschlagen sich.

Mein Opa war wie der gute Großvater aus einem Kinderbuch: lustig, weise, geduldig, hatte immer ein Lied auf den Lippen, den Schalk im Nacken, Gedichte und Witze zu jedem Anlass oder, wenn nötig, einen guten Ratschlag parat. Mit ihm an der Seite erschien das Leben so einfach: Alles war schon einmal da gewesen und immer war das Leben weitergegangen. Mein Opa wusste in jedem Moment, was zu sagen war. Er hatte die Gabe, jedem das Gefühl zu geben, nicht nur verstanden und geliebt zu werden, sondern mehr als jeder andere von ihm geliebt zu werden. Auch mir! Ich war mir immer sicher, sein Ein und Alles zu sein. Vor Sehnsucht zieht sich mir das Herz zusammen. Ich vermisse ihn so sehr! Opa, ich hätte dich doch noch so lange gebraucht!

Und sowie ich nun meine feuchten Augen schließe, träume ich, dass ich die Zeit zurückdrehen könnte. Wärme beginnt durch mein Inneres zu strömen, während ich in meiner Phantasie durchlebe, wie ich wieder wie einst an Sommerabenden mit meinem Opa auf der Terrasse sitze, Eis mit Biskuitstäbchen und Schlagsahne esse und wir einander erzählen. Ich stelle mir vor, wie mein Opa mich dabei noch einmal in seinen Arm nimmt, „Mein Mädle" zu mir sagt und mir mit diesen zwei Worten zeigt, dass man mich lieb haben kann – genau so wie ich bin. Was wünscht' ich, ich könnte es zurückgeben und ihm sagen, wie sehr ich ihn liebe! Und dass ich ihm danke, weil er mir etwas zugetraut hat.

Dieser Gedanke ist zu viel.

Ich kann nicht mehr aufhören zu weinen. Ich weine mir die Augen aus dem Kopf.

Bis eine Stimme in mir erwacht und fragt, was mein Opa sich jetzt von mir wünschen würde. Trübsal blasen, mich bemitleiden? Die Heulsuse geben? Ganz sicher nicht. Fröhlich soll ich sein! Das Leben schon mal nicht so ernst nehmen. Keine Angst soll ich haben, sondern vertrauen, dass alles so kommt, wie es kommen soll.

Mein Bestes geben, dann darf ich stolz auf mich sein, egal wie das Ergebnis aussieht. Zum Stolzsein brauche ich niemanden außer mir! Und ich sollte eh nicht so viel darauf geben, was die anderen sagen, denn die wissen es auch nicht besser. Die tun bloß alle so. Alles ist gut, mein Mädle, du bist gesund und gescheit. Du hast jede Möglichkeit, du musst es bloß wagen. Glaub mir, mein Mädle, was immer du dir für dein Leben vornimmst, es wird dir gelingen.

Im nächsten Augenblick muss ich trotzdem schon wieder weinen. Mein Körper will mir einfach nicht gehorchen. Krampfartig zucken mir die Schultern, die Lippen beben und ab und zu muss ich ins Taschentuch schniefen, weil die Nase hilflos tropft. Nach einigen Minuten allerdings gelingt es mir. Ich richte mich auf und erkläre aus vollem Herzen und mit einer Stimme wie aus Stahl: „Was die andern können, das kann ich auch. Ich GEHE zum Klassentreffen. Denen zeige ich's. ABER HALLO! Und das ist erst der Anfang. Mama und Papa werde ich beweisen, dass ich kein Versager bin! Auch ohne ihren Kotzbrocken von einem Schwiegersohn werde ich nicht versagen!!!"

„Allzu straff gespannt, zerspringt der Bogen"

Es ist unfassbar! Selbst am nächsten Tag habe ich mich nicht umentschieden. Trotz der Endlosdebatte, die ich des Nachts, als alles um mich herum still war und sich die Bedenken lautstark regen konnten, in mir ausgetragen habe, hat sich an meinem Vorhaben nichts geändert. Punkt eins: Ich bin noch immer fest entschlossen, zum Klassentreffen zu gehen. Punkt zwei: Die sollen staunen! Die Augen sollen ihnen übergehen. Ich kann auch ein Mädchen sein! Umpusten werde ich sie, alles muss sitzen, keine weiten Säcke, strahlen will ich. Revanche! Die Jungs soll es fuchsen, dass sie mich früher wie einer von ihnen haben nebenherlaufen lassen. Und wenn's nur für eine Sekunde ist! 17 Tage bleiben mir. Da muss doch was zu machen sein.

Für heute habe ich mich mit meinem Laptop auf der Couch eingenistet. Eine Tiefenreinigungsmaske mit Algenextrakten habe ich schon im Gesicht, zäh nippe ich an einer Tasse seifig schmeckendem Entschlackungstee, der von innen heraus gegen Pickel und Mitesser kämpfen soll, während ich online nach geeigneten Klamotten stöbere.

„Na bitte, so ist das Einkaufen eine viel angenehmere Sache!", lobe ich beschwingt das Internet, das mir das Rennen von Geschäft zu Geschäft, den Temperatursturz zwischen überheizten Läden und eisiger Winterkälte, immer wieder Jacke, Schal, Pulli aus – Pulli, Schal, Jacke an, zerstörte Haare, Schmierer am Kragen und dieses hundsgemeine Neonlicht in den schließfachschmalen Umkleidekabinen erspart. Und halleluja, dass es hier keine Verkäuferinnen gibt, die wie die Hyänen über einen herfallen oder mit ungnädigen Blicken die Kleidergröße prüfen: Da kommt 'ne 40er, vielleicht sogar 42, und das in dem Alter! Ich klicke dahin, dorthin, zurück, breche ab, aktualisiere und öffne die Seiten mit den neuesten Teilen der Winterkollektion. Emsig arbeite ich mich durch verschiedene Hersteller und Versandhäuser und Sonderangebote. Und schließlich, nach unzähligen Klagen und Gestöhn wie „Da passe ich nicht hinein!", „Wer zum Teufel soll da überhaupt hineinpassen?" und „Vergiss es, mit den Absätzen käme ich durch keine Tür mehr! Ich würde aussehen wie ein Mann an Fasching!", da habe ich endlich fünf schicke Teile im Warenkorb. Lederstiefel, schlank und elegant. Ein schwarzes, enges Oberteil mit einem tiefen V-Ausschnitt. Nur für den Fall, dass ich dafür doch zu feige sein sollte, als Ausweichmöglichkeit einen neutralen Rollkragenpullover in Schwarz, obwohl ich mit der Sorte bereits selbst handeln könnte. Filigrane silberne Ohrhänger mit glitzernden Zirkonias. Und – als Krönung! – einen raffinierten Rock aus einem zarten, hellrosa Stoff, der vorne schräg geschnitten ist und der dadurch mein linkes Bein zur Hälfte mehr verführerisch umspielen denn verhüllen würde. Richtig süß ist der! Und mal nicht in Schwarz!

Andererseits: Lohnen sich bei mir 89 € für einen Rock? Wenn ich ehrlich bin: Werde ich mir überhaupt trauen, ihn anzuziehen? Schön ist er, keine Frage, aber an mir? Ich habe schon genug Kleider, die im Schrank vergammeln, obwohl sie schön sind. Und dann dafür 89 € in den Wind schießen? Während ich den Mauszeiger unschlüssig über der Taste „Bestellung ändern" zittern lasse, überlege ich hin und her. Ich kenne mich ja. Wie oft schon habe ich ein schönes Teil kurz vor dem Weggehen gegen Standardjeans und Rolli ausgetauscht. Und dann gleich so einen Rock? Bei meinen Beinen? Den großen Füßen ...

Stopp, Sense, Schluss! Scheiß der Hund jetzt auf meine Füße, der Rock wird angezogen! Wer nicht wagt, der nicht gewinnt! Der Rock ist ein Prachtstück, wer würde mich damit beim Völkerball noch zu den Jungs einteilen? Ich und Rock – denen würde die Spucke wegbleiben! Und Svenia könnte mit ihren Spitzfindigkeiten einpacken. Soll sie doch ihren eigenen Hormonspiegel auf Testosteron untersuchen lassen! Jede Wette, die Dummbabblerin würde schauen wie damals, als Erik und ich zusammen in der Stadt waren. Allein für den Gesichtsausdruck würden sich die 89 € lohnen. Also, was gibt's da noch zu zögern? Nichts wie ran!

Gesagt, getan. In einem Schwung rutsche ich mit dem Zeiger nach unten und drücke auf „Bestellung senden".

Danach lade ich mein E-Mail-Programm, wo mich in meinem Posteingang eine einsame neue Nachricht begrüßt. Der Zeiger der Maus schwebt bereits über „Öffnen", als ich stutze. Der Absender nennt sich franzi.im.web@gmx.de! Abgeschickt wurde die E-Mail heute, am 11. Dezember, ohne Betreff.

Franzi? Ich wühle in meinem Kopf und eine nervöse Ahnung schwillt an: Ich kenne nur eine Franzi. Die, die damals mit Verena gemeinsam die Lehre gemacht hat. Aber haben die zwei sich nicht gleich zu Beginn ihrer

Ausbildung verkracht? Was will die von mir? Und seit wann hat die meine E-Mail-Adresse?

Ich öffne die Nachricht und erfahre schnell, was sie von mir will:

„Hi Lena! Vielleicht wunderst du dich, dass ich dir schreibe, aber das Maß ist voll! Gestrichen! Was du mit Verena abziehst! Sie hat mir alles erzählt und ich muss sagen: unter der Gürtellinie! Volles Gerät! Erst provozierst du einen Streit, dass Verena ganz fertig ist, und jetzt lässt du nichts mehr von dir hören. Als ob Verena dir schnurz wäre. Weißt du, wie verletzend das von dir ist? Du musst doch zugeben, dass du schuld gewesen bist. Man lässt seine Freunde nicht im Stich, jedes kleine Kind weiß das. Versetze dich nur mal in Verenas Lage: Du hast sie ganz allein gelassen, als sie dich am meisten gebraucht hätte. Und was machst du jetzt? – Lässt sie gleich wieder hängen! Da ist mehr als eine Entschuldigung nötig! Vielleicht hast du Glück und Verena drückt nochmal ein Auge zu. Entschuldige dich bei ihr, bevor es zu spät ist! Franzi!"

Mit einem Ruck klappe ich den Laptop zu.

Herzflattern.

Dass es mir die Luft abschnürt. –

Da hat Verena sie also schon, die nächste Marionette. Was weiß denn die?! ICH bin verletzend? Den Streit soll ICH provoziert haben? Entschuldigen soll ich mich, bevor es WIEDER MAL zu spät ist? Wieso entschuldigt sich Verena denn nicht mal zur Abwechslung?! Oder hat sie vergessen, dass SIE es gewesen ist, die mich extra angerufen hat, um mich nach Strich und Faden niederzumachen, und wie sie mich danach – *wamm-bamm!* –

abserviert hat? Und jetzt? Will sie mich weichkochen, nur damit sie mich anschließend wieder nach Lust und Laune herumkommandieren kann. Aber nichts da! Wenn ich heute umfalle und mich entschuldige, ist's morgen dasselbe wie bisher. Mir steht's bis hier! Ich sollte die E-Mail E-Mail sein lassen, ohne überhaupt darauf zu reagieren. Vielleicht würde Verena dann mal nachdenken. Mal anders mit mir umgehen. So wie es bisher war, läuft es nicht mehr! Verena würde sich wundern ...

„WIRD sich wundern!", bricht mir mein Entschluss in der nächsten Sekunde aus den Lippen. Und schon springe ich von der Couch auf, Laptop weg, damit ich nicht in Versuchung gerate. „Dieses Mal werde ich nicht schwach! Standhaft bleiben! Verena soll den ersten Schritt machen. Ich melde mich nicht. Wer hätte das gedacht: Ich habe auch Stolz! Wollen wir doch mal sehen, wer hier den längeren Atem hat!"

Ganze zehn Minuten halte ich diese Taktik durch.

Dann meine ich vor Angst zu platzen. Die alte Angst: Verena wird ausrasten. Sie wird nicht mehr mit mir reden, mir nie verzeihen. Ich werde sie verlieren. Was bringt mir dann irgendein Stolz?

Zurück am Computer und erneut angeschmissen. Ihn als lahme Ente, Trödelfritze, Bummler beschimpfend warte ich rastlos, indessen er hochfährt und meinen E-Mail-Account lädt. „Nun mach schon, hopp! Oah, mach hinne! Wird das heute noch was?", stöhne ich auf, ehe ich jäh verstumme: In der Aufregung habe ich die Gesichtsmaske vergessen ...

Verflixt! Die muss runter. Bevor die anfängt, mir in die Tastatur zu bröckeln!

Ich haste also ins Bad und schrubbe mein Gesicht. Mit Ungestüm trockne ich mich ab und will zum Computer eilen, da läuft ein kalter Schauer durch mich hindurch – die glasklare Erinnerung an eine sommerliche Grillparty hat sich unversehens vor meinen Innenblick geschoben und ich durchlebe die Szene, als wäre es gestern gewesen:

Verena belegte die Hollywoodschaukel. Gegenüber saß ich auf einem Klappstuhl, neben mir fuhrwerkte Christian am Grill herum. Alles an Verena wirkte so unglaublich hart und verriegelt, alles schien Distanz zu fordern, besonders die breite, silbrig spiegelnde Sonnenbrille, hinter der ihre Augen verborgen waren. Ihr Tonfall verriet: Ich hatte heute einen schlechten Tag und wenn mir noch einer zu nahe kommt ...! Irgendwann, die Sonnenkugel war inzwischen hinter den Bäumen versunken und über dem Garten lag Dämmerlicht, nahm Verena ihre Brille ab und zum ersten Mal am Abend konnte ich ihre Augen sehen. Ich zuckte zusammen. Gott, was für ein Blick! Was um alles in der Welt war geschehen? Verenas Augen waren starr auf mich gerichtet. Und es war Hass, blanker Hass, der da aus ihren Augen blitzte! Und ich wusste nicht einmal, was ich gemacht hatte. Was hatte ich gesagt? Womit hatte ich Verena gekränkt? Hatte ich sie irgendwie bloßgestellt? Und wie so oft begann ich, wie ein geprügelter Hund um Verena herumzuschleichen, immer mit dem Fünkchen Hoffnung, dass sie irgendwann wieder gut mit mir wäre.

Eine recht typische Erinnerung. Und dennoch rastet mit diesen Gedankenbildern bei mir der Schalter ein: Das ist keine Freundschaft. Angst, Streit, Drohungen – ich könnte mich anpassen wie ein jahrelang eingelaufener Wanderschuh, aber Verena wird immer etwas finden, worüber sie sich ärgert. Verena war niemals meine Freundin und sie wird es niemals sein. Warum konnte ich mir das nicht eher eingestehen? Ich verliere doch nichts. Die schönen Zeiten kann ich an den Händen abzählen.

Nachdenklich gehe ich zurück zum Computer. Und nun? Ich will Klartext reden. Ich will endlich keine Angst mehr haben. Kurz verschnaufe ich und schon rasen meine Finger wie von selbst über die Tastatur:

„Hallo Franzi! Wenn du dich schon in Sachen einspannen lässt, die dich nichts angehen, dann lass dir sagen: MEIN Maß ist voll! Verenas Machtspielchen kommen mir schon zum Hals und zu den Ohren heraus. Ich habe keinen Bock mehr auf ihre Launen, keinen Bock mehr, wie ein Animateur für sie bereitstehen zu müssen, erst recht keinen Bock auf jemanden, der sich nie für mich freuen kann oder kein einziges Mal Verständnis hat, wenn ich eine harte Zeit habe, keinen Bock mehr, jeden kleinsten Scheißdreck von ihr absegnen lassen zu müssen! Ich will nichts mehr mit ihr zu tun haben, gar nichts. Ja, du liest richtig: Verena ist mir schnurz. SCHNURZ-PIEP-EGAL! Ich habe viel zu viel Zeit damit vertan, es ihr recht zu machen, ihre Meinung wie Gottes Gebot zu achten und mich unterbuttern zu lassen, damit sie sich nicht alleine kacke fühlen muss – ab jetzt sind unsere Wege getrennt!!! Behalte deine Entschuldigungstipps für dich, du wirst sie ohnehin bald selbst brauchen. Und Verena kannst du ausrichten: Für eine Entschuldigung ist es VIEL ZU SPÄT, wohlgemerkt: von MIR aus! Lena."

Das letzte Zeichen ist getippt, da klicke ich, ohne einen zweiten Blick auf die Sätze zu werfen, auf „Senden".

Ich weiß nicht, wie lange ich anschließend reglos da-
sitze. Ich bestarre einfach den Monitor, der mir mitteilt,
dass meine Nachricht erfolgreich versandt worden ist.

Erfolgreich?!

Was heißt das?

Mein Herz scheint stillzustehen, während ich über-
denke, was ich gerade getan habe: Jetzt ist es endgültig.
Ich kann nichts mehr ungeschehen machen. Verena und
ich – das ist Geschichte! Sie hat mich gehasst – wann hat
das angefangen? Und warum? Toben wird sie, wenn sie
von meiner Antwort erfährt. Und was wird erst passieren, wenn wir uns zufällig über den Weg laufen? Habe
ich trotzdem das Richtige getan? Die letzte Brücke hinter
mir zu sprengen? Und wenn, wie fängt man neu an?

Das sind nur einige der Fragen, die wieder und wieder
auftauchen und sich immerfort zu neuen Gedanken ver-
quirlen. --- Bis der Groschen endlich fällt und ich weiß,
dass es das einzig Richtige war, was ich tun konnte und
jemals in Bezug auf Verena getan habe. Der Schlussstrich
war nötig!

Mit diesem Urteil fällt die Spannung von mir ab. Mein
Körper taut auf, die Lähmung zerfließt. Ich schalte den
Laptop aus und rolle mich auf der Couch zusammen.
Verena kann bleiben, wo der Pfeffer wächst!

Reingeritten, aber so was von

Der dritte Adventssamstag, in der Früh des Morgens. Feuchtkaltes Schmuddelwetter: Schneeregen, Grauschleier am Himmel, garstig pfeift der klamme Wind.

Durch die Innenstadt wälzen sich die Menschenmassen. Von rechts und links drängen sich Kolonnen von gehetzten Gesichtern an mir vorbei. Regenschirme verkeilen sich, flitzen wie gemeingefährliche Geschosse auf die Augen zu, schaben an den Ärmeln meiner Jacke oder stechen mir in den Rücken. Die Straßenbahn rauscht in Richtung Hauptbahnhof. Gequengel von Kindern, Flüche der Eltern, das Schnauben sich öffnender und schließender Bustüren, Hupen eingekeilter Autofahrer und das Läuten der Kirchenglocken vermischen sich mit dem Brutzeln der Bratwurstbuden zu einem hektischen Getöse.

Alles rennt.

Der einzige Fehler in diesem Betrieb bin ich! Wie bestellt und nicht abgeholt stehe ich vor der „Parfümerie am Marktplatz" und getraue mich nicht hinein.

Das ist doch ein Klacks! rede ich mir im Stillen zu, während ich aus den Augenwinkeln durch das weihnachtlich dekorierte Schaufenster linse. Gegen den Frisörtermin ist das voll der Klacks! Und den habe ich auch durchgestanden. Glimpflich lief der ab und das Ergebnis lässt sich sogar sehen! Also, wenn ich das komplette Programm beim angesagten „Cut & Style" mit Beratung, Schneiden und Strähnen überlebt habe, dann schaffe ich einen Einkauf in einer Parfümerie ja wohl mit links. Nichts wie rein und dann kurzer Prozess. Oder soll mein

Plan ins Wasser fallen? Wie will ich am Klassentreffen irgendwie punkten, wenn ich zu feige gewesen bin, mich darauf vorzubereiten? Ehrlich, Lena: Es wird Zeit, dass du dich zusammenreißt. Sei kein Hosenscheißer, sondern mach was aus dir! Und zwar ein bisschen plötzlich!

Gepeitscht von dem Verlangen, meinen ehemaligen Klassenkameraden einen Denkzettel zu verpassen, setze ich mich in Bewegung. Damit mich nichts irritieren kann, klemme ich meine frisch gesträhnten, nun sommerlich blonden, keck gestutzten Ponyfransen hinter die Ohren. Ich bemühe mich um eine aufrechtere Körperhaltung, als wonach mir eigentlich zumute ist, zwinge mich zu einem Lächeln und trete durch den warm blasenden Luftvorhang hinein in die Parfümerie. Neben einem ausladenden weißen Plastikweihnachtsbaum mit mal blau, mal weiß blinkenden Lichterschlangen, Lametta und Silberkugeln stockt mir der Schritt. Wohin jetzt? Vor, hinter und rechts von mir ragen gläserne Regale mit tausend Tuben und Tiegelchen, Flakons und edlen Dosen, Zerstäubern in Hülle und Fülle empor. An der linken Wand zieht sich eine großzügige Theke entlang. Dahinter: DIE HÖLLE! Vier Verkäuferinnen begutachten mich mit Stielaugen, stecken die Köpfe zusammen und haken ihre Augen aufs Neue in mich. Wie Bluthunde wittern sie, dass ich ein Fremdling bin.

Was nun? Mit einem Schlag ist die Einkaufsliste, die ich mir vorher in Gedanken zurechtgelegt habe, aus meinem Kopf gefegt. Vollkommener Blackout! Was habe ich hier zu suchen?

Um den lauernden Blicken zu entgehen, verschanze ich mich zwischen den Regalen und schlüpfe hindurch nach rechts, immer weiter nach rechts. Mein Verstand dreht sich dabei im Kreis: Bleib ja nirgends hängen! Vorsicht, nichts mitreißen, keine Elefantenkuh sein!

Ohne Ziel schleiche ich zwischen den Kostbarkeiten umher, bis ich schließlich ein harmloses Regal mit Deos, Schaumbädern, Seifen und Duschgels entdecke. Im Eiltempo steuere ich es an. Obacht! Nichts umschmeißen! Ich greife wahllos zu, halte eine „Aromadusche mit Grapefruit und Zypresse" in der Hand, drehe mich in einem Ruck um meine Achse – jetzt nur noch schnell bezahlen! Bloß raus hier! –, da schneidet mir eine Verkäuferin den Weg ab.

Eine Frau von Rasse steht vor mir. Mitte 30, große Silbercreolen, blauschwarz schimmerndes Haar, das Gesicht: makellos. Man sehe sich nur mal die dunklen Augenbrauen an! Sie sind sichelförmig geschwungen, dicht und dennoch in Form, kein kleinstes Härchen stellt sich quer. Bei ihrem Anblick kann ich verstehen, weshalb es heißt, gut gezupfte Brauen ersetzen jedes Augenlifting. Nicht dass sie eines nötig hätte! Ihre gepflegte Haut erstrahlt wie Bronze und das Feuer züngelt in den onyxfarbigen, lang bewimperten Augen. Sie trägt ein schwarzes Top, das in der Taille endet, hochhackige Riemchenschuhe und eine hautenge Capri-Jeans, verziert mit süßen Strass-Steinchen. Und sie ist höchstens die halbe Portion von mir! Sie ist das zarte Geschlecht, ich bin die Frau fürs Grobe. Sie könnte als russische Ballettmaus durchgehen, ich als gedopte Ringkämpferin aus Sowjetzeiten. Sie ist die Verkörperung der weiblichen Grazie und ich wirke dagegen wie die Bauernmagd mit Dialekt und Stiernacken.

„Kann ich Ihnen behilflich sein?", fragt sie mit einer Stimme, die aus mir unerfindlichen Gründen freundlich und offen klingt.

Totenstille. Die Sekunden scheinen zu kriechen, während ich wie ein Tölpel nicke und sie anstarre. Ich forsche in ihrem malerischen Gesicht. Doch nichts! Kein sich rümpfendes Näschen, keine verfinsterten Augenbrauen, kein zu Eis gefrorener Blick, der vorwirft: Wie kannst du es wagen, die heiligen Hallen der Schönheit zu entweihen? Dass das gleich klar ist: Du genetischer und modischer Super-GAU bist bei uns nicht Kunde, und König schon erst recht nicht. Wenn ich dir im Dunkeln begegnen würde, bekäme ich es mit der Angst zu tun. Meinst du, ein neuer Duft lenkt von deiner Visage ab? Schön wär's! Schlupflider bis zu den Kniekehlen, Hornhaut an den Händen ... – ein komplett hoffnungsloser Fall bist du. Zappenduster sieht's für dich aus. Los, ABGANG, beweg deinen Nilpferdarsch.

Nein, nichts von alledem. Stattdessen trägt sie ein entwaffnendes Lächeln auf den brombeerroten Lippen und fragt: „Womit könnte ich denn helfen? Suchen Sie etwas Bestimmtes?"

„Ja", sage ich und mit etwas Verspätung nicke ich dazu. Langsam kommt's mir wieder. „Ich suche etwas zum Abdecken. Vielleicht auch ein Puder ... oder Make-up ... oder ich weiß nicht. Irgendwie alles. Und einen Lippenstift. Und vielleicht ... vielleicht etwas Farbe für die Augen. Ich weiß nicht genau, ob das etwas für mich wäre", haspel ich hervor und muss mich über meinen Mut mehr als wundern.

„Selbstverständlich wäre das etwas für Sie! Das würde Ihre attraktive Augenfarbe noch mehr zur Geltung bringen."

Wie? Was? Attraktive Augenfarbe??? Bin ich ihr womöglich auf den Leim gegangen und ihre Freundlichkeit ist nur Fassade, um mich nachher mit noch lauterem Hohngelächter hinauszujagen?

„Haben Sie eine Marke, die Ihr Favorit ist? Bevorzugen Sie einen Hersteller?"

„Ähm, nein."

„Haben Sie Allergien gegen bestimmte Inhaltsstoffe?"

„Nicht dass ich wüsste."

„Umso besser! Damit steht uns das gesamte Sortiment zur Auswahl!", sagt sie vergnügt und vollführt eine Drehung, mit der sie feierlich um sich deutet. Danach legt sie einen derart gründlichen Blick auf mein Gesicht, dass mir das Blut kochend heiß bis in die Haarspitzen strömt, und entscheidet vornehm: „Gut, wenn es Ihnen recht ist, beginnen wir mit der Basis. Wir benötigen zunächst eine Grundierung für die sensible Haut. Ich hätte da bereits etwas im Sinn. Außerdem denke ich an ein loses Puder von »Clinique«. Mit seinen Perlmutt-Partikeln kaschiert es selbst noch die kleinsten Unebenheiten Ihrer feinporigen Gesichtshaut. Empfehlen würde ich Ihnen darüber hinaus ein spezielles grünes Gel zum Neutralisieren der Äderchen an Ihren Wangen. Sie werden begeistert sein! Damit bekommen Sie einen Teint so ebenmäßig und strahlend wie in den Hochglanzmagazinen. Jede Frau wird Sie darum beneiden. Wenn Sie möchten, folgen Sie mir."

Und ob ich möchte!

Glamourös und todschick schreitet sie voran, auf ihren superhohen, supersexy Absätzen, mit denen ich mir längst die Haxen gebrochen hätte, und mit einem Popöchen, für das jede Frau dem Teufel ihre Seele versprechen würde. Ich, wieder ganz darauf bedacht, nirgends anzustoßen und nichts herunterzureißen, gleich hintendran, wobei ich mit einem Mal stutze: War mein Gang eigentlich schon immer so hatschend?

Eine geschlagene Stunde und unzählige Produktempfehlungen, Muster, Schminktipps, Farbanalysen und schmeichelnde Nettigkeiten später: Ich bin überglücklich! Jede Körperzelle bizzelt, als ob ich in einem Ameisenhügel stehen würde. Mein Inneres scheint vor Freude Funken zu sprühen und durch meine Gedanken fegt ein Trommelwirbel: Bin ich froh! Bin ich froh! Bin ich froh, dass ich hierher gekommen bin! Nicht nur wegen dem Klassentreffen!

„... und ein Puder mit Perlmutteffekt. Eine Wimperntusche mit Silikonextrakten. Lippenstift, Gloss, Lipliner. Zwei Lidschatten. Abdeckfarbe und ein Duschgel", kommentiert inzwischen die Kassiererin der Parfümerie jeden ihrer Handgriffe, während sie meine Einkäufe Stück für Stück in eine weihnachtliche Papiertüte packt. Auch sie könnte nicht freundlicher sein, obwohl sie perfekt wie eine Romanfigur ist: Korkenzieherlocken, marmorglatte Haut und Augen wie Lavendel. Und was habe ich mir in die Hose gemacht, hier reinzukommen. Völlig umsonst! „Ihr Kassenbon liegt bereits in der Tüte und einige Duftproben stecke ich für Sie noch hinzu. Viel Vergnügen wünsche ich mit allem!"

„Danke! Vielen Dank!", sprudle ich über, als ich die Tüte mit meinen Schätzen an mich nehme. Vor Übermut könnte ich glatt schreien.

ICH BIN EINE FRAU! möchte ich brüllen. Ich fühle mich wie eine ganz normale Frau! Ich habe schöne Haut. Ein frisches Gesicht. Potential habe ich! Aus mir kann etwas werden!

„Bitte sehr, ausgesprochen gerne. Ich hoffe, dass die Düfte Ihren Geschmack treffen werden. Es ist eine Auswahl an spritzig-blumigen Duftkompositionen."

„Danke! Vielen Dank!", wiederhole ich mich, weil mir in meinem Freudentaumel nichts anderes Vernünftiges einfallen will.

„Gern geschehen! Auf Wiedersehen und fröhliche Weihnachten!"

„Danke. Ebenfalls. Tschüs!"

Aus allen Knopflöchern strahle ich die Kassiererin an, dann werfe ich einen letzten Blick nach rechts zu meiner rassigen Verkäuferin. Ich nicke ihr dankend in die Augen und verlasse mit geschwellter Brust und schwungvollen statt hatschenden Schritten die Parfümerie.

In der Zwischenzeit sind die Wolken aufgerissen. Der Wind hat sich gelegt, doch die Temperatur scheint um einige Grad gesunken zu sein: Der Schneematsch im Rinnstein ist gefroren und der Himmel zeigt sich in einem kristallklaren Frostblau. Nur ein paar stille Schneeflocken segeln friedlich herab.

Erst jetzt bekomme ich ein Auge für die Girlanden aus Stechlaub und Tannenzweigen, womit die Straßen geschmückt sind. Der Duft von gebrannten Mandeln wabert von einer Bude herüber und steigt mir in die Nase. Mmmmh ...! Ich sehe Mädchen und Jungen, die sich ihre Nasen an einem Schaufenster platt drücken, in dem Teddybären in einer Backstube werkeln.

So stand auch ich früher da, denke ich, während ich über die Köpfe der Kinder hinweg dem Tun und Treiben der fleißigen Teddys zuschaue, die kneten, Teig ausrollen, am Zuckerguss naschen und in einer Prozedur die Ofentür öffnen und schließen, öffnen und wieder schließen und wieder öffnen ...

Allmählich gerate ich in eine weihnachtliche Feststimmung. Und so mache ich mich auf den Weg, um das einzige Geschenk, das mir noch fehlt, das Geschenk für Manfred, zu besorgen. Alljährlich bekommt er Zigarren von mir. Und alljährlich regt sich deshalb bei der Bescherung mein schlechtes Gewissen. Nicht wegen Manfred. Oh nein, bewahre! Sondern wegen Carolin, denn die kann es auf den Tod nicht ausstehen, wenn Manfred qualmt. Doch was sollte ich ihm sonst schenken? Ich habe keinen blassen Schimmer, keine große Lust, mir ausgerechnet für Manfred die Schuhsohlen abzulaufen, und schon gar nicht will ich mir über seine heimlichen Wünsche und Bedürfnisse irgendwelche Gedanken machen. Wäähh, pfui Teufel! Es reicht schon, dass ich dem Deppen überhaupt was schenken muss! Dann doch lieber schlechtes Gewissen! Außerdem bekommt Carolin als Entschädigung immer etwas, worüber sie sich freut. Wirklich immer. Sie freut sich über Badesalz und Badeperlen, Terrakottavögel, einen Zimmerbrunnen, Gartenfackeln oder Seidenmalfarben. Vorausgesetzt der Kassenzettel klebt zum Umtausch an der Rückseite. Und das tut er. Jedes Jahr.

Ich komme am Rathaus vorbei, biege über den Schönbornplatz in die Alte Torgasse ein, steuere den Tabakwarenladen an und habe ihn fast erreicht, als mein Herz 'ne Etage tiefer sackt und ich vor Schreck ins Straucheln gerate. Dicht neben der Eingangstür steht ausgerechnet Frau Bergkamp! DIE Frau Bergkamp!!! Die Nachbarin meiner Eltern. Jeden Morgen „Edeka", jeden Mittwoch Kaffeekränzchen. Frauenbund, Faschingsverein, Pfarrgemeinderat: die, die jeden kennt und alles weiß.

In die Ecke gepresst! Und stockstill! Raubtiere sehen Bewegung. Und – ... kommt sie? Was gemerkt?

Vorsichtig schiele ich herum.

Hitze in den Backen, robust wie eine Metzgerin: Frau Bergkamp. Mit ihren fleischigen Händen fuchtelt sie durch die Luft und schimpft mit Benny, ihrem sichtlich pubertierenden, von Pickeln geplagten, kugelrunden Sohn. „Deine Faxen hab ich dicke! Deine Haare kämmst du ordentlich, bevor wir Passfotos machen lassen. Na, wird's bald?! Benny, ich habe gesagt, du sollst den Pony glatt in die Stirn kämmen. So unordentlich kommst du mir nicht daher, hast du verstanden? Wir sind doch keine Zigeuner. Marsch, marsch!"

Voll Ungeduld fängt sie selbst an, Büschel wirrer Strähnen ins Gesicht ihres Sohnes zu striegeln.

„Wenn du nicht gleich hörst, dann setzt es was! Dann kannst du mich aber erleben!", paukt sie ihn an. „Ich zähle bis drei, dann will ich, dass du tadellos vor mir stehst! Ohne eine saubere Frisur gehe ich nicht mit ins Fotostudio!"

„Mir doch egal", mault Benny schwerfällig, entzieht sich seiner Mutter mit einem Schub und senkt den Blick in seine ausgebeulten Turnschuhe, die in einem Batzen verharschtem Schnee scharren. „Brauch keine Fotos."

Bennys Widerrede lässt Frau Bergkamp merklich stutzen. Sie verliert ihre drohende Haltung. Vorübergehend baumeln ihre Arme welk umher. Schließlich stemmt sie die Hände in die breiten Hüften. „Gut. Und ich brauche kein »Mc Donald's«!"

Prompt schnellt Bennys massiger Kopf empor. Sein Gesicht verrät Panik. Es leuchtet wie ein feuerroter Ball, die Augen sind weit aufgerissen, der Mund steht offen und pumpt wie beim Leistungssport: „Mama, aber Mama, du hast's versprochen. Is' nicht fair, Mama!"

„Fair ist, wenn du deinen Pony ordentlich kämmst und die Fotos machen lässt. Danach können wir ..." Frau Bergkamp bricht ab.

Ein Zucken in den Raubtieraugen, wie ein eingebautes Zoom.

Ach du grünes Veilchen!

Und schon hat sie mich entdeckt.

„Ahhh, wen haben wir denn da? Die Lena Wegner! Sieh an, sieh an!", begrüßt sie mich mit knochenbrecherischem Handschlag, nachdem ich näher gekommen bin. Von ihrem buttrigen Tonfall stellen sich mir schon alle Haare auf.

„Guten Morgen, Frau Bergkamp. Benny, hallo! So eine Überraschung. Wie geht es Ihnen denn?"

Frau Bergkamp antwortet erst gar nicht. Sie hebt die buschigen Brauen, beglotzt mich wie den Kölner Dom, inklusive Schritt zurück, und mit abgrundtiefem Entsetzen platzt es dann aus ihr: „Heieiei, sind Sie etwa schon wieder gewachsen? Das sieht ja aus! Meine Güte, wann hören Sie endlich auf damit?"

Es war abzusehen, dass dies geschehen würde. Wäre ich auch nur jedes zehnte Mal, dass Frau Bergkamp diesen Eindruck äußerte, tatsächlich gewachsen, ich müsste mit den Fingerspitzen den Mann im Mond kraulen können. – Und dennoch hat es mich wieder einmal voll erwischt. Bis ins Innerste fahre ich schamhaft zusammen und reflexartig überfällt mich das Gefühl, mich für den Anblick, den ich anderen zumute, entschuldigen zu müssen.

„Nein, ich bin nicht gewachsen. Das täuscht, vielleicht liegt's an den Winterschuhen, die haben meist dickere Sohlen. Könnte doch sein. Auf jeden Fall bin ich nicht gewachsen", schustere ich mehr schlecht als recht irgendwas zusammen.

„Ihr Wort in Gottes Ohr, Lena!", versetzt Frau Bergkamp skeptisch. „Wie groß sind Sie denn?"

„1,82 m", sage ich und versuche, eine tapfere Miene hinterherzuschicken.

„1,82 m", wiederholt sie laut und lang gezogen und schlägt die Hände vor dem Mund zusammen. Kopfschüttelnd luhrt sie mich an, dann bohrt sie weiter: „Sagen Sie mal, von wem haben Sie das bloß geerbt? Ihre Eltern sind doch normal!"

Ich kann dazu nur mit den Schultern zucken, wobei ich mir mit einem erzwungenen Lächeln jedes Anzeichen verbeiße, wie sehr Frau Bergkamps Worte mir in der Seele wehtun. Und dann die Tüte in meiner Hand: wie ein Hohn! Niemals werde ich normal sein, eine Frau schon mal gleich gar nicht!

„Und Ihre Schwester ist auch wohlgeraten. Neulich war sie mit der kleinen Alina bei Ihren Eltern. Hoffentlich kommt der putzige Fratz nicht nach Ihnen, Lena, und hört nicht auf, in die Höhe zu schießen. Also ehrlich, langsam dürfte es mal reichen!"

„Ich bin nicht mehr gewachsen. Sie können mir glauben."

„Wenn Sie sich da mal nicht irren."

„Wirklich nicht."

„Wie Sie meinen", erwidert sie ungerührt. „Was sagt eigentlich Ihr Freund dazu? Meinem Mann hätte das nicht gefallen. Ich kann Ihnen gar nicht sagen, wie froh ich bin, dass meine Tochter nicht so groß ist wie Sie!" Frau Bergkamp seufzt, ehe sie plötzlich mit herrischem Ton ihren Benny anfährt, der ungeduldig zu murren begonnen hat. „Benny, wenn Erwachsene sich unterhalten, hast du still zu sein und zuzuhören! Ist das klar?! – Ach, und Sie, Lena, habe ich schon so lange nicht mehr gesehen!", schlägt sie unvermittelt wieder die butterglitschige Stimme an. „Ganze drei Wochen haben Sie Ihre Eltern nicht besucht. Wegen Ihren Abschlussprüfungen, nicht wahr?!"

Allein das Stichwort haut mir wie ein Backstein in den Unterleib.

„Das ist mir schon zu Ohren gekommen. Sind die jetzt vorüber? Haben Sie nichts mehr zu lernen? Ich meine, weil Sie hier so mir nichts, dir nichts in der Stadt herumspazieren. Von einer Bekannten habe ich gehört, dass die Beatrix Trepp – kennen Sie die? –, das ist die, die in dieser komischen WG in dem Öko-Aussiedlerhof wohnt, zweimal durch ihr Biologie-Diplom gerasselt ist.

Und jetzt steht sie da und hat nichts in der Hand. GAR NICHTS! Mein ältester Sohn kennt sie und sagt, dass es in der WG zugegangen ist wie bei den Hottentotten. Und dass die Trepp nie etwas für die Uni getan hat. Geschieht dem faulen Gesindel also ganz recht. Und Sie? Welche Noten haben Sie? Bei der hohen Arbeitslosenquote braucht man ja Einser-Noten oder man hat keine Chance. Wer keine Beziehungen hat, geht unter. Haben Sie bestanden?"

Dorfgespräch! schrillen mir die Alarmglocken. Erst Beatrix Trepp, wer immer das sein mag, und nun ich.

„Ja, habe ich, am ... mmchh-mmchh ..." Auch das noch! Pforztrocken die Zunge, wie verhutzeltes Dörrobst die Kehle. „... am-mmchh 6. Dezember ... war meine letzte Prüfung." Unter Räuspern versuche ich ein anderes Thema anzuschneiden: „Mmrrch ... und Sie, Frau Bergkamp? Machen Sie heute einen Weihnachtsbummel oder sind Sie ..."

„Soso", schnalzt sie, ohne das Ende meines Satzes abzuwarten, „und wo arbeiten Sie jetzt? Wo haben Sie Ihre Stelle? Gefällt sie Ihnen? Werden Sie gut bezahlt? Obwohl man heutzutage ja schon ein Hans im Glück ist, wenn man am Ende vom Monat überhaupt seinen Lohn bekommt. Geschichten könnte ich Ihnen erzählen! Von mir wissen Sie's nicht, aber die Frau Seltsam – kennen Sie die? –, die wohnt am Ende der Schubertstraße, das kleine gelbe Haus vor dem Rondell, die hat geschuftet und geschuftet und keinen müden Euro dafür gesehen. Ist immer wieder vertröstet worden. Bis der Chef der Firma sich über Nacht ins Ausland abgesetzt hat. Ich hätte bei den Zuständen ja gar nicht erst mitgemacht.

Aber die Seltsam ist halt ... ich will ja nichts gesagt haben ... na ja, wer heißt schon so? Aber es ist wirklich ein Jammer mit dem Geld. Man darf gar nicht daran denken, nicht wahr?!"

Blut schwitzend nicke ich. Und in meinem Kopf meldet sich meine Mutter zu Wort: Da hast du's! Bei Manfred hättest du deinen Lohn immer bekommen!

„Meinem Benny", fährt Frau Bergkamp fort und legt ihm ihre Hand wie ein Kotelett auf die Schulter, „predige ich deshalb jeden Tag, dass er sich in der Schule schön anstrengen soll. Dann kann er mal die Beamtenlaufbahn einschlagen und muss sich nicht um sein Gehalt sorgen. Stimmt's, mein Kleiner?"

Benny kaut nur auf der Unterlippe.

„Er ist manchmal etwas schüchtern. Das muss er noch ablegen! Ich sage ihm immer: Benny, heutzutage brauchst du Auftreten. Du musst mehr aus dir herausgehen!"

Benny sieht stattdessen aus, als wolle er vor Peinlichkeit sterben. Noch ein wenig und er hat die Lippe durchgebissen.

„Nun ja, wieder zu Ihnen, wo haben Sie Ihre Stelle, Lena? Hier in der Nähe?"

Wie belämmert stehe ich da und kriege nichts anderes zustande, als stumm den Kopf zu schütteln. Dabei spulen sich in meiner Vorstellung die furchtbarsten Bilder ab: Ich sehe Frau Bergkamp, die in der Stadt mit einem Megaphon Patrouille geht und über mich herzieht. „Die Lena Wegner ist ein Staats-Schmarotzer! Studieren und danach nichts tun wollen. Wegen solchen Schlampern geht es mit Deutschland bergab. Feiern und saufen, schamlos unsere Steuergelder verplempern, das ist alles, was das Geschmeiß kann. Null Bock hat die, was zu arbeiten – so frech redet das Pack. Fragt meinen Benny, wenn ihr mir nicht glaubt, der ist Zeuge, der war dabei!" Benny braucht bloß zu nicken und schon schrillen aus Trillerpfeifen böse Pfiffe. Ein ganzer Demonstrationszug hat sich hinter Frau Bergkamp gruppiert und schwenkt, während sie weiter in ihr Megaphon hetzt, riesige Plakate: „Lena Wegner – STAATS-SCHMAROTZER! Nichtsnutz! Parasit der Gesellschaft! RAUS AUS UNSEREM LAND!"

In dem Moment patschelt mir jemand auf die Schulter. „Lena, was ist mit Ihnen? Sie sind so blass im Gesicht. Fehlt Ihnen was?"

„Nein!", antworte ich wie aus der Pistole geschossen und tue mir den größten Zwang an, um Frau Bergkamp offen und mit wackerer Miene in die Augen zu blicken. „Mir geht's gut. Danke!"

„Dann sagen Sie doch endlich: Bei welchem Unternehmen arbeiten Sie denn nun?"

Panisch macht mein Blick kehrt und ich stiere auf den Fußgängersteig.

Und naht von dort etwa meine Rettung? Ich sehe, wie Bennys Turnschuh in Bewegung gerät. Er hebt sich, bis er wie ein Bagger über dem Asphalt schwankt. Dann stampft er schwer auf, wodurch der Schneematsch spritzt. „Mama! Mensch, Hunger!"

Mein Kopf taucht ein bisschen höher.

„Ich will ins »Mäc«! Du hast's versprochen. Komm die Fotos machen."

„Ja, ja, mein Kleiner, ist gut, ich komme ja gleich."

„Je-hetzt!" Benny knört lauter und lauter, während er sich den Pony brav in die Stirn klatscht. „Mama! MAH-MAH, schau, ich bin fertig. Komm jetzt!"

„Lena, tut mir leid, aber Sie sehen ja, ich muss los. Das »Mc Donald's« lockt. Diese Belohnung lässt mein kleines Schlitzohr sich nie nehmen."

Das ist nicht zu übersehen! fährt es mir inmitten meiner ganzen Verzweiflung durch den Sinn.

„Und als Mutter muss man mit. Obwohl ich mir daraus ja nichts mache. Immer diese ... diese *Böärcher.*"

Mir wollen die Mundwinkel zucken. Doch jetzt bloß keinen Fehler machen. Nicht dass sie sich nochmal auf mich einschießt.

„MAH-MAH! LO-HOS!"

„Nun denn, Ihnen einen schönen Tag noch. Leben Sie wohl!", verabschiedet sich Frau Bergkamp von mir.

„Danke. Für Sie auch. Tschüs."

„Und jetzt du, Benny, oder ..."

Sie muss ihre Drohung gar nicht erst aussprechen und Benny legt schon seine Hand wie einen feuchtkalten Fisch in meine.

„Und?"

„Wiedersehen", schießt er automatenschnell hervor.

„So hast du's schön gemacht, mein Kleiner. Siehst du, du musst dich einfach trauen. Dann bis bald, Lena!", sagt Frau Bergkamp und verschwindet mit ihrem Sohn im Fotostudio.

Puh!

Eine Tür weiter zwänge ich mich in den Tabakladen. Ohne Übertreibung, ich muss schieben und drücken, weil der kleine Raum proppenvoll ist. Es scheint fast, dass es viele Manfreds gibt, die zu Weihnachten auf diesem Wege abgespeist werden.

Mit den Worten „Entschuldigung, könnten Sie mir bitte helfen?" schnappe ich mir gleich den ersten Verkäufer, der im Gedränge an mir vorbei will, und frage ihn nach den passenden Zigarren für Manfred: vor allem schön günstig, eventuell irgendwelche reduzierten Restposten, gerne auch kurz vor dem Verfallsdatum, falls es das geben sollte, außen zwar einigermaßen hui, meinetwegen innen aber ... Und schon nach ein paar Minuten halte ich genau die richtige Billigpackung in den Fingern: 12 Zigarren, dick wie in einem Gangsterfilm, in 12 prolligen, goldgelb schillernden Hülsen, verpackt mit Schleife und Sperrholzschachtel, und das alles für knapp 8 €. Na also, wer sagt's denn. Zufrieden bezahle ich meine Beute, verlasse den Laden und sofort vergeht mir meine Laune, mein Herz beginnt zu rasen, denn ich stoße direkt auf Benny und Frau Bergkamp.

„Ohha!", entfährt es mir.

„Aaahhh!", säuselt sie. „Wie das Schicksal es will."

Benny verdreht die Augen.

„Das ging ja schnell bei Ihnen. Sind Ihre Fotos etwa schon fertig?"

„Wir haben es verschoben. Nur vorübergehend. Bis Bennys Akne etwas zurückgeht. Der Fotograf meinte, dann werden es schönere Fotos."

Benny wendet sich vor Scham wie ein Wurm. In seinem Gesicht scheinen die Flächen aus Eiterbläschen wie ein grellroter Streuselkuchen aufzublühen.

Was ist die Pubertät aber auch mies! Nie ist es einem wichtiger, cool zu sein, und nie im Leben ist man uncooler. Und ist man eben noch kindlich hübsch gewesen, ohne sich viel darum zu kümmern, wird man ab dem Moment, wo man aufs Äußere Wert legt – BONG! –, fettig, unproportioniert und schwitzend. Und wenn du dann noch so 'ne laute Mutter wie die Bergkamp hast ...

„Obwohl ich finde, dass seine Haut gar nicht so schlimm ist. Die paar Pickelchen! Was meinen Sie, Lena?"

„Ich? Überhaupt nicht ... Nein, es ist gar nicht schlimm."

„Da hörst du's, Benny. Und mit deiner neuen Salbe ...!"
Die vorgeführten Pickel stehen kurz vorm Platzen. Der Arme!

„Tja, also dann, ich muss leider weiter. Tschüs", tue ich gehetzt und will mich auf die Socken machen. Doch Frau Bergkamp ist schneller. Sie legt einen raschen Schritt hin, schnappt nach meinen Unterarmen, KLACK!, zu!, wie Handschellen, Lähmung durchdringt mich an Ort und Stelle, ehe sie mit einem Karacho auf mich losredet: „Lena, wozu ich eben nicht gekommen bin: Meinen Neffen, den Rudi, den kennen Sie von früher, vom Jugendzentrum, erinnern Sie sich?"

Allerdings! denke ich, ohne zu antworten, denn ich höre ihn, den Anführer der Sprechchöre, noch heute gilfen: „Hey, du Wolkenkratzer! Bei dir da oben ist doch die Luft dünn!"

„Der Rudi ist ein kompetenter junger Mann und sucht eine Arbeit. Vielleicht wäre in Ihrem Unternehmen noch was frei."

Alptraum! Jetzt knallt's!

„Die Stellen werden doch oft intern ausgeschrieben. Haben Sie in Ihrer Abteilung etwas läuten hören?" Abwartend blickt Frau Bergkamp mich an.

Hilflos starre ich zurück.

„Eine Ausbildung in der Bank hat der Rudi gemacht. Das ist doch fast so wie Ihr BWL, Lena", übergeht Frau Bergkamp mein Schweigen, wobei sie endlich meine Arme freilässt. Schmierig wie schmelzende Butter tönt ihre Stimme: „Wie gesagt, ein kompetenter Mann ist er. Der hat das Zeug zu was! So ein heller Kopf ist er, ein Ass mit Zahlen, wissen Sie?! Das Rechnen liegt ihm im Blut. Er arbeitet sich aber auch in alle anderen Bereiche ein. Flexibel ist der Rudi, das muss man ihm lassen."

Und wie er das war: „Zisch ab, du Riesengestell, so eine wie dich will hier kein Schwanz haben! Alle mal herhören, was haben die Lena und die Chinesische Mauer gemeinsam? Ich sag's euch: Man kann beide aus dem Weltraum sehen!"

„Wenn in Ihrem Betrieb eine Stelle offen sein sollte, vielleicht könnten Sie an den Rudi denken? Ja? Bitte? Könnten Sie ein gutes Wort für ihn einlegen?"

Leer. Der ganze Kopf.

„Das ist doch ein Kinderspiel für Sie! Wenn Sie wüssten, wie mir die Situation vom Rudi auf dem Herzen lastet! Denken Sie nur an den Rattenschwanz, den schon kurze Arbeitslosigkeit nach sich zieht. Man hört's immer wieder im Fernsehen. Aber die Politik, die macht nichts. Die arbeiten doch alle nur in die eigene Tasche. Und wer tut's ausbaden? Der kleine Mann. Allein wenn ich an den Filz denke, geht der Gaul mit mir durch! Es ist nur gut, dass ich Sie getroffen habe. Ein Glücksfall.

Sie können dem Rudi helfen! Ihr Herz sitzt doch auf dem rechten Fleck, Lena!"

Bis Benny es nicht länger ertragen kann und er sich ohne jede Vorwarnung buchstäblich auf seine Mutter stürzt, die Lippen aufreißt und es aus ihm hervorbricht: „MAH-MAH! »MC DONALD'S!« JETZT!!!"

„Ja, mein Kleiner, ist ja gut, ich weiß, du hast dir deine Stärkung verdient", beruhigt Frau Bergkamp ihn, indem sie ihm in die Backen kneift. Dann wendet sie sich tatsächlich zum Gehen. „Lena, kommen Sie mal bei uns vorbei, wenn Sie über Weihnachten bei Ihren Eltern sind! Wir würden uns freuen. Der Rudi ist am 1. Feiertag bei uns. Dann können Sie ihm gleich persönlich wegen der Stelle Bescheid geben. Bis dahin, eine gesegnete Adventszeit!"

„Ebenfalls!", kriege ich irgendwie heraus, während sie von Benny mit- und um die nächste Ecke gezerrt wird.

Dann mache auch ich mich vom Acker. Ich spurte die weihnachtlichen Straßen hinab, presche über die Kreuzungen, lasse meinen Blick kreuz und quer durch das bunte Einkaufstreiben wandern und lausche angestrengt auf den Lärm, der in der Fußgängerzone herrscht. Ich tue alles, um Frau Bergkamps Stimme niederzuringen, die unaufhörlich in meinen Ohren schallt: „Sagen Sie doch endlich: Bei welchem Unternehmen arbeiten Sie? Wo haben Sie Ihre Stelle? ... Wer keine Beziehungen hat, geht unter. Bei der hohen Arbeitslosenquote! ... Sie können dem Rudi helfen!"

Doch Fehlanzeige. Ich kann mich nicht ablenken. Mit Schrecken denke ich schon an Weihnachten. Wie um Himmels willen könnte ich es schaffen, Frau Bergkamp und Rudi aus dem Weg zu gehen? *Gott-oh-Gott!* Und selbst wenn: Frau Bergkamp wäre nicht Frau Bergkamp, wenn sich's Montag im „Edeka" vor der Wurst- und Käsetheke nicht schon stauen würde: „Die Lena Wegner – kennen Sie die? –, wissen Sie zufällig, was die beruflich so macht? Diese lange Stange, die Jüngste vom Oskar Wegner, unserem Nachbarn, der in dem Haus mit dem Wintergarten wohnt? Haben Sie was gehört? Ich misch mich ja nicht gern ein, aber bei mir hat sie sich angestellt wie beim Zähneziehen. Als wäre sie sonst so bescheiden! Während dem Studium groß tönen und dann plötzlich leise werden? Ob da alles stimmt?! Zum Schluss hat die gar nicht bestanden! Das ist ein Ding, ne?! Und die Eltern, die wollen immer so extra tun."

Ich stecke so tief in der Scheiße. Mama wird mich killen!

Wegweiser

Und Frau Bergkamp sollte nur der Anfang sein. Unter dem Strich: Täglich werde ich gelöchert! Jeder, der mir über den Weg läuft, scheint zu wissen, dass mein Studium vorbei ist, und kommt ruck und zuck auf den Punkt: „Sachma, wo aabeitstn jetza?" Jedes Mal sterbe ich tausend Tode. Nie kriege ich eine Ausrede hin. Vielleicht mal so was wie ein Auslands-Stipendium für Sprach- und interkulturelle Kompetenzen? Ein Praktikum am Arsch der Welt oder ein klitzekleines Bewerbungsgespräch bei „XY & Gähn & Konsorten", dass mein Gegenüber freiwillig nicht weiter nachfragen würde? Von wegen. Nichts! Dabei würde doch alles glatt als Notlüge durchgehen. Täglich wird deshalb der Bogen größer, den ich von vornherein um alle bekannten Gesichter mache. Ich bin schon das reinste Nervenbündel, wenn ich nur zum Briefkasten vor die Haustür gehen muss. Wer weiß, welcher Nachbar wieder über mich herfallen und mich ausquetschen wird.

Es kommt also nicht von Ungefähr, dass ich nun versuche, mit Hilfe einer Liste herauszufinden, welcher Beruf der richtige für mich sein könnte. Inständig hoffend, damit endlich und endgültig nicht nur alle Welt, sondern auch meinen mahnenden Kopf zum Schweigen zu bringen. Denn langsam müsste ich es doch wirklich wissen! Lücken im Lebenslauf, die rächen sich! Es macht mich ganz krank, dass ich noch keine Vorstellung habe, was ich werden soll. Ich habe gedacht, mit ein bisschen Abstand kommt mir die Eingebung ganz von selbst. Aber alles Fisimatenten! Eingebung, *pffff!!!,* wo bitte bleibt sie denn?

Über der linken Spalte meiner Aufstellung prangen fette Druckbuchstaben: „HELL NO! – Was ich auf keinen Fall will!"

Leider sieht es darunter etwas dürftig aus:

1. Ich will nicht jeden Tag stur dasselbe machen.
2. Ich will keinen Job, bei dem mein Leben erst am Feierabend beginnt.
3. Keinen, in dem ich mich nicht weiterentwickle.
4. Wenn's irgendwie geht: Keinen, der allzu viel mit Rechnungswesen zu tun hat.

Die Gegenseite, die „Will ich"-Seite, macht das Übel auch nicht besser. Dünn wie eine Flunder erscheint sie sogar im Vergleich, denn ein mickriger Punkt füllt gerade mal eine Zeile:

Mit vielen Menschen arbeiten.

„Na geil, wieder mal so 'ne Schnapsidee von mir!", schimpfe ich, nachdem ich meine spärlichen Einfälle zum wiederholten Male überflogen habe, als ließe sich mit Geduld und gutem Willen auch nur irgendetwas Sinnvolles hineininterpretieren. Ich pfeffere Notizblock und Kugelschreiber von mir. „Nichts, aber rein gar nichts hat mir diese Liste gebracht! Außer dass ich jetzt schriftlich habe, wie planlos ich bin. Und dass jeder, der meine Liste in die Finger bekäme, mich verspotten würde. Und zwar zu Recht! Als ein Riesen-Baby, das bei der Immatrikulation wohl geträumt hat. Will nichts mit Rechnungswesen machen und hat aber BWL studiert. Dummes Baby. Abgrundtief dumm! Schläge auf den Hinterkopf erhöhen das Denkvermögen! Als einen Grünschnabel würde man mich verspotten. Was sie nicht will, ja klar, *das* weiß sie! Sag mal, in welchem Land lebst du denn?

Hier Forderungen stellen wollen. Wart' ab, bis du die tausendste Bewerbung wieder zurückbekommst, dann reden wir weiter."

Ich will also keinen Job, in dem ich mich nicht weiterentwickle, höhne ich im Stillen in einem fort, während ich vom Tisch aufspringe und in der Küche nach Süßigkeiten suche. Nervennahrung muss her. Und außerdem will ich mit vielen Menschen arbeiten. Gut, dass das geklärt ist! Doch nun die Preisfrage: WAS und WORAN will ich mit diesen Menschen arbeiten? Damit käme ich der Sache ja schon eher auf den Grund.

Mit einer Tüte saurer Gummibärchen und einer Tafel Schokolade mit Nuss und Karamell nehme ich einen neuen Anlauf: Ruhig Blut, Lena! Mit dieser ganzen Hektik bringt das nichts. Aufregung verkuddelmuddelt nur die grauen Zellen. Du musst vernünftig vorgehen! Also nochmal: Woran erkennt man, welcher Beruf der passende für einen ist? Wie kriege ich das raus, wenn mein letzter konkreter Berufswunsch mit 14 war und ich – wie wahnsinnig originell für dieses Alter! – Tierärztin werden wollte? Wie machen das andere? Wie entscheiden die sich für ihren Beruf? Wie finden sie genau den, wo ihr ganzes Herz bei der Sache ist? Woher wissen sie, ob sie gut genug dafür sind? Wie vermeiden sie die Fehler, durch die sie unglücklich werden würden? Und wie gelingt es ihnen, ihren Entscheidungen zu vertrauen?

Grübelnd zerbreche ich mir schier den Kopf. Bis irgendwann – von der Schokolade tummeln sich inzwischen nur noch ein paar Krümel und Nüsse im Stanniol, von den „Haribos" bizzelt mein ganzer Gaumen – mir plötzlich Christians Vorschlag einfällt, dass ich durch das Lesen von Biographien vielleicht ein Gespür dafür bekommen könnte, wie andere Menschen ihren Weg gehen. Ob sie ihrer Intuition folgen. Überhaupt, wie sie ihre Bauchstimme hören können!!! Wie sie es schaffen, bei Hindernissen stark zu bleiben. Oder ob sie gar manchmal vielleicht in den sauren Apfel beißen und tun, was ihnen gesagt wird, und später trotzdem zufrieden damit sind. Und wie auch das Schicksal so manchmal spielt.

Ich zögere, dann beschließe ich, dass es einen Versuch allemal wert ist: Auf geht's, Lena! Auf zur Stadtbücherei! Ran an die Biographien!

Wieder zurück inspiziere ich die kunterbunte Mischung aus Biographien und Hörbüchern, die sich vor mir auf dem Tisch in die Höhe türmt: Womit fange ich an? Was wäre für heute am besten?

Schnell kommen einige der Bücher in die enge Auswahl. Doch was es auch ist: Alles ist vergessen, als ich eine Biographie über Hillary Clinton in die Hand nehme und deren Klappentext überfliege. Kursiv hervorgehoben ist eine Anekdote, die lautet:

Bill und Hillary Clinton machten mit der Präsidentenlimousine an einer Tankstelle Halt. Während das Auto betankt wurde, fragte der amtierende Präsident seine Ehefrau im Scherz: „Stell dir vor, du hättest den Tankwart geheiratet, der dort an der Zapfsäule lehnt. Was denkst du, was aus dir geworden wäre?" Hillary blickte vom Tankwart zu ihrem Ehemann und antwortete: „Die Frau des Präsidenten der Vereinigten Staaten von Amerika!"

„Wow! Respekt!", pruste ich heraus. „Klipp und klar, die hat's drauf! Hut ab vor Hillary Clinton!"

Ganz Feuer und Flamme schlage ich die erste Seite auf. Minute um Minute um Minute starre ich darauf. – Ohne zusammenzukriegen, was dort geschrieben ist. Ich kann nicht lesen.

Jedes Wort, das ich mit den Augen fassen will, verzerrt sich vor mir, löst sich ins Nichts auf, um stückchenweise neu aufzutauchen --- doch immer noch flimmernd und tanzend. Weil meine Pupillen hektisch flattern. Gegen meinen Willen bricht mein Blick innerhalb der Zeilen aus und verfolgt keinen Satz bis zum Ende, stattdessen springen meine Augen willkürlich in eine der nächsten Zeilen oder aber zum ersten Buchstaben zurück, zwischendurch auch quer hinunter bis zum Schluss der Seite, um dann in jagender Eile zurückzuschnellen. Halten kann ich sie nicht. Sie trotzen meiner Konzentration wie vor der Statistik-Prüfung. Als wäre wieder die Zeit knapp und der Text müsse im Hauruck-Verfahren hinuntergewürgt und eingeprägt werden, fliehen meine Augen vorwärts, ohne dass ich mir von Hillary Clinton auch nur ein Scheibchen abschneiden könnte.

Verflixt, was soll das? Kann man denn seine Augen ... – und der Gedanke fährt mir wie ein Stromschlag in die Magengrube – ... irgendwie kaputtmachen? Indem man büffelt, Tag und Nacht, wie auf Leben und Tod? Und am Computer sitzt, bis die Augen reiben, als hätte man Filzfusel unter den Lidern? Kann man diesen Zwang zum immer schnelleren Querlesen so weit übertreiben, bis man schließlich gar nicht mehr richtig lesen kann?

Jäh versuche ich, die Vorstellung beiseite zu wischen. Augen kaputtmachen? Quatsch mit Soße!! Ich hab nichts an den Augen. Die Nerven, mehr nicht. Ein bisschen wie Muskelkater. Zweitens heilt die Zeit alle Wunden. Und drittens kann ich es doch ruhig etwas langsamer angehen lassen. Für heute reicht ja auch ein Hörbuch. Und schon ziehe ich aus dem Stapel ein beliebiges Exemplar heraus und halte die CD „Auf dem Jakobsweg" von Paulo Coelho in den Händen. Ich betrachte das Cover eingehender – und resigniere: Was für ein Reinfall! Da habe ich volle zwölf CDs vor mir liegen und muss ausgerechnet diese eine hier erwischen. Menschenskind, wieso habe ich die überhaupt ausgeliehen? „Tagebuch einer Pilgerreise nach Santiago de Compostela", daraus erfahre ich sicherlich nicht, wie jemand seinen Beruf gefunden hat.

Dennoch lege ich die CD in die Stereoanlage, drücke auf die „Start"-Taste und schon im nächsten Augenblick ist meine Aufmerksamkeit gepackt. Gepackt von der Stimme des Pilgerführers Petrus. Seine weisen Gedanken und Ratschläge durchdringen mein Herz. – Weiten es. – Lassen es ruhiger schlagen. Ich fühle mich mit meiner Unsicherheit, meinen Ängsten und Grübeleien persönlich angesprochen und in meiner aktuellen Lage wie an die Hand genommen. Gebannt höre ich Petrus zu, wie er mir etwas ganz Neues vor Augen führt. Von Kindesbeinen an wurde mir vorgekaut: „Arbeitste was, dann biste was. Träume zahlen keine Rechnung. Mach's für uns. Mach's für deine Mutter. Solange du die Beine unter meinen Tisch streckst ..." Und nun plötzlich das: „Der Mensch darf nie aufhören zu träumen. Denn die Träume sind die Nahrung der Seele." Aus Angst jedoch würden wir oft unsere eigenen Wunschträume zerstören. Weil wir die Auseinandersetzung fürchten, fangen wir selbst an, unsere Phantasien als unmöglich, kindisch oder lächerlich abzutun, wie es sonst die ärgsten Feinde machen, bis wir unsere Träume abgetötet haben. Mutiger müssten wir sein, das Leben als Abenteuer begreifen, statt nach Sicherheiten zu streben, für unsere Träume kämpfen, niemals aufgeben. Denn „wenn wir auf unsere Träume verzichten und zur Ruhe kommen, dann haben wir für eine kurze Zeitspanne Frieden. Aber die abgestorbenen Träume verfaulen in uns", erklärt Petrus, „und infizieren die Umgebung, in der wir leben. Wir werden missmutig und schließlich richten wir diesen Missmut gegen uns selbst. Und dann entstehen Krankheiten und Psychosen."

Sogar Brustkrebs?

„Die einzige Art, wie wir unsere Träume retten können, ist, großzügig mit uns selbst zu sein. Jeder Versuch der Selbstanklage muss rigoros bekämpft werden. Um uns bewusst zu werden, wann wir grausam gegen uns sind, müssen wir jeden Anflug von seelischem Schmerz in physischen Schmerz umwandeln. Schuldgefühle, Reue, Unschlüssigkeit und Feigheit müssen sich im Körperlichen manifestieren. Indem wir den geistigen Schmerz in körperlichen umwandeln, können wir den Schaden erkennen, den er verursacht. Dazu dient die Grausamkeitsübung. Immer wenn dir ein Gedanke durch den Kopf geht, der Gefühle wie Eifersucht, Selbstmitleid, Kummer, Neid, Hass oder andere negative Gefühle auslöst, dann mache Folgendes: Bohre den Nagel des Zeigefingers in die Wurzel des Daumennagels, bis du den Schmerz intensiv empfindest. Konzentriere dich auf diesen Schmerz, er reflektiert auf körperlicher Ebene das gleiche Leiden, das du auf seelischer Ebene empfindest. Lass den Druck erst nach, wenn dir der schädliche Gedanke aus dem Kopf geht."

Wie war das? Wie geht die Übung?

Im Nu habe ich zurückgespult. Ich höre den Abschnitt ein weiteres Mal an, noch einmal, anschließend den Rest des Hörbuches: Worte, die ich gebraucht habe. Ich spüre, dass das Leben so viel mehr als Leistung und Erledigen ist. Und wie ich manchmal mit mir rede! Meine Träume, ich werde sie nicht länger aufschieben. Weg mit der Angst! Coelho hat recht: „Was macht es schon aus, Niederlagen einzustecken, wenn es doch das Wichtigste ist, das Leben zu genießen?" Ab heute werde ich für meinen Weg kämpfen.

Aber – stößt es mir da wie sauer auf – welcher Weg bitte schön? Als wäre nicht gerade das mein Dilemma! Zu lange habe ich mir Mamas und Papas Pläne und Werte einimpfen lassen. Hat Petrus am Anfang nicht etwas über Reisen als Wiedergeburt gesagt?! Vielleicht würde mich das weiterbringen: ein kleiner Urlaub. Dösen, schwärzen, ein paar Klatschheftchen durchblättern und mal ohne Drumherum und Durcheinander in mich reinhören, was genau es ist, was ich will, und was mein Traumjob sein könnte. In der Ruhe liegt doch die Kraft! Und danach könnte ich mit doppelter Energie an meine neuen Aufgaben herangehen. Urlaub, das wär's.

Trägheit macht sich in mir breit und so beginne ich zu tagträumen: von Palmen, Cocktails und Meer, einem Frühstücksbüfett, dass sich die Tische biegen, von brausender Seeluft und vom Duft der Sonnencreme mit seiner Erinnerungskette an „Langnese"-Eis, Sommerferien, wasserballbunte Espandrillos und an Nächte, in denen man bei offenem Fenster auf der Bettdecke liegt und es genießt, wie die Haut, aufgeladen von der Sonne, golden prickelt ...

Bis meine Eltern in diese Gedanken geraten und meine herrliche Phantasiereise in sich zusammenfällt. So kann ich lebhaft meine Mutter vor mir sehen, die weint, weil ich ganz allein und ohne Adresse abgehauen bin und sie sich wieder einmal solche Sorgen um mich machen muss. Wenn es so weitergeht, kann auch sie krank werden. Nicht nur ich kann Brustkrebs kriegen! Dann der jähe Wechsel und meine Mutter hart, die berstende Ungeduld: Sie schimpft, dass Manfred mir eine Chance gegeben hätte, um die mich jeder meiner Studienkollegen beneiden würde. Dass ich nichts anderes kann, als Scherereien machen, und dass ich meine Zeit endlich sinnvoll nutzen soll, anstatt mich von irgendwelchen Pilgern beeinflussen zu lassen. Dieses esoterische Geschwätz, Träume, Abenteuer – alles so unnötig wie ein Kropf! Und überhaupt, steigt da in mir die knapp vernichtende Stimme meines Vaters auf, Urlaub – wovon denn bitte? Als ob ich schon was gearbeitet hätte ...

Alle Jahre wieder

Der 24. Dezember ist da. Es ist kurz nach 20 Uhr.

Christian tränkt den Zuckerhut der Feuerzangenbowle mit „Captain Brookes"-Rum, zündet ihn an und – oh weh! – gießt nach. Prompt schießt eine Stichflamme auf, und schon knirscht mein Vater mit den Kiefern: „Bürschchen, willst du mir das Haus abfackeln?", meine Mutter verlangt, dass Christian die Flasche an Manfred abgibt, der hat wieder was, um zu stänkern. Christians Vater dagegen lacht herzlich auf. Erst als er sich lustig glucksend seiner Gattin zuwendet, stockt ihm sein Lachen. Mit Blicken, so kalt, dass man Gefrierbrand kriegen könnte, beobachtet sie das Ganze: wieder dieser billige Fusel! Wenn ich morgen Kopfschmerzen habe, war es das letzte Mal, dass ich hier gefeiert habe.

Äußerlich unbeirrt schüttet Christian weiterhin Rum in die Bowle. Er schüttet, als wär's Zauberwasser und allein die vollständig geleerte Flasche könne unser beider Wunsch Wirklichkeit werden lassen: den Abend ohne den alljährlichen Weihnachtsstreit über die Bühne bringen. Wachsam huschen Christians Augen zwischen Flaschenöffnung und silberblauer Flamme hin und her, kurz rundum, zu mir, zurück zur Flamme, wieder zu mir. Angespannt wie auf dem Behandlungsstuhl beim Zahnarzt sitze ich am Tisch.

Dabei nahm der Abend zu Beginn einen ungewöhnlich friedlichen Lauf. Das traditionelle gemeinsame Christbaumschmücken verlief fast schon überhöflich. Irgendwie fand keiner was zum Aussetzen, als die Nordmanntanne in den Ständer gewuchtet wurde. „Wie der nadelt! Seit Jahren will ich einen künstlichen, aber nein! Und wer darf putzen?", „Ein Baum soll das sein? Sieht eher aus, als wär's vom Allerheiligen-Gesteck übrig!", „Nein, ich hab's: Den habt ihr in der Fußgängerzone mitgehen lassen. Nach der Aktion von »Greenpeace« über Wäldersterben durch sauren Regen, harharhar!" – nichts davon war zu hören. Auch nichts von den üblichen Drohungen wie „Geschmackloser geht's ja nicht. Wenn ihr das aufhängt, könnt ihr ohne mich feiern!" oder „Bevor du die Puff-Lichterkette kriegst, trete ich drauf!" Der Baum wurde komplett geschmückt, ohne dass einer trotzig auf Zuckerstangen, so groß wie Prügel, Lametta, draufgedonnert, als wär's eine Kissenschlacht, und faschingsbunten Plastikfiguren beharrte, während dem anderen Holzschmuck aus dem Erzgebirge und aufgefädelte Äpfel bereits zu viel waren. Nicht eine böswillig fallengelassene Kugel gab es, kein Grollen hinter zugeknallten Türen, wenn einer nicht seinen Willen durchsetzen konnte – alles dank Christians Mutter. Jedem schienen die von ihr eigens mitgebrachten Stücke zu gefallen: die filigranen Strohsterne aus russischer Künstlerhand, die warmweich duftenden Bienenwachskerzen, mundgeblasenen, bildhübschen Glasornamente und besonders die Schokoladenanhänger von „Lindt". Auch die Kindermette und das Tischdecken haben wir wie kultivierte Menschen überstanden. Selbst meine Mutter und ich sind in Friede, Freude, Eierkuchen umeinander herumgetänzelt, als hätte sie den Streit am Telefon längst vergessen.

Bis dahin also: alles in Butter.

Bis dahin! Denn dann, kurz vor dem Essen, geschah schon die erste heikle Situation, die mir wie ein Ruck ins Herz schoss. Christians Vater fing an, uns einen Fernsehbericht über Weihnachtsgänse und Truthähne nach-zuerzählen: Fehlzüchtungen, mangelnde Hygiene in der Haltung, Epidemien, resistente Keime. Leider hing er noch immer bei Hormonen und dem tonnenweisen Voll-stopfen mit Antibiotika fest, als meine Mutter, endlich mit dem Kochen fertig, den gefüllten Truthahn aus der Küche ins Esszimmer bugsierte. Eine unheilschwangere Stille trat ein --- ein Duell von Blicken. Meine Mut-ter: Dann kommt halt nicht mehr, wenn's euch nicht passt. Wer bin ich denn, dass ich mir die Arbeit mache und dann wird hinter meinem Rücken geredet! Gegen Christians Mutter: Immer dasselbe hier, Quantität statt Qualität. Wenn ich es nicht für meinen Sohn über mich bringen müsste! Christian und ich gerieten ins Schwit-zen. Ängstlich hielten wir den Atem an. Bis Christians Vater heldenhaft zulangte: „Antibiotika hin, Hormone her, schmecken muss es, sag ich immer." Und wie es ihm schmeckte! Er lud sich gleich zweimal nach und ließ Christian und mich wieder aufatmen.

Brenzlig wurde es jedoch erneut bei der Bescherung. Meine Zigarren waren nicht die einzigen und Carolin kochte über.

„Jetzt geht das schon wieder los!" In einer Wut entriss sie Manfred die fette Zigarre, an der er bereits genüsslich gepafft hatte, und ehe er wusste, wie ihm geschah, waren sämtliche Packungen eingesackt und im Kachelofen ver-nichtet. „Deine Tochter sitzt am Tisch. Willst du, dass Alina und ich krank werden?"

Manfreds Antwort hätte nicht eindeutiger sein kön-nen: Er pumpte die letzte Rauchwolke aus seinen Bron-chien voll auf Carolin.

Dadurch bekam sie eine Hustenattacke, die schon beim Zuhören wehtat.

Und ich bekam mein schlechtes Gewissen.

„Ihr seid schuld." Carolin schepperte, als hätte sie rostige Blechnägel in der Lunge. „Wenn Manfred an Krebs stirbt, seid ihr alle schuld. Was soll dann aus Alina und mir werden? Warum müsst ihr ihn anstacheln? Nur wegen euch raucht er. Sonst macht er das nicht. Sag's ihnen, Manfred. Dass du nicht rauchst. Dass du keine Zigarren willst."

„Hmm."

„Manfred!"

„Ichrauchnich", quetschte Manfred sich ab, augenrollend und in einem Ton, der jedem verriet, welche Hintergedanken ihn zu dieser handfesten Lüge antrieben: Lass die Alte doch in ihrem Glauben. Mischt sich wenigstens in nichts anderes ein.

„Seht ihr, ich hab's euch gesagt. Tausendmal hab ich's schon gesagt: Manfred raucht nicht. Zu Hause raucht er nie!" Ihr rot gehustetes Gesicht triumphierte um den ganzen Tisch. „Nie!"

Kunststück! Natürlich raucht Manfred zu Hause nie. Wann ist der Kerl denn schon mal zu Hause? – Und wann, zum Henker, wird er endlich damit aufhören: „Lena, du bist ein Nebelhorn! NE-BEL-HORN!"

Christian sieht von der Feuerzangenbowle auf. Wir sehen uns an, und als wären wir in ein und denselben Hundehaufen getreten, verziehen wir gleichzeitig die Mienen über Manfred. „Und du bist wieder mal sehr witzig", kontert Christian.

„Oohh weehh, ist das Nebelhorn etwa beleidigt? Eine Runde Mitleid!"

Wie kann ein erwachsener Mensch sich nur für eine geschlagene Stunde daran aufgeilen? Dass ich vorhin, während wir alle „Oh du fröhliche" sangen, meine Nase hatte schnäuzen müssen. Angeblich *zu laut* für seine ach so sehr sensiblen Ohren. Wenn er nur sonst irgendetwas Sensibles an sich hätte! Aber nein, über andere kann er herfallen. Da kennt der nichts. Da hat er keine Hemmungen. Doch jetzt nicht den Kopf verlieren. Nicht provozieren lassen. Kläffende Hunde soll man schließlich auch ignorieren, obwohl sie nerven.

Und der hier nervt gewaltig: „Nebelhorn, warum plötzlich so schüchtern? Blas uns halt noch ein flottes Solo!"

Kaum hat der Zuckerhut sich bis aufs letzte Körnchen aufgelöst, füllt Christian die Tassen mit dem dampfenden Gebräu. Drei Schlucke davon, und Wärme wabert von der Magengrube hoch in meinen Kopf und hinab bis in die Knie. Mmmhhh, wie gut das tut! Mehr davon! Geschwind nehme ich noch einen tiefen Schluck hinterher.

Unterdessen hat sich am Tisch ein Gespräch über das Krippenspiel entwickelt, das in der Kindermette aufgeführt worden ist. Und: Alle sind sich einig! – Gnadenlos wird es verrissen. Die Maria hätte zu viel genuschelt und erst die Hirtenjungen, die hätten das Mikrophon ja beinahe verschluckt. Dazu diese Interpretation: die Weisen aus dem Morgenland mit „Kettcars"! Und als hätte es nicht für die letzten 2000 Jahre ein Stern getan, nein, typisch Ökumenisches Zentrum, mit Navigationsgerät musste es sein! Nächstes Weihnachten geht man wieder in den Dom. Einzig Alinas Auftritt war was. „Auf Alina", und meine Schwester hebt dazu ihre Tasse, „das schnuckeligste Schäfchen, das die Kirche je hatte!" Wir stoßen an. Süß und schwer rinnt die Flüssigkeit wieder in meinem Hals hinab. Mit jedem Schluck wird mir wärmer, mein Körper weicher, als würden die Muskeln wie gekochte Spaghettis länger werden, und es scheint, dass mein Inneres allmählich einen Gang runterschaltet. Gemütlich wird mir. Sogar Manfred perlt da an mir ab: Was will man machen? Schwager eben. *Mein* Schwager eben. Wer weiß, warum er so geworden ist. Schlimme Kindheit? Und schließlich quäle ich mir noch ein Lächeln zu seinem neuesten Nebelhorn-Spruch ab. Zwar eine harte Geburt, doch was tut man nicht alles für ein Weihnachten ohne Stunk? Einmal wieder: „Leise rieselt der Schnee, still und starr liegt der See, hört nur, wie lieblich es kracht, Christkind hat 'nen Unfall gemacht." So wie es früher war, als Opa noch gelebt hat. Oder wie er auch immer verschmitzt dazwischensang: „Stille Nacht, heilige Nacht! Alles schläft, Opi lacht." Einmal fröhliche Weihnachten!

Mit meiner Tasse in den Händen lasse ich mich zurück in die Stuhllehne sinken und die Augen in die Runde schweifen.

Dabei fange ich Christians Blick auf. Wie seine Augen funkeln können! Zärtlich zwinkert er mir zu und formt leise mit den Lippen: „Frohe Weihnachten, mein Liebling. Du bist mein größtes Geschenk."

Es durchkribbelt mich bis in die Fingerspitzen, während ich zurücklächle und fast lautlos andeute: „Und du bist meines. Ich dank' dir für alles."

Dann konzentriert Christian sich wieder auf die Bowle, damit ja nichts schief gehen kann, und ich beäuge seine Eltern: Egon und Friederike, wie ich sie seit einigen Jahren *offiziell* nennen darf – jedoch niemals nenne! Geschickt winde ich mich in jeder Situation darum, sie so direkt anzusprechen. Nur ein einziges Mal wanderten mir ihre Vornamen über die Zungenspitze: beim ersten Anstoßen auf ihr Angebot, sie duzen zu dürfen. Scherzend und leutselig lachend goss mir Christians Vater ein, wir ließen die Gläser klingen und ich nannte beide feierlich beim Vornamen. Dann tranken wir auf diesen Anlass. Der Birnenschnaps glitt mir noch durch die Kehle, da traf mich ein Blick von Christians Mutter, der mir das Blut in den Adern stocken ließ. Wäre Christian danach doch nur nicht aufs Klo gegangen! Hätte sein Vater im Keller keinen Nachschub geholt! Denn kaum waren wir allein, nahm sie mich beiseite: „Weißt du eigentlich, wen du vor dir hast?" Ihr Ton war wie aus dem Eisschrank.

Ich traute mich gar nicht, sie anzuschauen. Konnte nur nicken.

„Gut."

Nie wieder habe ich seitdem ihre Vornamen in den Mund genommen. Nicht einmal in meinen Gedanken heißen sie Egon und Friederike, sondern Christians Eltern. Oder Herr und Frau Aub, wie es sich gehört.

Obwohl – und bei dem Gedanken fange ich an, in mich hineinzukichern – beide Vornamen eigentlich nicht besser zu ihnen passen könnten. Ganz ehrlich, sie sehen aus, wie sie heißen.

Egon ist kurz und rund, ursprünglich aus Oberbayern und mit Glatze, Zwirbelbart und Lodenanzug von Kopf bis Fuß der Mann, dem jeder „CSU"-Stammtisch einen Platz anbieten würde – als Vorstand einer regionalen Bierbrauerei ist er somit das authentischste Aushängeschild, das ein Unternehmen sich wünschen kann. Augen wie ein erwachsen gewordener Ludwig-Thoma-Lausbub hat er, dazu etwas zu groß geratene Ohrläppchen, die wie Götterspeise wackeln, wenn er lacht. Und er lacht gern.

Adelig, reserviert, fehlerfreie Schönheit, Friederike. Von ihr hat Christian seine große, schlanke Figur, ihre Haut ist von nobler Blässe, die Frisur in jeder Situation wie frisch aus dem Salon und die Garderobe piekfein und nie zweimal gleich. Kein Wunder also, dass sie mit mir ebenso unglücklich ist wie mit der Ernährung ihres Mannes:

„Denk an dein Cholesterin. Nicht so viel Soße. Keine Butter mehr." Während er sich den Truthahn hat schmecken lassen, war es, als würde sie ihm Glassplitter über jeden Bissen streuen. „Iss langsamer! Hast du vergessen, was Professor Doktor von Hooven gesagt hat?"

Christians Vater zuckte dazu nur die Schultern und lachte, dass die Ohrläppchen wackelten. Und erntete einen so gar nicht amüsierten, eisblauen Seitenblick.

Neben Christians Mutter thront meine Nichte Alina. Wie immer ist sie aus dem Ei gepellt: Sie trägt polierte Lackschühchen, glitzernden Nagellack, rosa Strumpfhose, passend zum rosa Kleidchen, passend zu den unzähligen rosa Schleifen und „Hello Kitty"-Spängchen im flockigen Goldhaar. Das Musterbeispiel eines Prinzesschens ist sie.

Die muss ich mir vorknöpfen! wird mir da klar. Ich bringe ihr Fußball bei, lese ihr vor: von der taffen „Pippi

Langstrumpf". Selbst ist das Mädchen! Und dann von der Hermine in „Harry Potter"! Alles bloß kein Bitte-küss-mich-sei-mein-Retter-Dornröschen. Auf Bäume werden wir klettern. Wenn es regnet, sauen wir uns im Matsch ein, retten Regenwürmer von der Straße. Aber schleunigst, sonst entwickelt sie sich einmal zu einer Svenia. --- Falls sie noch keine Svenia ist: Wie zur prompten Desillusionierung hat Alina einen Flunsch gezogen und bettelt, wobei perfekte Krokodilstränen auf ihren Bäckchen glitzern, dass sie „nän Ärwachsänänpunsch will und keinen doofen Bääbiipunsch." Und innerhalb einer Zehntelsekunde darf sie an Carolins Tasse nippen. „Nochmal! Mama, nochmal!" Jeder schmunzelt: „Also diese kleine Süße, wie die schauen kann! Herzzerreißend. Wer könnte da »Nein« sagen?" Und schon will die kleine Süße das Nächste: „nän ächtn Hund und keinen doofen Stoffhund wie däa da!"

„Däa da" ist von „Steiff". „Däa da" ist der „Hasso, Golden Retriever, Mohair, gold, liegend, mit Halsband, abwaschbar, 40 cm". „Däa da" hat mal eben satte 149 € gekostet! Das alles weiß ich derart genau, weil Carolin schon Ende August Alinas Wunschzettel per Rundschreiben an die gesamte Familie gemailt hat: detailliert und umfangreich, als würde sie bei einem Versandhaus bestellen, sauber gegliedert mit „Microsoft Excel".

Mein Blick wandert weiter zu meiner Schwester Carolin, die auf die quengelnde Alina einredet und ihr – da augenblicklich kein „ächter" Hund zur Hand – eine Gewürzschnitte anbietet. Die Alina ihr, KLATSCH, PATSCH, WUMMS, aus den Fingern schlägt. Von Carolins fahlen Wangen rutscht mein Blick zu ihrem

Haarknoten und ihren Augen, die hinter dicken Brillengläsern müde flirren. Carolin, die erst 28 Jahre alt ist, die jedoch heute Abend, versunken in einer grauen Schlabberstrickweste, einem kaffeebraunen Flanellrock und schweren Schnürstiefeln, eher wie eine sechzigjährige katholische Messnerin aussieht. – Die sich für die Abendandacht an einem stürmischen Donnerstag im Herbst angezogen hat, sinniere ich und schäme mich in derselben Sekunde für meine abfälligen Gedanken. Ausgerechnet ich, das lebende Schwarzweißfoto. Winterblass, heute in rauchfarbener Jeans und diesem schwarzen Wickeltop mit schwarzem, tailliertem Satinband – und was hab ich mir nur dabei gedacht? Christians Mutter wollte ich gefallen, und nun muss ich die Luft einziehen, sonst quillt mir die Wurst raus! Ausgerechnet ich brauche hier lästern, die Fachfrau für Komplexe und Tarnfarben. Die einen Kleiderschrank hat, der zu 80 Prozent mit allen Schattierungen von Schwarz gefüllt ist. Denn: Schwarz ohne Haut macht unsichtbar wie Militär-Camouflage. Ich, die sich ohne Rollkragen wie nackt vorkommt und sich am wohlsten in Männersachen fühlt, die drei Nummern zu groß sind.

Und die nicht unter dem Zepter eines Ehemannes steht, in den sie alles reinbuttern muss! denke ich so vor mich hin, während ich Manfred begutachte: gemästet wie ein Tier, dass sich schon über seinen Augen die Fettfalten wölben, Schnauzbart, Bürstenhaarschnitt, immer am Schwitzen und immer in jenem pastellgelben Polyester-Pullover. Auch für den heutigen Anlass hat er das konsequent durchtranspirierte Teil über das dazu obligatorische Hemd in Senfgrün und Körbchengröße C gezwängt.

„Schluss mit Bowle für das Nebelhorn!", schallt es in diesem Augenblick zu mir herüber, dermaßen herrisch, dass ich fast vom Stuhl falle. „Säuft wie 'ne Kuh! Muss die sich etwa jemanden schönsaufen?" Und Manfreds Gesicht blitzt auf, als er sich Christian zuwendet. „Ach, verstehe, wenn ich dich so anschaue: so klein wie die Nase am Gipfel, so unten der Zipfel!" Vor Begeisterung über seinen schlüpfrigen Einfall schlägt Manfred auf die Tischplatte, dass das Geschirr klirrt, und bricht in ein Donnergegröle aus. „Und was, harharhar, musst du erst alles saufen, bei der Freundin? Da würd mir auch alles wegschrumpfen, harharhar!"

Wenigstens lacht keiner mit ihm. Carolin putzt die Brillengläser, mein Vater richtet übersorgfältig seinen Krawattenknoten und meine Mutter die Serviette auf ihrem Schoß. Christians Eltern heben befremdet die Augenbrauen und schütteln die Köpfe. Knurrend malmt Christian mit dem Kiefer: „Witz komm raus."

Witz? schreit es in meinem Inneren auf. Vielleicht könnte es irgendwo als einer durchgehen – als ein strunzeblöder, ordinärer zwar, aber immerhin, unter Proleten beim fünften Kioskbier vielleicht –, wenn es nicht aus der widerlichen Fresse von dort drüben kommen würde. Und wenn es nicht ausgerechnet im Beisein von Christians Eltern hätte sein müssen! Aber so? Der gottverdammte Kerl schafft es immer wieder, mich bis aufs Blut zu reizen. Wie war das von wegen „schlimme Kindheit"? Scheiß drauf! Der verdient es nicht, dass man Entschuldigungen für ihn sucht. Den will ich gar nicht verstehen. Den nicht!

Zorn brodelt in mir hoch.

Ich sehe rot.

Ich öffne meinen Mund ---

Der soll endlich seine Gosche halten!

--- aber heraus kommt nichts.

Gar nichts. Nicht mal heiße Luft.

Es ist nicht zu fassen! Mir gehört's doch nicht anders, als dass Manfred die Sau, die er ist, immer wieder bei mir rauslässt, fluche ich in mich hinein. Ich biete mich ja geradezu dafür an: Heute noch keinen Spaß gehabt, noch nicht Dampf abgelassen? Tadaahh, hier die Alternative zum Sandsack: Bei der kann man draufdreschen, wie man will, die rührt sich nicht. Die ist viel zu dämlich! Der könntste gegen's Bein pissen und die guckt dir zu und kriegt nichts raus.

Endlich verebbt Manfreds Lache. Aber einer geht noch, die Niete hält aber auch so schön still! Tief, als nähme er Anlauf, holt er Atem und hebt an. Doch zu meinem Erstaunen wird Manfred von meinem Vater schneller zurechtgewiesen, als er über den Anfang hinauskommt. Das hat's ja noch nie gegeben! „Genug der Späße, mach mal halblang", sagt mein Vater und klopft Manfred gleichzeitig, wie zur Entschuldigung, auf die Schulter. Dann ist er wieder voll auf seine Krawatte konzentriert, die nicht korrekter sitzen könnte.

Der Mund von Manfred schließt sich, ohne etwas zu sagen.

„Heute ist Weihnachten und, na ja, du weißt schon", ergänzt meine Mutter und gibt Manfred mit den Augen ein Zeichen: Wir sind nicht allein.

Manfreds Augen weiten sich vor Verwirrung, während er zu meinem Vater, zu meiner Mutter und zurück zu meinem Vater äugt. Schließlich verlässt ihn seine Sicherheit und die 150 Kilo scheinen in sich zusammenzusinken wie die luftleere Plastikhülle des „Michelin-Männchens".

Manfred ist bedient, das sieht ein Blinder. Und mir schmeckt die Bowle gleich wieder doppelt so gut!

Was allerdings die Situation mit Manfred für mich zuletzt wirklich entschärft, ist etwas anderes. Ungewollt habe ich plötzlich die Vorstellung von Manfreds „Zipfel" im Kopf. IIIEEE, ÄÄHH, WÜRG! Wie kann ich nur? Ich bin ja krank! Eine ganz Kaputte bin ich! Ein schrumpliger, schwitziger Zipfelwurm, der unter Speckreifen und aus Kräuselhaar hervorlugt. UHHÄÄ, HILFE! Das Bild entschärft alles!

Und – heiliger Bimbam! – was musste mir jetzt auch noch was rausrutschen! Als hätte das Bild in meinem Kopf nicht schon gereicht! Den Wink, dass es mit Manfreds „Zipfel" arg schlecht bestellt sein muss, wenn er es so nötig hat, den schwarzen Peter anderen zuzuschieben, den hätte ich nicht bringen sollen. Wenn ich wenigstens nicht dabei gelacht hätte! Einen wie Manfred, der meint, der Mann hat die Hosen an, nur weil er was drin hat, ausgerechnet ihn in seiner Manneskraft verletzen, das grenzt an Selbstmord. Und toller Eindruck vor Christians Eltern, echt spitze gemacht. Mist nochmal, das liegt nur an der Bowle! Ab jetzt gibt's keinen Tropfen mehr. Genug ist genug.

Der Geist ist willig, das angeschwipste Fleisch bald wieder schwach: nur ein klitzekleines Schlückchen ... Und damit habe ich schon mein Wasserglas beiseite geschoben und mache mich erneut über die Feuerzangenbowle her. So schön süffig wie die ist!

Doch dann, als aus dem Schlückchen ein langer Zug geworden ist, verschlucke ich mich vor Schreck daran, weil ich Manfreds Augen auf mich gerichtet sehe.

Mit dir rechne ich noch ab! lese ich in seinen Pupillen, die vor teuflischem Hass sprühen. Wart' nur, du wirst dein blaues Wunder erleben.

Ich muss husten. Aus Angst um die Tischdecke unterdrücke ich es zu einem erstickten Würgen. Davon jedoch muss ich erst recht husten. Ein gewaltiger Hustenanfall flammt in mir auf und der Rum verbrennt mir Kehle, Speiseröhre, Luftröhre und den Brustkorb.

Manfreds Miene verbrennt den Rest: Tja, so geht's Gören, die sich überschätzen! Du hast dich mit dem Falschen angelegt. Dafür mache ich dir die Hölle heiß.

Schlagartig bin ich stocknüchtern: Noch heute Abend wird er sich rächen, vor versammelter Mannschaft wird er es tun! Oh nein, jetzt ist es aufgesteckt! Verflucht, welcher Teufel hat mich geritten? Warum habe ich zu viel getrunken, warum musste ich meine Klappe aufreißen? Stunden später! Und wo doch endlich mal jemand bei Manfred dazwischengegangen ist! Ich bin so dumm, dumm wie die Nacht schwarz. Fertig wird Manfred mich machen! Wird er wieder damit anfangen, dass ich mit der Muttermilch von Giraffen gestillt worden sein muss? Wird er mich mit meinen Plattfüßen in Größe 42 zum Gespött des Abends machen: Latschen wie ein halber Geigenkasten?! Der Presswurst-Jeans, harharhar? Sind's meine nervös abgekieften Fingernägel, weihnachtlichen Fettpolster? An mir gibt es ja genügend

Schwachstellen. Manfred braucht bloß zuzulangen wie am Büfett.

Ab wie viel Blödheit gehört man bestraft? Fettpolster? Platte Füße? Für derlei einfältige Ideen habe ich eine Tracht Prügel verdient. Nägelkiefen? Eine saftige Geldstrafe und lebenslänglich Knast! Irgendeine Jeans? Herrje, hat meine Blödheit keine Grenzen?

Manfred langte nicht zu, er schlug zu: „Karla, ich kann unmöglich die Position für Lena länger offen halten. Wenn sie sich zu fein dafür ist, kann ich ihr nicht helfen. Tut mir leid für dich, aber ihr habt eurer Tochter zu lange Zucker in den Hintern geblasen. Hoffentlich findet sie woanders eine Stelle, die gut genug für sie ist. Ich habe da meine Zweifel!"

Das war alles. Fünf Sätze zu meiner Mutter. Mit einer Stimme, die in Öl getaucht schien, doch selbstverständlich so laut, dass es einem Schwerhörigen die Ohren zerrissen hätte. Mehr war für Manfreds Rache nicht nötig.

Wie der King sitzt er seitdem da. Dreckig zufrieden die Miene, zurückgelehnt, als wolle er am liebsten noch die Füße hochlegen, die Arme hat er vor seinem pastellgelben Wanst verschränkt, während er mich genüsslich belauert. In seinen fettumwölbten Augen tanzt es vor Schadenfreude.

Strammer als ein Bleisoldat sitze ich am Tisch. Obwohl mir der Magen wie verkehrt herum im Leib hängt, stopfe ich mechanisch ein Weihnachtsplätzchen nach dem anderen in meinen Mund und zwinge mich zum Dauerlächeln. Mit prall gefüllten Backen lächle ich zur Tarnung über alles, was um mich herum geschieht: über

Alina, die ihren neuen „Bob der Baumeister" vorführt und in einer Tour dessen „Yo, wir schaffen das!" ertönen lässt. Von Plätzchenesser zu Plätzchenesser grinse ich zu Christians Vater, der sich hinterm Rücken seiner Frau ein paar Kokosmakronen stibitzt hat. Ob er Manfred glaubt? Macht er sich nun Sorgen um seinen Sohn? Dass Christian für mich schuften muss? Aber ich bin nicht faul. Ich bin mir nicht zu fein! Gerade ich, ich und fein! Als Christian den Fotoapparat zückt, was unter normalen Umständen blitzschnell ein Gewusel auslösen würde, weil noch Frisur, Kleidung und Mimik zurechtgerückt werden müssten, bin ich die Einzige in der Runde, die lächelt. Pulver verschossen. Keinen kümmert's. Und mit einem Lächeln versuche ich, den Augen von Christians Mutter standzuhalten, doch ihr Blick kehrt nur noch kühler zu mir zurück. Ich lächle und lächle, damit keiner sieht, wie's mich mitnimmt, wie seit Manfreds Selbstläufer über mich geredet wird.

„Nach dem Abitur war meine Tochter genauso naiv. Psychologie wollte sie studieren!", verkündet mein Vater und tippt sich demonstrativ an die Schläfe. „Doch was soll man damit werden außer arbeitslos? Mit Psychologen kann man die Straße pflastern, sage ich immer. Deshalb habe ich ihr diesen Unsinn ausgeredet und darauf gepocht, dass sie BWL studiert. Solange ich die Ausbildung finanziere, habe ich auch ein Wörtchen darüber mitzureden! Und mit BWL kann man überall unterkommen, habe ich gesagt."

Die Ketten des Geldes ... –

Manchmal wünsch' ich, sie hätten mich erst gar nicht studieren lassen.

„Damals habe ich allerdings noch nicht gewusst, dass meine Tochter eine von der ganz wählerischen Sorte ist", macht mein Vater seiner Verachtung weiter Luft. „Ich weiß nicht, von wem sie das hat. Von mir nicht, das liegt auf der Hand. Solche Sperenzchen konnte ich mir nicht erlauben. In Lenas Alter hatte ich längst gearbeitet. Schon zehn Jahre lang! Hochgearbeitet hatte ich mich im Amt, musste buckeln und meinen Mann stehen. So war das damals. Aber die jungen Leute von heute sind zu verwöhnt! Die wissen gar nicht, was es bedeutet, zu buckeln."

„Als junger Bursch hab ich auch bei meinem Onkel angefangen. Einen Hof hatte der, mit Gastwirtschaft, und nebenbei wurde das Bier selbst gebraut. Was hatte der mich schrubben lassen!" Christians Vater lacht in der Erinnerung. „Ich dürrer Lackel ... ja doch, da hatte ich diesen Muskel hier noch nicht trainiert ...", und er tätschelt sich den Bauch, „... und dann Stunden auf'm Feld, dann die Kästen, Fässer, spätabends am Ausschank. Knochenarbeit war das. Aber ich hatte meinen Fuß in der Tür. Wer weiß, ob ich ohne ihn so weit gekommen wäre."

Dann denkt er also auch, dass ich zu Manfred soll. Mir zieht's das Lächeln aus dem Gesicht.

„Tut mir leid, dass er das jetzt so bringt", lehnt Christian sich flüsternd zu mir.

„Ist doch nicht deine Schuld."

„Soll ich was sagen? Ich meine, er kennt die ganze Situation ja nicht mal."

„Lieber nicht. Es ist eh schon zu spät. Und nicht dass es noch eskaliert."

Carolin nickt zu Christians Vater. „Eben drum. Und bei meinem Mann läuft der Laden! Lena hätte viel von ihm lernen können. Und hätte sie sich reingekniet, hätte sie sich ein gutes Geld verdienen können. Was sie momentan mit ihren Studentenjobs zusammenbringt, reicht doch vorne und hinten nicht."

„Vielleicht nimmt sie ja bald Vernunft an. Und vielleicht", wendet meine Mutter sich an Manfred, „bist du dann so gut, dass du ihr doch noch unter die Arme greifst."

Die 150 pastellgelben Kilo blähen sich auf wie „Popeye" nach seinem Spinat. „Nein."

Ein spitzer Schrei, tief aus meiner Mutter: „Manfred!" Und ihr steigen die Tränen in die Augen. „Tu mir das nicht an!"

„Nimm's mir nicht übel, Karla. Ich habe mich einmal breitschlagen lassen und wer nicht gleich will, der hat bei mir schon."

„Aber wenn du sie schon nicht willst, wer soll sie dann einstellen? Bitte, Manfred, überleg's dir nochmal. Ich bitte dich!"

„Genug geweint!", kommt es unvermittelt und so energisch von Christian, dass jeder Kopf zu ihm herumschießt. „Ich meine ... genug der trostlosen Stimmung. Jetzt gibt's Weihnachtsmusik. Was wollt ihr lieber hören: »Weihnachten mit André Rieu« oder die CD mit Weihnachtsliedern von Elvis Presley?"

Niemand beißt an.

Grabesstille.

„Was soll ich in die Stereoanlage ..."

„Ääälvis!" Ein jähes Kreischen verschlägt Christian die Sprache. „Älvis! Bob will Älvis hören!"

Ansonsten keinerlei Reaktion. Auch nicht von meiner Mutter, die normalerweise die Musik von Elvis Presley verteufelt und André Rieu vergöttert. Aber im Augenblick könnte Christian wahrscheinlich den auferstandenen Elvis live in unserem Esszimmer ankündigen und keiner würde sich darum scheren.

Keiner außer Alina, die wie am Spieß schreit und ungeduldig mit den Füßen stampft: „Älvis! Älvis! Mama, Bob will Älvis hören! Ääääälvis!! MAMA!"

Carolin schielt zu Manfred.

„Wenn sie sich so aufführt, ist sie dein Kind! Sieh zu, dass du das abstellst!", pfutzt der sie an.

„Äääälvis! ... Ääääääälllllviiiiis!" Plätzchen-Speichelbrei fliegt durch die Luft. „Bob der Baumeister" folgt.

„Wenn das Flecken gibt ... –"

Christians Mutter!

BESPUCKT!

Ihre Worte vibrieren, während sie mit der Serviette den Ärmel ihres Kostüms abtupft.

Und Manfred wird noch lauter: „Daran bist du schuld! Du mit deiner Affenliebe!"

„MAAHHMAAHH!"

„Bei mir macht sie das nicht. Für was bleibst du eigentlich zu Hause, ich hätte diesen Eigensinn längst im Keim erstickt."

„Wie kann deine Schwester so ein Ekelpaket lieben?", murmelt Christian mir mit abgrundtiefer Verachtung zu. „Wie hält die den aus?"

Und auch ich kann nur den Kopf schütteln, während Carolins fahrige Hand sich über den aufgerissenen Mund von Alina legt.

Die beginnt vor Schreck, wie aufgescheuchte Rebhühner zu flattern und zu strampeln. Sie schlägt und tritt um sich. Ihre Lackschühchen treffen Tisch, Stühle, beballern Carolin, dass die wieder ihre Hand wegnehmen muss. Und schon in derselben Sekunde schrillt „Ääääälvis!" durch das Esszimmer. Fußtritte gehen nach allen Richtungen.

„Mit dem Geiger kannste mich jagen, also: Elvis, die Schmalzlocke, it is." – Kneif mich! Was für ein Wichser! Und indem Manfred noch wie der Pascha in die Hände klatscht, gehorcht Carolin – *zack und hopp!* – aufs Wort. Sie stürzt zur Stereoanlage und legt die CD ein.

Da beginnt Elvis zu singen: „Midnight prayers so softly whispered in a cathedral's candlelight, bring the message of the holidays on a snowy christmas night."

Und im Handumdrehen ist Alina still. Zufrieden dehnen sich ihre kleinen rosa Lippen in die Breite.

„Um wessen Eigensinn es ihm wohl wirklich geht?", knirscht Christian in mein Ohr, als Carolin, Blick und Haltung wie unsichtbar, zurück auf ihren Stuhl schlüpft, und er spricht damit aus, was auch mir Gedanken macht. Wie kann Carolin sich so drillen lassen? Wie konnte Manfred mir meine Schwester so sehr entfremden? Entsetzt beobachte ich Carolin, auf deren Gesicht sich die Ehe- und Mutterjahre wie Jahrzehnte eingebrannt haben, derweil unter Manfreds Schnauzer sich jenes prahlerische Lächeln zeigt, das wie ein Brechmittel auf mich wirkt. Ich möchte sie rütteln: Das alles nur für den Ring am Finger?

Ich seh's noch genau vor mir: der 30. Geburtstag von Manfred. Ein Kuchen aus Vollkornmehl, für den er sie heruntermachte, als hätte sie ihm den letzten Dreck serviert. Und Carolin wieder mal so still, dass es nicht mehr zum Aushalten war. „Hast du sie noch alle? Denkst du, meine Schwester ist deine Dienstmagd? Wenn's dir nicht passt, lass doch den Kuchen stehen, vom Fleisch wirst du bestimmt nicht fallen. So wie du meine Schwester behandelst, sollte sie dir überhaupt nichts mehr backen." – Weiter kam ich nicht.

„*Dienstmagd?!*" Carolins Blick brannte in meinen Pupillen. „Danke fürs Kompliment. Aber im Austeilen warst du ja schon immer gut, bloß sobald es um dich geht, bist du die Mimose. Oder wie gefällt dir das: Du bist ja noch nicht mal verheiratet und wenn du's wärst, wärst du mit deiner Art schneller geschieden, als die Hochzeitsfotos entwickelt wären. In einer Ehe muss man sich auch mal was sagen lassen. Dafür habe ich einen Ring am Finger. Mit dir möchte ich nicht tauschen."

Was sollte ich dazu sagen? Danke gleichfalls?

Ich hielt die Klappe. Und halte sie seitdem.

Im Hintergrund läuft nun also das sanfte Dudeldudeldu von Elvis Presley. „Give thanks for all you've been blessed with and hold your loved ones tight", besingt er Weihnachten, wie es sein sollte.

Im Vordergrund läutet Christians Vater die neue Runde ein: „Zurück zu dir, Lena. Wenn du Hilfe brauchst, kannst du dich auch gerne an mich wenden. Ich kenne Leute, bei denen ich ein gutes Wort für dich einlegen könnte. Ich weiß nicht, was dich am meisten interessiert, aber an und für sich spielt das ja keine Rolle. Nach den Betriebsferien werde ich mich gleich mal bei uns in der Brauerei umhören. Außerdem habe ich einen Spezl bei einem Großhandel für Ärztebedarf, ich habe Kontakte bei „Frankonia-Immobilien" und beim Fremdenverkehrsamt. Dein Vater hat recht: Mit einem Wirtschaftsabschluss kann man irgendwie überall unterkommen." Christians Vater lacht mich an, als wäre nun alles abgemacht, und ich zwinge mir wieder die höflichste Lächelmaske aufs Gesicht, obwohl darunter die Tränen zittern: Ich will nicht einfach irgendwo unterkommen! Ich habe schon viel zu oft aus Angst die sichere Seite gewählt. Ich will es alleine schaffen, aber ich brauche dazu euer Vertrauen! Glaubt an mich, damit ich an mich selbst glauben kann. Bitte! Ich *muss* selbst entscheiden! Weil ich mich nur ein einziges Mal nicht fragen will: Was wäre, wenn ich nicht den Schwanz eingezogen hätte? Hätte ich wirklich versagt? Oder würde mein Leben sich dann vielleicht nicht mehr so anfühlen, als müsste ich mit Betonstiefeln an den Füßen gegen mein Untergehen strampeln? Nur ein Versuch ...

„Wie nett ist das denn! Dass du so ein Angebot bekommst!", springt da auch schon meine Mutter rein und ich schiebe mir schnell den halben Plätzchenteller in den Mund. „Was sagst du dazu, Lena?"

Ich verstecke mich hinter Kauen und Schlucken.

„Ist ja wohl selbstverständlich! Nach den Feiertagen werde ich ein paar Strippen ziehen und dann wollen wir mal sehen, ob die Lena nicht irgendwo in eine Einstiegsposition reinrutschen kann. Wir werden das Kind schon schaukeln."

„Du ... du ... du kannst doch nicht ...", sagt plötzlich eine leise Stimme, aber dermaßen hysterisch, dass es am Tisch totenstill wird. „Du wirst doch nicht wirklich ...

Wie kannst du mir so in den Rücken fallen?" Jeder starrt auf Christians Mutter. Nie zuvor habe ich sie so erlebt! Mit ausgestrecktem Zeigefinger zischt sie durch die Luft, als wolle sie ihren Ehemann zersäbeln, während rote Flecken an ihrem Hals explodieren. „Nein ... *NEIN!* Wann kann ich dann mit Enkeln rechnen, wenn Lena jetzt noch zu arbeiten anfängt?"

Vor Entsetzen bleibt mir ein Spekulatius in der Gurgel stecken.

„Durch ihr Studium wurde meine Geduld lange genug auf die Probe gestellt!"

Ich würge am Plätzchen.

„Wie lange soll ich noch warten?"

Da platzt's bei Christian: „Hörst du dich eigentlich? Deine Geduld wurde auf die Probe gestellt? Als ob wir irgendeine Verpflichtung dir gegenüber hätten. Geht's noch?"

Seine Mutter ignoriert ihn. „Wie stellst du dir das vor, Lena?", fährt sie mich an. „In deinem Alter willst du noch arbeiten?"

Ich riskiere es, ein bisschen zu nicken.

„Als Frau? Ist das dein Ernst?"

„Ähm ... ja ...", antworte ich zaghaft, während ich besorgt beobachte, wie die feuerroten Flecken hinauf in ihr Gesicht wandern.

„Aber du bist VIEL! ZU! ALT!!! Deine biologische Uhr tickt! Bei der Entbindung von Chrissy war ich bedeutend jünger als du. Ich war gerade 19!"

„Hallo?! Und Lena ist erst 25. Wieso willst du ihr Angst machen?", entgegnet Christian.

„Und ich war eine gute Mutter."

„Und Lena hat Spitzen-Noten! Sie hat die allerbesten Chancen mit ihrem Uni-Abschluss! Warum sollte sie von vornherein eine Karriere an den Nagel hängen, wenn sie gar nicht will? Von mir würdest du das auch nie verlangen."

„Du bist ein Mann!"

Christian lacht zynisch. „Ach, und Frauen gehören an den Herd oder was?"

„Ich bin stolz, dass du jeden Mittag eine warme Mahlzeit auf dem Tisch hattest. Dass du deshalb einmal auf mich herabblicken würdest ..."

„Tu ich ja gar nicht! Ich will bloß, dass Lena selbst entscheidet. Dass sie macht, was *sie* will."

Bis hoch zur Stirn ist Christians Mutter inzwischen rot angelaufen. Und wie sie schaut! „Selbst entscheiden? Papperlapapp! Lena kann nicht mehr arbeiten! Sie darf das gebärfähige Alter nicht sinnlos verstreichen lassen! Hörst du, Lena? Für dich ist es fünf vor zwölf! Hörst du?! Hat dir das dein Frauenarzt noch nicht gesagt?"

Mich drückt's wie gegen die Wand.

„Als Frau bist du alt! Denk an Chrissy, unseren Stammhalter, der ist bald ..."

Aufgebracht fällt Christian ihr ins Wort: „Stammhalter? Sind wir jetzt im Mittelalter?"

„... der ist bald 30. Denk an mich! Oder soll ich meine Enkel nicht mehr erleben?"

Irritiert schiele ich zu Christian, aus dem es auch schon schießt: „Du bist 47!"

„Eben. Und ich will kein Tapperle im Altersheim sein, sondern gesund und rüstig, wenn die Räuber kommen. Das musst du verstehen, Lena!"

„Aber ... aber ich kann doch deshalb nicht ...“

„Du musst es nur wollen!“

„Ich will ... eigentlich ... nicht ... noch nicht?“

Einen Moment lang scheinen ihr meine Widerworte aufzustoßen. Ihr ganzes Gesicht ist am Kokeln. Und plötzlich, als es nicht mehr röter geht, ist's, als würde etwas in ihr RATSCH machen. Der wilde Gesichtsausdruck verwandelt sich zu einem ekstatisch verklärten Lächeln, gruselig wie im Psychothriller, und die Stimme schmilzt zu Bratapfel mit Vanillesoße: „Sei mal ein Goldstück und mach es für mich. Da ist doch nichts dabei. Jetzt habe ich Zeit, jetzt kann ich sie verwöhnen. Wie ich mich auf die kleinen Racker freue! Das wäre mein zweiter Frühling. Gell, Karla“, wendet sie sich an meine Mutter, „du kannst mich verstehen. Eine Schar quietschfideler Enkel, wäre das nicht auch dein Herzenswunsch?“

Nun schlag einer lang hin! Nicht allein diese neue Solidarität zwischen den beiden, aber meine Mutter bringt's und antwortet so selig, wie wenn der Pfarrer sie fragt, ob sie die Fürbitten vorlesen könnte: „Aber natürlich! Glücklich würde mich das machen.“

Christians Mutter ist in Fahrt: „Was ich alles unternehmen will! Als allererstes einen großen Familienurlaub. Mit Kind und Kegel! Mit unserem Chrissy, der Schwiegertochter ...“

Hat sie das extra gemacht? Meinen Namen mal so locker unter den Tisch fallen lassen?

„... und Rasselbande im Schlepptau. Seit wir vor ein paar Jahren auf Fuerteventura waren, freuen wir uns darauf. Hab ich recht, Egon?!“

Ich möchte mich erschießen. Christians Vater, er nickt! „Na und ob!"

„Fängst du auch noch an? Warst nicht du es, der gerade eben ..." Christian kommt gar nicht weiter.

„In dem Urlaub haben wir eine Familie aus Freising kennengelernt, erinnerst du dich an sie, Egon?! Eine ganz nette Familie. Die Großeltern in unserem Alter, ihre Tochter, der Schwiegersohn Arzt und ihre drei Steppkes. Einer nach dem anderen, wie die Orgelpfeifen, da war natürlich was los! Aber wunderbar haben die harmoniert! Der Großvater hat dem Ältesten das Schwimmen beigebracht, ich weiß nicht, wer der Stolzere war, die Großmutter war beim Bastelkurs im Miniclub dabei und abends konnten die jungen Eltern mal ohne auf die Uhr zu schauen zum Tanzen ausgehen. Damals haben wir uns gesagt, wir würden uns genauso um unsere Enkel kümmern."

„Und ich könnte ihnen »Toter Mann« beibringen", lacht Christians Vater. „Fett schwimmt oben."

„Die Annabella Schwab war auch schon mit ihren Enkeln im Urlaub. Und die Liselotte Baumann hat erzählt, dass sie mit ihrer Tochter und dem kleinen Finn in die Türkei fliegt. Direkt ans Meer. Mit einem sagenhaften Wellnessbereich für die ältere Generation, Fahrrädern zum Ausleihen, Ausflügen und extra Animationsteam für die Jüngsten. Ein Traum!"

Die letzte Silbe ist kaum ausgeklungen, da dreht sich Christians Mutter mir zu. Und RATSCH – kein Traum mehr, kein Goldstück, immer noch dieselbe unkultivierte Person und noch nicht mal schwanger – schnellt der Stimmungshebel zurück. Ihr Gesicht wird düster und die eben noch vor Begeisterung leuchtenden Augen erkalten, während sie sich in meine Augen bohren.

Erschrocken schicke ich ein Stoßgebet zum Himmel: Nicht! Nicht hassen! Lieber Gott, mach, dass sie mich irgendwie akzeptieren kann, obwohl ich anders bin als sie. Lass sie mir verzeihen, dass ich ein Spätzünder bin. Ich wüsste ja nicht mal, wie ich alles unter einen Hut kriegen sollte.

Aber ihr Blick geht noch immer nicht über mich hinweg, sondern bleibt unverändert auf mir haften. Sibirisch kalt und durchdringend. Nicht nur, dass ich mir – weiß der Teufel, wie – ihren einzigen Sohn krallen musste, nein, auch von Kindern musste ich ihn abbringen: Von ihm kommen diese Ideen nicht, Hand ins Feuer, er redet diesem Mannsweib doch bloß nach dem Mund. Als ob mein Chrissy nicht andere Chancen gehabt hätte! Ausgerechnet beim Alice-Schwarzer-Abklatsch musste er versumpfen, bei einer dieser schrecklich derben, auf intellektuell machenden Feministinnen-Schnepfen mit ihren Hirngespinsten von der Selbstverwirklichung der Frau. Können kein Ei kochen, aber den Chef spielen wollen. Selbstverwirklichung – wenn ich das schon höre! Habe ich mich etwa nicht verwirklicht, nur weil ich keinem Familienvater die Stelle weggenommen habe und nicht 40 Stunden die Woche auf dem Computer herumgetippelt habe? Es gab Zeiten, da ist eine Frau, die keine Kinder will, ins Kloster gegangen! Aber diese hier musste ja unbedingt meinen armen Sohn becircen. Mit den Haaren im Zopf wie ein Pferd und wiegen tut sie mehr als er! Wenn es nicht zum Weinen wäre, müsste ich laut lachen, dass sich so was überhaupt Frau nennt.

Auf in den Kampf

„Schluss jetzt!", schnauze ich mein Spiegelbild an. „Denk jetzt nicht daran. Nicht *daran!* Nicht jetzt und erst recht nicht während der nächsten Stunden!"

Ich schüttle meinen Kopf. Könnte ich ihn doch ausschütteln wie ein klitschnasser Hund sein Fell! Alles rausschleudern ... Dass die Gedanken bloß irgendwie aufhören! Aber keine Chance, die Bilder der Erinnerung lösen einander wie im Staffellauf ab: jener Blick von Christians Mutter --- Christian. Noch nie hatte ich ihn so laut schreien hören! --- und wie alles eskalierte. „JETZT REICHT'S! LASST LENA IN RUHE! LASST SIE ENDLICH ALLE IN RUHE!", hallt in meinem Gedächtnis Christians Aufschrei wider und genau wie vor vier Tagen stockt's mir jäh, todschlecht, ich will mich ducken. Denn ich habe wieder meinen Vater vor Augen, der bis in den grauen Haaransatz blutrot anlief, die zusammengequetschte Faust auf den Tisch knallte und mit überschwappender Stimme und aufgeblähten Nüstern durch die Zähne presste: „Du ... du wagst es ... in meinem Haus ... an meinem Tisch! Bürschchen, das machst du nicht noch einmal!"

Doch! Christian ließ sich nicht einschüchtern, sondern verteilte Rundumschläge. – Bis ihn mein Fingerzeig auf Manfreds Miene verstummen ließ.

Der Triumph stand Manfred ins Gesicht geschrieben.

Ich schließe meine Augen, strenge mich an, mich auf etwas Schönes zu konzentrieren: „Nutella", tropfdick auf selbstgemachten Pfannkuchen. Brötchen mit Butter und

Erdbeermarmelade. Vogelgezwitscher, wenn nach einem endlosen Winter der Frühling erwacht ...

... und mir wird es kalt bis in die Knochen, weil meine Gedanken stattdessen bei dem Moment einrasten, als Christians Mutter vom Tisch auffuhr: „Genug! Mein eigener Sohn lässt sich gegen mich aufhetzen! Jetzt weiß ich, woran ich bin!" Ihr Stuhl prallte zur Seite und traf Alina. Die schrie auf, Carolin stürzte sich über sie und – *watsch!* – knallte mir das Armkettchen hin, das ich ihr geschenkt hatte: „Kinder passen dir also nicht, Realschule, denkste, meine Schwester doch nicht, unter ihrer Würde, zu meinem Mann willst du nicht, in deinen Augen habe ich wohl alles falsch gemacht!", prompt Manfred, die Ratte: „Also wirklich Lena, bist du nun zufrieden? Dass du sogar an Weihnachten wieder Streit provozieren musst!", während Christians Mutter aus der Wohnung stürmte. Ich – hinterher. Und preschte im Treppenhaus mit der Wucht eines Geisterfahrers gegen sie, wo sie gerade ihren Mantel von der Garderobe nahm. Noch ehe ich mich entschuldigen konnte, traf es mich wie ein Eispickel: „Geh mir aus den Augen! Noch nie bin ich so enttäuscht worden!"

Enttäuschen. Ist das eigentlich alles, was ich kann?

Erneut schüttle ich den Kopf. Ich versuche mir den Duft von frisch gemähtem Gras vorzustellen, jenen warm-würzigen Samstagnachmittagsgeruch. Danach will ich an das herrliche erste Knacken denken, wenn man in die Schoko-Glasur eines Softeises beißt, schmelzende Kühle ...

... doch es schneidet mir ins Herz, weil ich Christian sehe. Weiß wie die Wand war er, vor ohnmächtigem

Zorn versagte ihm fast die Stimme, als er sich am 1. Weihnachtsfeiertag bei meinen Eltern für seinen Ton entschuldigte. *Auf meine verzweifelte Bitte hin!* Ich sehe meine Mutter, wie sie nur nebenraus schaute und Christians Hand ohne ein Wort in der Luft stehen ließ, und meinen Vater, der Blicke auf Christian schoss, die hätten töten können. Und damit sehe ich mich: wie ich die Fassung verlor und ausrastete.

Jetzt nur nicht tiefer in die Erinnerung tauchen. Nur nicht immerfort durchleben, wie mein Vater meinen Ausbruch mit einer Stimme voll eisigkalter Verachtung quittierte: „Ich nehme dich beim Wort: Sieh, wie du allein zurechtkommst!", und sich vor den Fernseher setzte. – *Was wenn* … „Stopp!", schnaube ich mich wieder im Spiegel an. … *Aber was wenn ich allein nichts kriege? Wo soll ich dann hin? Beiß nie die Hand, die dich füttert* … „Stopp und Schluss! Erst etwas von wegen »Ketten des Geldes« sinnieren, doch sobald es hart auf hart kommt, die Hosen voll haben! Pack die Trauermiene ein und reiß dich zusammen. Du hast noch andere Schwierigkeiten. Und die hast du jetzt! Kümmere dich endlich darum! Langsam wird's knapp!"

Es ist der Abend des 28. Dezember.

Stichtag. –

Klassentreffen!

Ich stehe in der Toilette des „Goldenen Schwans", es ist 20 vor 7, höchste Zeit für einen allerletzten Kontrollblick: Haare? Ich glaub's immer noch nicht: Volumen hab ich! So kann ich ausschauen! Wenn ich dafür doch bloß keine Wickler, fünf Stunden, zwei Schreiattacken und zweimal komplett neu anfangen bräuchte. Finger weg jetzt, nicht dass alles wieder zu meinen Spaghettis zusammenpatscht. Lieber nochmal den Rock richten. Verlaufen die Nähte entlang der Hüften? Passt! BH? Rucken --- und --- schon bequemer! Oberteil? Genehmigt, man kann nirgends reinschauen, auch nicht beim … nein, auch nicht beim Vorbeugen, Hüpfen, Drehen. Wimperntusche? Keine Bröckelchen, trotzdem dicht und dunkel, hoffentlich verschmiert mir die nur nicht! Und der Lippenstift? Auffrischen, dann dürfte es gehen.

Von einer Klopapierrolle rupfe ich ein paar Streifen ab, presse meine Lippen darauf, um anschließend Lipliner und Lippenstift sorgfältig neu aufzutragen, darüber einen Hauch schimmerndes Gloss, genau so, wie es mir meine rassige Verkäuferin in der Parfümerie beigebracht hat. Dann tupfe ich aus einer meiner brandneuen Parfümproben ein paar Tropfen auf den Hals, lasse ganz kaltes Wasser über die Innenseiten meiner Handgelenke fließen, atme tief ein, noch tiefer aus, blicke prüfend in den Spiegel über dem Waschbecken und lächle mich an.

Schon besser! urteile ich. Man könnte meinen, ich freue mich. Jetzt noch Bauch einsaugen und: durch.

12 Minuten vor 7.

Der Puls wird flatterig, im Magen prizzelt's wie ein Kasten „Selters", die Kehle dafür: staubtrocken. – Ich muss heim!

Ich öffne die Toilettentür und trete in den Vorraum des Gasthauses. Rechts von mir, verlockend nahe, ist der Ausgang. Linker Hand türmt sich eine schwere, dunkle Eichentür mit einem flaschengrünen Glaseinsatz auf. Darüber baumelt ein Holzschild mit Bauernmalerei: „Zur Stube – Tritt ein, bring Glück herein!"

Eine Sekunde lang zögere ich ...

Dann wird die Eichentür aufgerissen. Zwei stattliche Mannsbilder Ende 50, die Bierflasche in der Hand, wanken heraus und steuern den Zigarettenautomaten an. Bis sie mich entdecken, einander anstoßen – oh nein! Wieso nicht einen Moment länger oder kürzer im Klo? – und laut und lachend zu mir schlurfen.

„Hallöle!", orgelt der eine. „Wen haben wir denn da?"

„Meine Verabredung!", röhrt der zweite. „Servus, mein Herzerl! Ich bin der Horst und mein Kollege hier, der ist der Gert. Wer bist'n du?" Und damit kratzt er sich ungeniert an seinem Hosenlatz.

„Ähm ...."

„Nicht so schüchtern, mein Herzerl. Brauchst doch nicht gleich rot werden", lacht und kratzt er.

Und mir haut es erst recht die Flecken ins Gesicht. „Ich ... bin die Lena."

„Die Lena, nobel, nobel. Und? Haste dich für mich so rausgeputzt?"

„Ich habe ... äh ... heute soll hier Klassentreffen sein", murmle ich, während mein Blick zwischen den beiden und der Tür umherirrt.

„Klassentreffen? Da bist du bei mir genau richtig: Ich hab Klasse und mich kannste treffen." Ein letzter Kratzer am versifften Hosenlatz, ehe er mich um die Hüfte fasst und an sich ziehen will. „Wie sieht's aus mit uns beiden Hübschen?"

Mit einer blitzschnellen Drehung schaffe ich es, ihm zu entwischen. Er stolpert, „Sträub dich doch nicht!", rummst gegen den Ausgang, „Au!", Bier spritzt, seinen Kumpel schüttelt's durch vor Lachen, während ich schleunigst Reißaus in die „Stube" nehme.

Humpta-Humpta-Täätäärää und Frittierfett, Tabakrauch und Stimmengewirr schlagen mir von dort entgegen. „Blöde Zicke!", schwappt mir durch den Türspalt hinterher.

„Hallo! Ich bin hier um 19 Uhr zu einem Klassentreffen eingeladen. Könnten Sie mir bitte sagen, welcher Tisch dafür reserviert ist?"

Ich erhalte keine Antwort.

Keinen Blick.

Nichts.

„Entschuldigung!", nehme ich einen neuen Anlauf, doch der Wirt lässt sich abermals nicht stören. Gemächlich zapft er ein Bier, stellt es zum Abtropfen auf einen Spüllappen neben sich, blickt durch mich hindurch und zapft das nächste. Verschissen! Wenn jetzt einer kommt und mich so sieht! Erst nach dem dritten Bier – *knalleroter Kopf, und es hat noch nicht mal angefangen!* – nickt er an mir vorbei, irgendwohin nach rechts: „Nebenzimmer."

Ich drehe mich, um zu schauen, wohin er genickt haben mag. An der einen Seite, halb verdeckt von einem Koloss von Kachelofen und Hirschgeweihen, erspähe ich eine Schiebetür.

Dahinter wird es wohl sein, vermute ich und will schon los, da wird mir beim genauen Hinsehen mulmig und mulmiger: Horst und Gert! Direkt neben der Schiebetür! An einem großen, runden Tisch, inmitten von zehn, zwölf Männern – alle Augen auf mich gerichtet.

Wofür, heilige Maria und Joseph, werde ich bestraft?

Fehlt nur noch, dass jetzt Svenia reintrippelt, zusammen mit Patricia und Janine, die ganze Itzibitzi-Püppchen-Clique. Und die Vorstellung gibt mir den Ruck, mich vom Tresen zu lösen. Horst und seine Männer wie ein Erschießungskommando vor mir, sappe ich los. Konzentration! Bloß nicht blamieren! Wenn's mich vor denen hinhaut ...

Doch sobald ich anfange, auf meine Schritte zu achten, gerate ich völlig aus dem Konzept. Welches Bein ist dran? Das andere, bleibt das solange stehen? Wie groß ist ein normaler Schritt? Meine Brüste – WOAMM, WOAMM! – wabbeln wie Wasserbomben, wo soll ich hinschauen, die Arme, wie die dranhängen, voll der Behindi!, was macht man mit denen? Rechter Arm und linkes Bein! Linker Arm und rechtes Bein. Rechter Arm und ...

... und Schuss: „Die kann gleich wieder dahin gehen, wo sie hergekommen ist!", höre ich Horst schimpfen. „Meint, sie ist was Besseres, 'ne Kratzbürste is' sie, sonst nichts."

„Ach woher denn, immer her damit!", dröhnt darauf sein Nachbar, ein Mann so gewaltig wie ein Traktor und mindestens genauso rot wie ich, während er sich mit einem Taschentuch übers Gesicht wischt. „Kratzbürsten sind mir die Liebsten!"

Ich verfluche Karin und mich und den vermaledeiten Rock. Was würde ich jetzt für meine gewohnten Jeans und Sneakers geben!

„Was für einen Bogen die macht. Wir beißen doch nicht!"

„Schöne Maid, hast du heut' für mich Zeit ..."

Unter Johlen und Gewieher drücke ich mich an dem Tisch vorbei und schlüpfe hinein ins Nebenzimmer: dunkles Holz, weißgrelles Parkhauslicht, dekoriert mit Vereinsfahnen, grün-orange-karierten Vorhängen, Fußballpokalen und ausgestopften Tieren, die rundherum von den Wänden starren.

Meine Güte! So wie es hier aussieht, könnte man glatt meinen, dass wir vor 40 Jahren Abitur gemacht haben. Kommt Karin etwa öfter hierher? Oder wird sie dafür bezahlt, dass sie uns anschleppt?

Mirco, Jochen und Karsten sind die Einzigen, die schon da sind. Wie drei Angler im Regen sitzen sie aufgereiht an einer langen Kette von Tischen. Sonst: tote Hose. Selbst Karin, die den Schuppen doch ausgesucht hat, fehlt.

So wenige nur ... Muss man da die Hand geben? Und meine pappen, als hätte ich sie zwei Wochen mit einem Lutscher in der Hosentasche stecken gehabt! Was reden? Wohin soll ich? Ist irgendwo besetzt? Lächeln, Lena, ab jetzt zählt's!

„Hallo!", sage ich in die Runde.

„Hallo."

„Hi."

„Hi, Lena."

„Sonst ist noch keiner da? Aber wir sind hier doch richtig, oder?", frage ich, wobei mir ein locker-luftiges Lachen in der Stimme glückt.

„Brücknerstraße 10", packt Karsten seine Einladung aus.

„Wer weiß, vielleicht haben alle anderen abgesagt", scherzt Mirco.

„Ist da noch frei?"

„Klar."

Mirco räumt seine Jacke zur Seite und so kann ich neben ihm und unter einem rotbraunen Eichhörnchen Platz nehmen. „Und, wartet ihr schon lange?"

„Geht so."

„Na ja."

„Viertel Stunde vielleicht."

„Ich bin schon richtig gespannt. Und ihr?"

„Ich auch."

„Ich auch."

„Ich auch."

„Cool, dass Karin das organisiert hat, ne?"

„Ja, voll cool", nickt Mirco.

„Ja", nickt Karsten.

„Finde ich auch", nickt Jochen.

„Das wird bestimmt lustig!"

Nicken.

Nicken.

Und: Nicken.

Ich fange ebenfalls zu nicken an. Wo, Himmel hilf!, bleiben die anderen? Und seit wann sind die drei so knapp? Lautlos kriechen die Minuten zwischen uns dahin, während wir einander zulächeln und der Tischplatte zunicken. Ausschauen muss das! Manchmal nicken wir auch in Richtung der toten Tiere, die glasäugig auf uns herunterglotzen.

„Lena!"

Ich fahre herum, als hätte Mirco mit einer Trillerpfeife gepfiffen. „Ja?"

„Mit wem aus der Schule hast du noch Kontakt?"

„Ich ... ähm ... eigentlich mit ...", fange ich an und verschlucke den Rest, als ich sehe, dass sich die Tür öffnet und unser aller Erlösung endlich im Anmarsch ist: ... *Karin?!?!?!*

Alles für die Katz

Das ist ja ---

Wie kann ---

Mama hätte mich doch vorwarnen können!

Schock lass nach: Auch Karin sieht aus, als hätten wir vor 40 Jahren Abitur gemacht. 20 mindestens. Ungelogen!

„Kinders, nein, wie ich mich freue. Endlich ist es so weit! Wie geht's euch denn? Gefällt es euch hier? Seid ihr die Ersten? Habt ihr es gleich gefunden? Habt ihr euch schon etwas zu Trinken bestellt?"

Hochrasierter Stoppelschnitt in einem synthetischen Schreirot statt herrlicher, herbstgoldener Locken, ein floridabuntes Wallekleid, unter dem das Fleisch bei jeder hektischen Geste bebt, und Busen, *überall Busen!*, Busen, dass man blind wird – Karin hat mit der Karin von früher so wenig Ähnlichkeit wie ein Brunfthirsch mit einem Rehkitz.

„Ach Kinders, jeohje, bin ich zapplig! Hoffentlich klappt alles. Mei, ist das schön, dass wir uns endlich einmal treffen! Das war ein guter Einfall von mir, findet ihr nicht?!"

Wir vier, ertränkt von der Flut ihrer Worte, nicken gehorsam.

„Ja!", schmettert Karin uns entgegen. „Ja, das war die beste Idee seit Langem. Seid ihr aufgeregt? Wenn nur alle kommen! Freuen tue ich mich, ihr glaubt's nicht. Wie eine Schneekönigin! Und ihr? Ihr sagt ja gar nichts. Hat es euch vor Freude die Sprache verschlagen?"

Wie die Bedepperten nicken wir wieder im Takt.

Da reißt Karin die Arme hoch und winkt und rudert durch die Luft: „Kinders, schaut! Schaut doch, wer da kommt: der Dr. Kramer!"

Wir tun, was sie sagt, und Karin prescht los. Sie stürmt zur Tür, durch die Dr. Kramer, unser ehemaliger Klassenlehrer, eben getreten ist, nimmt ihm Mantel und Hut ab, hakt ihn unter und zerrt ihn mit sich an den Tisch. Sie scheint überhaupt keinen Bammel mehr vor ihm zu haben.

Noch während ich dies verblüfft beobachte, wird die Tür erneut aufgeschoben und herein kommt ...

--- ??? ---

Mit offenem Mund und aufgerissenen Augen starre ich.

Ist das Petra? Der Pferdekopf?

Mich laust der Affe: Es IST Petra, doch von Pferdekopf keine Spur!

Im figurbetonten Hosenanzug und mit den langen und sicheren Schritten einer Frau von Welt schreitet Petra auf uns zu ...

Kinnlade hoch, Lena! Also wirklich, geht's noch auffälliger?

... die Ledertasche elegant in der linken Armbeuge, vollendet mit rot lackierten Fingernägeln, dazu ein rauchiger Blick mit hauchleicht geöffneten Lippen ...

Die weiß halt, wie man läuft! Ganz im Gegensatz zu manch anderer! stichelt es prompt in mir.

... und sie begrüßt uns mit einer Stimme, die in sich ruht: „Guten Abend, Dr. Kramer. Hallo allerseits. Und dir, Karin: Danke für die Einladung."

Karins dickes Gesicht steht still, ehe sie hervorstolpert: „Bitte ... gern geschehen. Willst du dich ... vielleicht dazusetzen?"

„Danke, Karin, das ist nett, aber nein danke. Ich hatte eine lange Fahrt. Ich bleibe lieber noch stehen und sehe mich etwas um. Ein bisschen die Beine vertreten."

Und im Übrigen könnt ihr mich viel besser bewundern, wenn ich stehe. Geniert euch nicht, schaut alle her, hättet ihr *das* von mir gedacht?! Petra wippt vor dem Glaskasten mit den Fußballtrophäen von einem Standbein aufs andere, fährt sich durch die glattglänzenden Jennifer-Aniston-Haare, dreht und wendet sich, damit wir nicht ein Detail von ihr verpassen können. Und doch bin ich die Einzige, die nichts von alldem verpasst. Sonderbar, aber wahr. Keiner außer mir guckt und staunt! Bei Karin ist der erste Knalleffekt mit einem Puff wieder verflogen, und als wäre sie auf Dauerfeuer gestellt wie ein Joystick, bestürmt und umwuselt sie Dr. Kramer. Eins, zwei, drei hat auch der das neugierige Interesse an Petra verloren, mit dem er sich im Moment ihres Eintretens an sie gewandt hatte. Und Mirco, Jochen und Karsten? Drei Kerle treffen auf Allererste-Sahne-Schnegge, es sollte ja wohl klar sein, was da passiert: Anbaggern! Up the yinyang!!! Wer ist der Checker, der sie rumkriegt? Aber nach einem kurzen Stirnrunzeln der Marke „Was soll'n des jetzt?" verschwenden sie nicht einen Blick mehr an Petra. Null! Nichts! ZE-RO! Warum, ist nicht nur mir, sondern augenscheinlich auch Petra, der die Schultern einknicken, als hätte man ihren Stecker gezogen, und die schließlich wie betäubt zu Boden stiert, ein Rätsel. Warum beachtet keiner Petra? Warum fallen keinem die Augen aus? Oder wenn wenigstens einer wegen früher und den ganzen Gemeinheiten einen schamroten Kopf kriegen würde. Und – mamma mia! – warum schmeißt sich denn keiner ins Zeug, um ihr zu imponieren? Wo bleiben die Komplimente, wo der Champagner? Schon gut, unter den hiesigen Umständen würd's auch ein Doppelbock oder ein großes Spezi tun, wenigstens irgendwas! Petra, *Boomshakalaka!,* der absolute Schwan ist sie geworden. Zehn von zehn! Da legst dich nieder! Warum denken sie das nicht? Petra hätte es doch verdient!

Nach und nach trudeln sie alle ein. Bis auf vereinzelte Plätze ist der Tisch besetzt, der Raum summt von Lachen und Umarmungen, und Karin ist in ihrem Element. „Ach Kinders, wie schön!", tönt es andauernd und überall. „Schön, dass ihr gekommen seid. Ich freue mich!"

Ich freue mich nicht.

Ich sitze in der Mitte von Mirco und Dr. Kramer, gegenüber hat Eva Platz genommen: hochschwanger, in „Birkenstocks" und einem Indio-Poncho aus dem Dritte-Welt-Laden, die Haare mit bunten Tüchern umwickelt. Neben ihr sitzt Ben. Statt „Stüssy" und XXL-Jeans, aus der bei jedem Bücken die halbe Boxershorts rausrutscht, trägt er schwarzen Anzug, schwarze Krawatte, weißes Hemd, am Handgelenk eine teure Fliegeruhr. Und Ben kann's tragen. Er sieht aus wie die im „Hugo Boss"-Katalog. Mit ihm gekommen ist Oliver, surferblond, das Hemd lässig aufgeknöpft, im Ausschnitt ein Lederkettchen. In meine unmittelbare Nähe hat's auch Nikki verschlagen, die in der Schule lange Zeit meine Banknachbarin gewesen ist. „Tratschweiberl" hatten uns die Lehrer genannt. Bis Nikki jedoch in der 9. Klasse begann, mit einem aus der Kollegstufe zu gehen, und mit mir „Kind" nichts mehr anzufangen wusste. Und zu guter Letzt ... wer wohl noch? Wer könnte es sein? Wer könnte die Runde erst so richtig komplett machen?

Erraten! Der Kandidat hat 100 Punkte!

Svenia! Die an der Spitze von Patricia und Janine – im Kino hätt's da Zeitlupe gegeben, Windmaschinen hätten die blonden Haare wehen lassen – wie bei einer Prozession eingezogen ist und die es wie eh und je beherrscht, sämtliche Register des kleinen, hilfs- und schutzbedürftigen Mädchens zu ziehen. Ende Dezember, minus 7 Grad, trocken klirrkalt, und die Arme – ach du lieber Gott! – friert erbärmlich in dem kurzen, schulterfreien Etwas aus Nachthemdchenstoff mit Spitzen und in den Stilettos an den nackerten Füßen.

„Ich kann gar nicht so schnell zittern, wie ich friere!"

Aber – und das habe ich schon vor Jahren von Svenia gelernt – wenn's Männer anmacht, ist alles andere egal.

„Bibber, bibber, bibber!"

Dass Männer einem hinterhergeifern, das ist entscheidend. Und nur das! Da trägt man doch im Winter keine Strumpfhose! Ja wer sind wir denn! In welchem Seniorenheim-Modemagazin hast denn du geblättert, du Anfänger du? Lieber bin ich krank! Zwei Wochen Grippe, Antibiotika, wen bitte juckt das?

„Ist das kalt hier!"

Solange das Miniding von sexy-hexy Fähnchen mit der Bibbertour bei den Männern zieht, ist es einem sogar eine aufsteigende Blasenentzündung wert.

Und ziehen tut's! Um Svenia hummelt und schwirrt es wie um einen Topf Honig. Dr. Kramer hat glühende

Backen wie ein Junge, vor dem Santa Claus mit seinen Rentieren gelandet ist. Genau wie früher im Unterricht, wenn „das reizende Fräulein Svenia" an die Tafel, den Overheadprojektor oder die Landkarte tänzelte und für jede noch so dämliche Antwort eine Eins kassierte. Karsten besorgt Tee, Ben bietet sein Sakko an, – was Svenia dankend ablehnt, Jochen und Mirco atmen nicht mehr, sondern verschlingen Svenia und ihr gewagtes Kleidchen mit Blicken, während Oliver die Gelegenheit nutzt und ihre Hände in die seinen nimmt, um sie warm zu rubbeln. – So sieht's eben aus, wenn eine Frau weiß, wie man das mit den Männern macht. Und ich hatte mir eingebildet, hier mit einem stinknormalen Rock strahlen zu können. Pfff, voll daneben! Frisör, Schminke, komplette neue Montur: außer Spesen nichts gewesen. Kein Schwein hat zweimal hingeschaut.

Wie kann ein Mensch mit 25 auch so naiv sein? Nix wird bewiesen! Püppchen bleibt Püppchen, Pferdekopf bleibt Pferdekopf und die lange Latte, die bleibt die lange Latte. Punkt. Aus. Schluss. Wohl zu viele Aschenputtel-Schnulzen und High-School-Streifen geguckt, was? Raff's endlich, Lena, so ein Happyend passiert dir nicht. Du kannst noch froh sein, wenn du den Kumpel spielen darfst.

Karin hat den offiziellen Teil „errrrrr-öffffff-neeeeeeet!!!!!!!"
Und schwuppdiwupp haben alle bis auf Eva, die sich in einer Thermoskanne Linseneintopf mit Tofustreifen mitgebracht hat, einen vollen Teller vorgesetzt bekommen. Glückliche Eva! Jeder mantscht in seinem Berg von Sauerkraut und in den im Fett schwimmenden Bratkar-

toffeln herum und die schwartigen Rippchen, die wie eingeschlafene Käsefüße schmecken, werden vor- und zurückgeschoben.

„Köstlich, das Fleisch zergeht einem ja auf der Zunge!", versichert einer eifriger als der nächste, dabei werden die kleinsten Bissen groß gekaut und mit viel Alkohol hinabgespült. „Es geht einfach nichts über deftige Hausmannskost. Leider habe ich zu Hause schon gegessen."

„Ja, ich auch ..."

„Ich bin noch pappsatt ..."

Jeder strahlt und freut sich, dass wir uns endlich wieder einmal sehen, keiner kann verstehen, warum so viel Zeit vergehen musste, und jeder findet's schade, dass heute nicht alle kommen konnten.

Selbstverständlich auch ich. – ERST RECHT ich! Ich lache und bin gut drauf, nicke viel, frage nach, damit es nie eine Pause gibt, oder schalte, wo es angebracht ist, auf „sentimental" um. Ich bin, was man von mir erwartet. Eines allerdings bin ich wirklich: baff. Denn unter den drei Personen, die nicht zum Klassentreffen erschienen sind, ist Erik.

Abgesagt hat der Überflieger Joachim, der im ersten Halbjahr der 5. Klasse auf ein Internat mit Begabtenförderung gewechselt hatte und an den ich nur noch vage Erinnerungen habe.

Außerdem Manuel, von dem Karin eine Karte aus der Dominikanischen Republik bekommen hat, wo er als Reiseleiter arbeitet.

Und Erik.

Erik fehlt!

Und ich Rindvieh war mir so sicher gewesen, dass er kommen würde.

Nach dem Essen wird es lustig-laut. Erinnerungen an unsere Schulzeit werden wach und selbst bei den langweiligsten oder aber fürchterlichsten Unterrichtsstunden gibt es ein Riesengelächter.

„Oder erinnert ihr euch an die Frau Gräfe?", fragt Oliver.

„Die Französisch-Gräfe!", prustet Mirco los. „Die hat mich in der 8. Klasse fast durchsausen lassen!"

Nikki verschluckt sich an ihrem Rotwein: „Und ich musste wegen ihr zweimal die Woche zur Nachhilfe. Dabei hatte ich nur so einen Mega-Schiss, die hat mich nach der Uhrzeit fragen können und ich habe nichts rausgekriegt."

„Ihre Abfragen ... das waren vielleicht Brocken! Wisst ihr eigentlich noch, wie sie immer ewig die Klassenliste durchgegangen ist, bevor sie ihr Opfer aufgerufen hat?" Ben schmeißt sich weg vor Lachen. „Wisst ihr das noch?"

„Von A bis Z und wieder zurück. Das hat sie extra gemacht! Und wir saßen wie auf dem elektrischen Stuhl", steigert Jochen die Gaudi.

Und Karin wiehert los, dass die Busen beben: „Ach Kinders, ich sehe sie direkt vor mir: wie sie vor sich hingemurmelt hat. Ein Name nach dem anderen! Ach du liebes Lieschen, und wenn sie dich angeschaut und überlegt hat ..."

„Aber am meisten ist sie beim Manuel hängengeblieben", werfe ich ein. „Den Pechvogel hat es bestimmt bei jeder dritten Abfrage erwischt."

„Manuel war eindeutig ihr Spitzenkandidat", stimmt Ben mir zu und beginnt, wie Frau Gräfe zu näseln: „Aujourd'hui ... peut-être ... nous prenons ... Manüäll!?"

Nikki gestikuliert wie eine Wilde, dass wir sie anschauen sollen, haut noch ihren Rotwein weg, als wär's ein Schuss Espresso, und setzt ein: „Alors ... Manüäll ... qu'est-ce que la différence ... eh non, non, non, Manüäll, pas en allemand, en français, s'il te plaît! ... MANÜÄLL!"

„Der Arme", sagt Eva, nachdem sie sich vom allgemeinen Lachanfall erholt hat. „Wir machen uns einen Spaß und was hat er gelitten!"

„Was heißt hier der Arme?", fährt Svenia ihr scharf über den Mund. „Ich war heilfroh, dass die Gräfe ihn auf dem Kieker hatte und nicht mich."

„Bingo!"

„Meine Worte!"

„Ohne Manuel hätte es für mich schlecht ausgesehen!"

Einer der Jungs ist schneller als der nächste, Svenia beizupflichten, und sogar Karsten beugt sich von seinem Platz herüber und mischt mit: „Außerdem hat der Manuel das im Großen und Ganzen doch sauber weggesteckt. Bis auf den Skikurs natürlich. Wo die Gräfe ihm nicht abgenommen hat, dass er krank ist ..."

„Non, non, non, Manüäll, je ne crois pas, que tu es malade, non, non, Manüäll!", schiebt Ben schnell dazwischen.

„... bis der Manuel alles über die Skier gekotzt hat. Der war grasgrün! Könnt ihr euch erinnern?"

„Wo wir gerade vom Skikurs sprechen", gluckst Nikki, indem sie in ihrer Handtasche kramt, einige Fotos herausfischt und eifrig darauf tippt. „Seht mal, was ich daheim gefunden habe. Sind die nicht zum Brüllen?!"

Als hätte Nikki damit den Startschuss gegeben, auf den schon heiß hingefiebert worden ist, tauchen in Sekundenschnelle an allen Ecken und Enden des Tisches Fotos auf. Selbst Dr. Kramer hat eine Auswahl dabei und auch die Jungs kennen kein Halten, sondern packen sie stapelweise aus. Fotografien vom Skikurs, von der Klassenfahrt an den Chiemsee, von langweiligen Wandertagen in der Rhön und vom Besuch des Europaparlaments in Straßburg machen die Runde und halten die Rückblenden in die „ach so gute alte Zeit" und die Heiterkeit in Schwung. Ich mache mit, als wäre die Vergangenheit auch in meiner Erinnerung zu der Lüge geworden, dass es damals nicht schöner hätte sein können, während hinter der lustigen Fassade mich's zerbröselt: 1 Meter und verfluchte 82 Zentimeter! Übergröße in jeder Hinsicht: riesig und plump und wuchtig, Missgeburt! Schau dich um, schau dir die anderen Mädchen an, wie eine Svenia müsstest du sein. Aber du, du bist das Trampel! Jeder denkt das über dich und das wird dein Leben lang so bleiben, egal wie du dich verbiegen und verkleiden wirst. Klartext: dieser Rock, diese ganze Aufmachung, ABSOLUT lächerlich! Bei deinen Proportionen könntest du damit als Dragqueen durchgehen. Check's halt, du Oschi, bei dir ist Hopfen und Malz verloren! Nicht einmal eine Schönheits-OP gibt es für jemanden wie dich oder willst du dir irgendwas absägen lassen? Du bist ein Trampeltier, ein langes, ein hässliches, und du gehörst nicht unter die Leute!

Und damit peitscht es mich vom Stuhl auf. Unter einem dahingemurmelten Vorwand eile ich aus dem

Zimmer. Tränen brennen mir im Atem, während ich quer durch das Lokal, in den Vorraum und schließlich in die Toilette stolpere. Ich schiebe den Riegel vor. Durch den Tränenschleier starre ich auf mein Spiegelbild, ehe ich am Waschbecken zusammenklappe. Ich könnt' Rotz und Wasser heulen! Wäre ich nur nie gekommen ...

Aber kein Schluchzer löst sich.

Nein.

Ich darf nicht weinen.

Nicht hier!

Oder soll ich mit verquollenen Augen und Flecken im Gesicht zurückkehren, damit die mit einem Blick durchschauen, dass ich ihnen jahrelang etwas vorgemacht habe? Schwäche lockt den Spott an wie Blut die Piranhas! Neun Jahre habe ich meine Show durchgezogen, was mache ich jetzt auf hysterische Alte? Den Abend packe ich. Hier wird nicht durchgehangen! Keiner darf was mitkriegen, und zwar so was von gar nichts.

Ich hefte meinen Blick auf den Abfluss des Beckens. Auf die Kratzer im matten Metall, den Ring eingetrockneter Scheuermilch, auf Kalkflecken und Seifenreste. Währenddessen fange ich an, den Nagel meines Zeigefingers tief in die Wurzel des Daumennagels zu bohren, wie ich es bei Coelho gehört habe, zwinge meine Aufmerksamkeit auf den stechenden Schmerz und rapple mich allmählich auf. Durchatmen ... --- O.K.: Man sieht mir nichts an. Tränen versiegt. Dann mache ich mich auf den Weg ins Nebenzimmer.

Shit und Shit und Shit-Shit-Shit!

Es erwischt mich wie die Maus, über der die Falle zu-schnappt. Ich kehre zurück an meinen Platz neben Dr. Kramer, mein Hintern hat kaum die Sitzfläche berührt, und KAWUMM stellt der es wie ein Aufsatzthema in den Raum: „Erzählen Sie, welchen Weg haben Sie nach dem Abitur eingeschlagen? Was haben Sie sich aufge-baut, was erreicht? Wo stehen Sie? Lassen Sie hören!"

Hören lassen? Was um alles in der Welt könnte ich hören lassen? Außer meinem Pipifax-Studium habe ich nichts vorzuweisen! Kein soziales Jahr, am besten als Entwicklungshelferin, null „IHK"-Zertifikate, keine Gründung irgendeiner dynamisch-innovativen, börsen-notierten High-Tech-Firma, nicht mal Aktien hab ich! Was habe ich mit der Zeit gemacht? Lena, du LOSER, und so was wie du ist dann noch heimlich am Träu-men, eines schönen Tages eine dieser „Armani"-Karri-erefrauen zu sein. Eine wie die in den Illustrierten: ob in der Konferenzschaltung mit New York, in der Oper oder aber in Turnschuhen beim Joggen – überall sind sie schick, schlau und schön. Eine, die in ihrem Urlaub mit dem Rucksack Peru durchquert und zu Hause in ih-rem „Porsche Cayenne" an den „Opel-Popel" sämtlicher Rudis vorbeirauscht. Und von der alle Welt schließlich schon immer gewusst haben will, dass sie es ganz weit bringen wird. Das ist ja chronisch, und zwar chronisch krank! Ein Provinz-Ei bist du doch! Wann soll dieser verdammte „eine schöne Tag" denn endlich sein?

Ben arbeitet längst an seiner Promotion in Physik. Sein Professor habe alle Hebel in Bewegung gesetzt und ihm sogar eine Stelle in der Forschung eingerichtet, um ihn am Lehrstuhl zu halten. Ben sei eine Investition in

Deutschlands Zukunft! Um Oliver buhlen derzeit zwei der größten Pharma-Konzerne, die durch Headhunter auf ihn aufmerksam geworden seien. Mit beiden Angeboten in der Tasche wird er nach Silvester allerdings erstmal ganz cool zum Surfen nach Hawaii fliegen: „Aloha!" Auf Hawaii ist auch Nikki schon mehrmals gewesen. Mit ihrem Lebensgefährten – sie sagt wirklich „Lebensgefährte", Christian bezeichne ich immer noch als meinen Freund! – bereist sie die Welt. „Natürlich nur die vornehmsten Adressen. Geld spielt keine Rolle", erzählt sie und kippt wieder einen ganzen Rotwein auf einen Schupps hinunter. „Arbeiten brauche ich nicht. Mein Lebensgefährte hat sich mit Import-Export eine goldene Nase verdient. Jetzt können wir genießen!" Und in null Komma nichts ist das nächste Glas verschwunden. Eva ist verheiratet, Mutter von Zwillingen, Anna und Rosa, im 8. Monat schwanger und ehrenamtliche Leiterin des Bibelkreises ihrer Kirchengemeinde, Mirco ist stolzer Besitzer eines Mountainbike-Ladens und Svenia angehende Grundschul-Lehrerin: „Meine Zulassungsarbeit habe ich so gut wie fertig. »Vom Kindergarten zur Grundschule – Konzepte für einen kindorientierten Übergang.« Mein Papi liest sie momentan Korrektur. Wenn dann noch mein 1. Staatsexamen im Sommer genauso prima läuft!"

„Und ich ...!!!" Karin dampft und glüht aus allen Poren. „Kinders, ich heiße BREITENBACHER!!! Es war wie im Märchen! Da denkst du, du stirbst, eingesperrt in einem Aufzug, mutterseelenallein, in so einem alten, klapprigen, und bei allen Schutzengeln schreist um dein Leben und dann kommt die Feuerwehr und wer steht plötzlich vor dir? Kinders: der Bernhard!"

„Du redest von *DEM* Bernhard Breitenbacher?" Ben macht Augen wie Pizzateller. „Dem Bernie, zwei Klassen über uns?"

„Wir sind sogar auf »TV Touring« gekommen! Meine Rettung, Bernhards Antrag und unsere Hochzeit: die Kutsche, die Tauben ..."

„Und haben sie dort auch gesagt, dass der Bernie vor dir die halbe Schule durchgepoppt hat?"

Karins Gesicht wird starr wie ein Backblech. Der Blick, hypnotisiert auf Nikki.

„Oder wie er's der einen Englisch-Praktikantin auf dem Klo besorgt hat? Obwohl dein Held in der Zeit eigentlich mit der ... helft mir weiter, wie hieß die nochmal ... ach ja, mit der Britta gegangen ist. Wenn der Bernie eine Woche lang keinen neuen Schlüpfer vorweisen konnte, war das doch schon lang für ihn! Du kannst bloß hoffen, dass du dir bei ihm nichts eingefangen hast."

Karin scheint um ihre Stimme zu ringen. Lautlos bebt nur die Unterlippe, bis sie hervorstößt: „Hör auf. Du redest von meinem kirchlich angetrauten Ehemann! Hör auf, Nikki!"

Die reißt ihr Rotweinglas hoch und blökt über alle Tische: „Auf Bernie, deinen kirchlich angetrauten Ehemann, von dem wir alle mehr gelernt haben als von jedem Aufklärungsfilm, den uns das Gesundheitsamt vorgesetzt hat!" Nikki stupst Ben in die Seite, der daraufhin übers ganze Gesicht zu grinsen anfängt. „Ehemann! Der Bernie!", frotzeln die beiden wie aus einem Mund und krümmen sich vor Lachen. Ihr Lachkonzert endet erst, als Nikki Schluckauf bekommt.

Karin atmet da bereits überhaupt nicht mehr. Tränen der Verzweiflung flackern in ihren Augen.

Verzweiflung, die in blankes Entsetzen umschlägt, als eine Stimme sich wie nebenbei einmischt: „Erst vor Kurzem hab ich gelesen: Die Hälfte aller Paare trennt sich innerhalb ...“

„Bernhard trennt sich nicht von mir!“, kreischt es aus Karin.

„... trennt sich innerhalb der ersten drei bis sieben Jahre“, fährt Svenia unbeirrt fort. „Wie lange seid ihr eigentlich zusammen?“

„Wir trennen uns nicht. Niemals! Wir lieben uns!“

„Fragt sich nur, wie lange noch“, murmelt Svenia gerade laut genug.

Und schon macht Dr. Kramer für sie weiter: „Sie könnten recht haben, Fräulein Svenia. Wie formulierte es Sacha Guitry so schön: »Die Liebe ist eine Gemütskrankheit, die durch die Ehe oft schnell geheilt werden kann.« Treffender, finde ich, kann man es kaum ausdrücken. Höchstens mit den Worten von Gerhart Hauptmann: »Gewisse Ehen halten nur in der Weise zusammen wie ineinander verbissene Tiere.« Kluge Worte von einer äußerst klugen Persönlichkeit, wenn man mich fragen möchte.“

„Bei uns ist das anders. Bernhard macht mich glücklich. Er ist ein guter Ehemann. Ich vertraue ihm. Er würde nie etwas tun, was mir wehtut.“

Svenias Blick ist wie ein Todesstoß: „Wenn er treu sein könnte.“

„Was weißt du schon? Lass Karin endlich in Ruhe!“ Nanu! Aus halben Augenlidern schiele ich von Svenia zu Eva. „Wenn Karin ihrem Bernhard vertraut, dann vertraue ich ihr. Ich glaube an ihn. Saulus wurde zum Paulus. Vertrauen ist die stärkste Macht. Sie hebt alle alten Muster auf, beleuchtet wie ein Licht in der Dunkelheit den richtigen Weg."

Ob man in der Schwangerschaft so zu reden anfängt?

„Hinter Bernhards Abenteuern steckte allein der Schrei nach Liebe. Heute die und morgen die nächste, danach sehnt sich kein Mann. Bernhard war auf der Suche nach der wahren Liebe! Nach Nähe. Hinter seiner Maske war auch er nicht glücklich."

8. Monat! Eindeutig! Eva kannte doch Bernie genauso gut wie wir anderen!

„Ich freue mich mit dir, Karin, dass du jemanden gefunden hast, der mit dir durch dick und dünn geht."

Bei „dick" prustet der dreiviertel Tisch los.

Eva allerdings lässt sich nicht aus dem Konzept bringen: „Du bist bereichert, Karin, gesegnet. Ihr habt vor Gott den Bund fürs Leben geschlossen."

„Schließlich wollen Bernhard und ich Kinder", schnieft Karin.

Bei der Vorlage zögert Svenia mit keiner Sekunde, ehe sie zu Oliver raunzt: „Ich wusste gar nicht, dass man nur dann schwanger werden kann, wenn man verheiratet ist. Du?"

„'Nen Freifahrtschein für Singles?", folgert der. „Hätte man uns das früher gesagt!" Und er streift mit tiefen Blicken über Svenias Körper. Sogar das mit den Lippen hat er drauf wie LL Cool J.

Ein lockendes Lächeln ist Svenias Antwort.

Damit plustert Oliver sich in freudiger Erwartung auf, Dr. Kramer dagegen macht ein langes Gesicht.

Tja, das war es dann wohl für Sie, Dr. Kramer! lästere ich in mich hinein. Sie sind aus dem Rennen! Trotz geistreicher Zitate ist Ihnen die Angebetete wieder mal haarscharf durch die Lappen gegangen. Ach, es muss schwer sein!

Zwei, drei, vier Runden Zwetschgenschnaps später – „Dass er den Sauerkrautstampf zersetzt wie Cola das rohe Stück Fleisch!", und als wär's auch noch „Odol", gurgelte Nikki ihren Rachen durch – ist mir nicht mehr groß nach Lästern. Babys!!! Überall.

„Und diese Patschehändchen. Goldig! Wie ich mich schon darauf freue!"

„Wenn ihr wüsstet. Wir sind längst am Versuchen."

„Genauso wie wir!"

„Kinder? Was das kostet! Ich seh's bei meinem Bruder: Sobald du Kinder hast, hörst du bloß noch »Ich will, ich will, ich will!« Gibt's ein Hobby, das teurer ist?"

Von irgendwo fliegt der Vorwurf wie eine Bombe ins Gespräch: „Wer keine Kinder will, ist der absolute Egoist!"

„Derjenige ist ein Egoist, der in Deutschland Kinder kriegt", knallt es zurück. „Mit den Ressourcen, die ein deutsches Baby verbraucht, könnte man 40 Afrikaner retten."

Häääääää? Und häääääää? Und tut man denn nicht schon beim „Pro 7"-Spendenmarathon anrufen? Hatte man nicht sogar als Jugendlicher von seinem Taschengeld eine Patenschaft für ein afrikanisches Kind übernommen? Das einem zum Geburtstag Fotos von sich schickte, auf denen es pumperlglücklich in die Kamera strahlte, mit diesen makellosen Zähnen, weiß wie nach einer professionellen Zahnreinigung, während man selbst, von Akne geplagt und blass wie ein Toastbrot, jeden Monat zum Kieferorthopäden schlappen musste und die Drahtfresse gewesen ist. Leid ist relativ! Und nun darf man zum Dank keine Kinder bekommen? – Das muss Nietzsche mit dem Ausdruck gemeint haben: „Man lügt wohl mit dem Munde; aber mit dem Maule, das man dabei macht, sagt man doch noch die Wahrheit." Ringsum sind die Gesichter zu lesen wie die Gedankenblasen eines Comics, bevor sie alle gleichzeitig anfangen zu reden: ... und was man in den Nachrichten sieht, schlimm, wenn ich's ändern könnte, jeder müsste sich deutlich einschränken, und es wird immer schlimmer, eigentlich dürfte man nur Fair-Trade kaufen, viel mehr müsste getan werden, wie mir das nahe geht ...

Der Nächste ist sich jeder selbst. Und so kehrt man über Aids, den Papst, Kondome und über China, wo die Industrie bereits mehr natürliche Ressourcen verschlingt als die USA, elegant wieder zur eigenen Familienplanung zurück. Man möchte ja bloß die Liebe zwischen Mann und Frau mit der Liebe zum gemeinsamen Kind krönen. Bewusst möchte man den nächsten Schritt gehen, wo aus dem „Ich" ein „Wir" wird, ein Häuschen im Grünen, das Beste geben, wachsendes Leben in sich spüren und das größte Wunder der Natur geschehen lassen ... Was ist es nur mit diesen Babys, dass auch so mancher coole Schneggenchecker von einst eine Stimme wie auf Baldrian bekommt, wenn er sich vorstellt, bei der Entbindung dabei zu sein und die Nabelschnur dieses „kleinen, hilflosen Bündels" zu durchtrennen? Und damit beginnt

Eva von der Geburt ihrer Zwillinge zu erzählen, von Sodbrennen während der Schwangerschaft, entzündeten Brustwarzen, „Aber wenn sie das erste Mal »Mama« sagen!", wie ihr die Fruchtblase geplatzt ist und ...

Zu allem sage ich weder gicks noch gacks. Was sollte ich schon sagen? Wo mir hier, inmitten meiner ehemaligen Klassenkameraden mit ihren zwischenzeitlichen Erfolgen und Errungenschaften, Prioritäten und Zukunftsentwürfen, zumute ist, als wären ganze Jahrzehnte ohne mich vorwärts gerast. Während ich noch in der „Wenn ich mal erwachsen bin ..."-Warteschleife hänge, sind sie bereits vernünftiger als jede meiner „... dann"-Phantasien. Ich bin, weiß der Himmel, auf so einiges gefasst gewesen, worauf ich heute Abend treffen könnte, aber eben nicht auf Lebensgefährten, nicht auf „ADAC"-geprüfte Kindersitze statt geländegängiger Turbo-PS- und -CO_2-Bomber, nicht auf Bausparverträge – allein der Gedanke ans Bauen macht mich fertig: ein eigenes Haus, der letzte Ort, bevor man stirbt? – und ich bin nicht gefasst gewesen auf Wartelisten für Montessori- und Waldorfkindergärten. Mensch Meier, was sind die alle erwachsen! Ich dagegen bin, wie mein Vater immer sagt, nicht einmal verantwortungsbewusst genug für einen Hund: „Oder würdest du, Lena Wegner, jeden Morgen um halb 6, wenn's gewittert und du keine Gummistiefel hast und wenn es schneit und regnet und dunkel und dreckig ist und du am Abend vorher gefeiert hast, würdest du mit deinem Hund Gassi gehen? ... Siehste! Nimm dir ein Beispiel an der Beate von gegenüber. Die war mit ihrem Fiffi sogar am Sonntag bei den Franziskanern zur Tiersegnung." Und so verhalte ich mich auf meinem Stuhl still und unauffällig und giere dem Ende des Themas entgegen.

Bald ist alles gesagt, hoffe ich. Bald gehen wohl auch Eva die brutalen Erfahrungen aus. Oh bitte, stachelt sie doch nicht noch an! Oder bin ich die Einzige, die Bauchschmerzen kriegt, wenn ihr Presswehe um Presswehe minutiös geschildert werden?

Und bin ich die Einzige, die darauf allergisch ist: „Junge Mütter sind die besseren Mütter."

„Erzählst du das auch deinen Töchtern, wenn die in ..." Svenia! Tut sich Finger um lackierten Finger was durchzählen. „... in acht Jahren anfangen loszuziehen?"

„Wenn meine Anna und meine Rosa anfangen »loszuziehen«, müssen sie sich für mich wenigstens nicht schämen. Ich bin dann nicht diejenige, die beim Abholen von der Fete extra weit weg parken soll. Außerdem bin ich 20 gewesen, liebste Svenia, nicht 13."

„Und seitdem bleibst du schön daheim?"

„Falls Sie darauf hinauswollen, Fräulein Svenia: »Ganz aufgehen in der Familie heißt ganz untergehen«, das wusste bereits Marie von Ebner-Eschenbach", stürzt Dr. Kramer sich ausgehungert auf den Knochen.

„Aber Dr. Kramer, das Muttersein ist die Erfüllung der Frau! Das größte Geschenk aus der Hand Gottes! Ich wollte immer Familie. Keine Liebe ist stärker als die Liebe zwischen Mutter und Kind! Wir alle entspringen dem weiblichen Urbedürfnis nach Hingabe, zu nähren, zu ..."

„Hast du überhaupt mal was anderes gemacht?"

„Kann ich ausreden?" Eva zieht die Augenbrauen bis unter ihre bunten Tücher. „Danke. ... zu schützen, umsorgen, ein Nest zu bereiten. Dafür sind wir hier! Was ist die Welt ohne Mütter? Wir tragen die Schöpferkraft in uns, aus der ..."

Holla die Waldfee! Mit halbem Ohr höre ich auf Evas Stimme und staune vor mich hin. Das hätte es früher nicht gegeben. Eine Eva, so meck gegen Svenia?! *Kann ich ausreden?* Ein Unding! Und mit was für einem Ton. *Liebste Svenia!* Und wie sie vorhin --- „BERUF?!", schrillt es plötzlich in meinem Gehörgang und sofort gibt's Flutlicht, Sirene, rote Lämpchen. Wieso schon wieder Beruf? Wer hat damit angefangen?

„Die Hauptsache ist ohnehin, wie viel man verdient", höre ich da Oliver sagen. „Beruf, Berufung? Stimmt die Kohle, fragt doch keiner weiter nach."

„Hat man denn noch Worte? Immer schön absahnen, das ist wohl alles, woran Sie denken?! Dafür würden *Sie* natürlich alles tun", empört Dr. Kramer sich, wobei er Oliver einen Blick spendiert, dass der Erfrierungen im Hemdausschnitt kriegen müsste. Sie Pappfigur, Sie halbnackte, jahrelang habe ich auf das Fräulein Svenia gewartet, damit ich mich als ihr Lehrer nicht strafbar mache, und dann meinen *Sie*, Sie Affe mit Kettchen, Sie Wichtigtuer mit Ihrem Hulahula-und-Trullala, dass Sie dazwischenkommen müssen. Ziehen Sie sich mal ordentlich an! „Offensichtlich fehlt hier jemandem die nötige Reife. Lassen Sie sich eines sagen: Ich bin in meinem Beruf seit über 25 Jahren erfolgreich. Warum? Weil er sich mit meiner Persönlichkeit deckt. Sie müssen in sich gehen: Wer bin ich? Was will ich?"

Das sagt der so leicht. Damit schlage ich mich seit Wochen rum.

„Was kann ich? Worin bin ich gut?"

Tja, spätestens da hakt's bei mir schon.

„Glauben Sie etwa, die Welt wartet auf jemanden, der einzig und allein darauf aus ist, kräftig zu kassieren? Die Grundpfeiler Ihrer Berufswahl sollten Ihre Fähigkeiten und Interessen sein. Nur so gelangen Sie zu dauerhaftem Erfolg."

„Wenn die bloß immer so leicht herauszufinden wären."

Jähe Stille.

Neeeeeiiiiinnnnn!!!!!

Und alle Augen zucken zu mir.

„..........."

TICK, TACK. Sag was! Sag irgendwas. TICK, TACK! Geohrfeigt gehörst du doch. Du dumme Nuss, jetzt mach halt was! „Ähm ... ich meine ... ich hab gerade, ähm, ans Abi zurückdenken müssen. Wie planlos wir damals waren. Trotz Berufsberatung, Schnupperstudium und Praktikum. Erinnert ihr euch?"

Zum Glück beginnt Mirco gleich zu lachen: „Ich weiß noch, wie ich vor lauter Verzweiflung sogar diesen komischen Computertest im »BIZ« gemacht habe. Versicherungskaufmann kam raus. – Gähn! Keine Ahnung, was ich eingegeben habe. Wenn ich mir vorstelle, mein Leben lang am Schreibtisch zu arbeiten, ich würde eingehen!"

„Dann war dein Bike-Laden der Volltreffer, oder?!", fragt Oliver nach und checkt bei Mirco ein. „Obwohl: Dieses »ein Leben lang« gibt es ja sowieso nicht mehr. Keiner von uns wird mal dort in Rente gehen, wo er angefangen hat. Der Durchschnittsdeutsche wechselt heute sechsmal den Arbeitsplatz, krass, oder?! Und das heißt: anderes Unternehmen, immer erst Fuß fassen, Umzug, oft auch ins Ausland, neue Aufgaben oder ..."

„Und wie soll das gehen?", unterbricht Karin ihn aufgelöst. „Wie soll man sich da was aufbauen? Wenn man alle paar Jahre woanders hinziehen soll. Höchstens solang einer alleinstehend ist. Aber wenn man verheiratet ist, wie soll das gehen? Einfach in ein anderes Land. Keiner kann das verlangen."

„Trotzdem ist es die Wahrheit", entgegnet Oliver.

„Das glaube ich nicht."

„Trotzdem bleibt es die Wahrheit."

„Woher willst du das überhaupt wissen? Du wohnst doch noch bei deinen Eltern."

Ist das wahr? Ich bin's nicht ganz allein, die kein fertiger Erwachsener ist? Bin ich vielleicht nicht die Einzige, die beim Versuch, sich von der Family freizuschwimmen, immer wieder in Panik verfällt und Wasser schluckt?

Oliver reagiert unbeeindruckt: „Erstens wohne ich in der Einliegerwohnung. Und zweitens weiß ich das, weil das jeder weiß. Schaust du keine Nachrichten?"

„Und was soll deiner Meinung nach aus Frau und Kindern werden?"

„Was wohl? Die müssen mit oder bleiben, wo sie sind."

„Da! Damit zeigst du dein wahres Gesicht. Die Familie einfach sitzen lassen. Männer wie du ..."

„Männer wie ich?! Lass stecken, ey! Heiratet den Bernie und will mir was erzählen. Aber weißt du was: Dem könnte ich es nicht mal verdenken, wenn er dich sitzen lässt. Wer sich so gehen lässt wie du, ey! Schau dich mal an!"

Ein Wimmern, „Aber er liebt mich. Er ist doch alles, was ich habe", dass es wie ein Peitschenhieb über uns hinwegsaust. „Er will ein Kind mit mir."

„*GÖCKS!*"

Au Backe! Nikki hat wieder Schluckauf, aber wie!, als würde es sie zerfetzen. „*GÖCKS!*" Und ihr Rotwein schwappt wie bei Sturmflut hin und her. „*GÖCKS! GÖCKS!*" Und damit knallt Nikki das Glas auf den Tisch, dass es spritzt und sich die Flecken als rubinrote Seen ausbreiten, und ohne sich darum zu kümmern, ruft sie: „Karin, get a life!", und schnurstracks zu mir: „Lena, it's *GÖCKS!* your turn, wie wir alten Englisch-LKler sagen! Was treibst du? Wohnungsmäßig? Finanziell? Job-*GÖCKS!*-mäßig? Wir hören! Oder hast du was zu verstecken? Und bist du ei-*GÖCKS!*-gentlich noch mit deinem ... was war sein Name? ... Christian zusammen? Spuck's aus, durchmogeln *GÖCKS!* ist nicht mehr!"

Mir haut's das Herz in die Hose und Schweiß aus allen Schichten. „Also, ja, Christian und ich, ja, wir sind noch zusammen, aber nicht verheiratet, nicht verlobt, rein gar nichts."

„Und *GÖCKS!* sonst? Details bitte!"

„Wenn ich ehrlich sein soll: So viel gibt es gar nicht. Eigentlich ist alles beim Alten. Sorry!"

„Das heißt, du studierst immer noch BWL? Jobbst nebenbei? Was kriegst'n da die Stunde?", göckst sie und winkt gleich nach einem neuen Rotwein. Alkohol, am besten flaschenweise, die BAföG-Nummer muss man sich ja irgendwie interessant saufen. Habe ich Schwein gehabt, dass ich mich rechtzeitig von der abgeseilt habe. Ich wette, der ihre komplette Bude ist kleiner als mein

Bad. Gurkt mit'm Fahrrad durch die Gegend und strickt zum Schluss noch Socken in den Vorlesungen. Klarer Fall von Bettelstudent! Ach so, und deshalb zuzzelt die so ewig an ihrem Glas und bestellt nichts nach. Hau mir ab!

„Studieren, nee, nicht ganz. Anfang Dezember war die letzte Abschlussprüfung. Was bin ich froh, dass die Zeit vorbei ist. Ist schon 'ne knüppelharte Sache, eine Prüfung an der anderen. Aber wird bei euch schließlich nicht anders gewesen sein", wende ich mich in Richtung Ben, „oder?"

Doch es ist Dr. Kramer, der prompt einhakt: „So so, Abschlussprüfungen? Darf man denn zum Ergebnis gratulieren?"

„Ähm, also, ja. Danke schön."

„Verstehe ich richtig: Sie haben bestanden?"

„Mmh."

„Ein Diplom in Betriebswirtschaftslehre, wer hätte das gedacht? Haben Sie bereits eine Anstellung?"

„Es ist so, dass ich ... vorhatte, mich jetzt nach den Feiertagen, sobald ich die Bewerbungsmappen vollständig ..."

„BWL?! Hätte ich *nie* studiert!", schneidet Svenia mein Gemurkse rigoros ab. „BWL studiert doch jeder. Wie willst du damit mal was kriegen? Grundschullehrer dagegen! – Werden immer gebraucht! Wir werden ja auch verbeamtet. Als Lehrer brauche ich mir keine Sorgen zu machen, dass am nächsten Tag irgendeine Maschine kommt, die einen ersetzt. Aber BWL, heutzutage? Null Chancen!!! Auf dem Abschluss hockst du. Kannst vielleicht beim »Wertkauf« Kassiererin machen. Mit der Oxana ... und der Romana ...!"

In meinen Ohren beginnt es zu rauschen. Dieses Miststück, dieses hochnäsige! Der gehört's, dass sie in eine Gesamtschule im Brennpunktmilieu gesteckt wird, wo sie von den Schülern für so was am Kartenständer aufgehängt werden würde. Bis ihr noch das Kleidchen reißt, der dämliche Fetzen!

Doch nichts davon geht mir über die Lippen. Null Chancen ... Oh Gott! ... Wie ein Schraubstock, enger und enger ... Und die Wut sackt unter Svenias Siegermiene zusammen.

„Jeder, liebste Svenia, bekommt das, was er verdient. Auch du! Und schon laut dem Alten Testament heißt es: »Wer Wind sät, wird Sturm ernten!« Darüber, rate ich dir, solltest du mal Gewissenserforschung betreiben."

„Danke für den Glückskeks. Liebste Eva."

„Unser Herrgott ist gerecht. Und wer sich wie du verhält, der ..."

„Der was?"

„Der ... – nein, ich sage lieber nichts mehr. Ich möchte nicht streiten. Außerdem solltest du die Antwort selbst am besten wissen."

„Nein, weiß ich nicht. Du hast damit angefangen."

„Ach, jetzt habe ich mit allem angefangen? So kann man es auch machen."

„Du hast doch ..."

„Sicher, *ich* habe! Gut, dass im Leben alles zurückkommt, für manche Menschen ist das vielleicht der einzige Weg, um Nächstenliebe und Demut zu lernen."

„Leute! Was geht bei euch da drüben? Bleibt ihr noch?"

Ich traue mich fast nicht, hinzuschauen, aber doch: Es ist wahr! Die Ersten packen's!

„Ist es schon so spät?" Mirco zückt seine Uhr. „Luschen! Kennt eigentlich jemand das »Gecko«? Ist nicht weit von hier. Bock, dort noch was zu trinken?"

Bittebittebitte nein, kein Bock, kein „Gecko", nirgends mehr hin, bitte, und zehn Vaterunser, bittebitte heim!!!

„Die Cocktails sind die Wucht!"

„Ich liebe die Tapas!"

„Guacamole! Einen ganzen Pott!"

„Also, wer geht alles mit?"

Dr. Kramer entschließt sich dagegen: „Fräulein Svenia, darf ich mich verabschieden? Sie haben meine Karte, meine private Nummer, falls Fragen zur Unterrichtspraxis auftauchen sollten, scheuen Sie sich nicht. Am besten erreichen Sie mich nachmittags ab 14 Uhr. Ansonsten gerne über das Schul-Sekretariat. Meine besten Wünsche für Ihre Zukunft, und wie gesagt: Ich stehe Ihnen jederzeit zur Verfügung." Dem Rest schenkt er gerade mal ein Kopfnicken, bevor er sich von Svenia losreißt und ... – *jetzt!* Schön unauffällig, nicht zappeln, nicht viel Blickkontakt, beiläufig mit ihm raus. Bei drei --- Jeder schaut her! Ich kann nicht! Geht nicht! – ... und ohne mich das Lokal verlässt.

Was wenn nun alle bleiben? Ich sitze fest! Nur einer noch, beim Nächsten bin ich dabei, ich schwör's, ich versuch's, please!

Zu meinem Glück ist das Eva, der ich ohnehin ein Danke schuldig bin. Sie verstaut Thermoskanne und Fotos in einem Filzbeutel mit lustig bunten Bommeln, fängt an sich dick einzumummeln, Schichten aus Wolle, etwas wie ein halbes Schaffell, Fäustlinge und Schal, breitet die Arme aus: „Gott sei mit euch!", und macht sich auf in Richtung Ausgang. Ich in ihrem Windschatten! Ruhig Blut, und langsamer, als wär' alles klar, tu beschäftigt, Handy!, dann wird keiner dazwischen ...

„Ey, Lena, was soll das werden?" Olivers Ruf trifft mich wie ein Schuss in den Rücken. „Du gehst ja wohl mit ins »Gecko«, ey!"

„Wer wird denn hier schwächeln?", stimmt Ben mit ein. „Lass uns nicht hängen! Oder darfst du etwa nicht? Traut dir dein Freund nicht?"

„Quatsch", flutscht es mir heraus. Im selben Moment weiß ich allerdings, dass ich mich damit wie die Fliege im Netz verfangen habe.

„Wenn es das nicht ist, was ist es dann?"

„Früher warst du doch auch für jeden Scheiß zu haben."

Und Mirco: „Mitkommen, Lena! Wir machen einen drauf."

Eva ist nicht mehr zu sehen, ich stehe da, schon prallrot wie eine Christbaumkugel, dass mir schließlich gar nichts anderes übrig bleibt, als so zu tun, als ob ich sowieso vorgehabt hätte, mitzugehen: „Logisch bin ich dabei. Was ihr wieder denkt! Ich wollte bloß kurz was mit Eva bequatschen."

„Wir warten."

„Bin gleich zurück."

Und wenn's ploppt,
dann plopp-plopp-ploppt's

„Beim »Kockopello« war letzte Woche eine im Fenster. Süß!"

„Ja, die würde superdolle zu dir passen."

„Die links hinten? An der Puppe mit dem breiten Gürtel? Die hab ich schon. In Hellbraun."

Sie stöckeln voraus. Svenia, in Olivers Arm, Patricia und Janine, KLICK-KLACK-KLICK-KLACK, roter Teppich, rote Samt- und Glitzer-Stilettos, SWOOSH durchs Haar, Pony 'rüber und 'nüber, KLICK-KLACK-WIEGESCHRITT.

„Iiieeehhh, Döner!"

„Stinke-Knoblauch!"

„Wie weit haben wir es denn noch? Und dass wir aber wenigstens jetzt zusammen Plätze kriegen."

„Wir bleiben am besten gleich an der Bar."

„Achtung, Streusalz! Meine armen Schuhe! Wir hätten ein Taxi nehmen sollen."

„Habt ihr die zwei gesehen?"

„Ich hab mir das Allergleiche gedacht. Wie hat die den abgekriegt?"

„Der sollte lieber mal zu ---" Stocken. Stille. Ein Plärrer, und Svenia entreißt sich Oliver, klackert über das Kopfsteinpflaster und fliegt hinein in ...

Steig mir in die Tasche!

... !!! ...

... Svenia fliegt hinein in Eriks Arme.

Lautes Lachen, ein Schieben und ein Drängen wie auf einem orientalischen Basar, Säuseln und Abbusseln, dass es kracht, Schulterklopfen und Einchecken, alles aufgekratzt und durcheinander: „Erik, Alter, abgefahren, dass du es doch noch geschafft hast!"

„Danke für die SMS!"

„Kein Ding, Mann, war doch abgemacht. Lieber spät als nie."

„Jetzt hauen wir uns die Hucke zu! Bist du dabei?"

„Längst überfällig!"

„Was geht ab, Kumpel?"

„Hallihallöchen Erik", begrüßen ihn die Mädels und ihre Stimmen fließen wie warmer Karamell. „Wo bist du denn vorhin gewesen? Großartig siehst du aus. Warst du im Urlaub? Du bist so schön braun. Wie geht es dir? Erzähl!"

Erik grinst und erzählt und dreht sich und plötzlich stehen wir Blick in Blick. Und plötzlich hat er meine Hände genommen und – Hilfe! Lass das! Rieche ich? Ich hass' das! – drückt mich an sich. 24-Stunden-„Rexona", und ich hab immer die Siffe unterm Arm, was stimmt mit mir nicht? Stehe ich so zu starr? Aber wenn ich jetzt noch schnaufe, pumpt's meine Busen gegen seine Rippen! Apropos Busen: Spürt er die Rollen, die unter meinem BH hervorquellen? Nicht über meinen Rücken streichen, *nein!!!, nicht rumklopfeln!!!,* diese abgequetschten Speckdinger! Sobald ich loslasse, muss ich was sagen … und alle drumherum hören zu! Und wenn Erik vor mir loslässt …
– dann sieht es aus, als hätte ich nicht aufhören wollen …

Ich rucke mich raus und einen halben Schritt zurück, ehe ich mich um mein lockerstes „Hi! Hi Erik!" bemühe.

Einen Strich durch die Rechnung macht mir allerdings wieder mal meine Birne, wo mir das Blut glühheiß in den Backen pocht.

Erik lächelt bloß. Aber wie!

„Lange nicht gesehen."

„Viel zu lange, Lena! Ich find's schön, dich zu sehen."

„Mhm" und ein Nicken ist alles, was mir auf so was einfällt.

Schlagfertiger ist da Svenia. Ich kriege von hinten einen Schubser, „Kaltundkaltundkaltundkalt, darf ich?!", und schon ist sie zu Erik unter die offene Jacke gekrabbelt, „Ich bin am Erfrieren. Hast du keine Lust, reinzugehen? Komm, lass uns reingehen. Nur Wärme! Ich sterbe! Außerdem gibt es drinnen vielleicht Erdbeerlimes ... kannst du dich erinnern, damals im »Airport«? Lust ...?!?!?!"

Erik packt seine Jacke fester um Svenia, die schlottert sich an ihn ran, „Erdbeerlimes! Alter!", klatschen Ben und Mirco mit Erik ab, und so geht es hinein ins „Gecko".

Alle anderen hinterher.

Urlaub ...

So muss Kuba sein ...

„Buena Vista Social Club" quillt durch die Menge, Cocktailgläser blitzen. Holzdielen und alte Mosaikfliesen, „Havana Club"-Rum, dazu leuchtend goldbrauner Tequila mit eingelegten Ingwerknollen, Vanilleschoten, Kaffeebohnen und Zimtstangen, an der Decke Ventilatoren, die ihre langsamen Kreise ziehen. Flackernde Kerzen verbreiten ein schummeriges Licht, das den Winter draußen vergessen lässt. Für einen Atemzug meine ich, dass die Luft nach Orangen schmeckt.

Wir überfallen die Theke, bestellen eine Runde, stoßen einmal gemeinsam „Auf uns!" an und schon haben wir „uns" ruckzuck in klitzekleine Grüppchen aufgelöst, die Elite natürlich schön unter sich: Ben-Janine, Oliver-Patricia, und Erik und Svenia. Sie hat ihm den Rücken zugedreht und wippt und wogt ihn so sexy an, dass man's glatt für ein Rap-Video nehmen könnte. Und wie Erik stillhält! Fehlt nur noch, dass er ausholt und dann: „Tap that ass!!!" Und wie durchgestylt er aussieht. Schmale Jeans, ein T-Shirt mit Retro-Print, offenes Hemd, zwei-dreimal zurückgekrempelt, und grau melierte Anzugsweste, darüber ein locker gewickelter, gecrashter Schal. Die Haare hat er kürzer als früher rasiert, sein Körper ist breiter und maskuliner, das Gesicht markanter. Mein lieber Scholli, der süße Junge aus der Schulzeit ist heute schon ein richtiger Mann! Ein richtiger Mann, der merkt, dass er angestiert wird. Schluss damit, Lena! Mirco, Jochen und Karsten stehen zusammen, dort der alte Informatikclub, Karin mit der geknickten Petra, die im Akkord die Tequilas wegschießt – scheiß Klassentreffen! –, da drüben rauchen sie eine, Nikki trinkt mit einem der Barkeeper bereits Brüderschaft, daneben haben sie die Köpfe über ihren Handys zusammengesteckt, und ich sitze als Einzige am Tresen – was musste ich auch nach den Barhockern geiern? Aber ich hatte gedacht, es würden sich alle setzen. Voll peinlich! Sonderbarer Mensch! – und hab gleich nichts mehr in meinem Mojito. Ich wirble nach jedem Mini-Schlückchen die Limetten, Minze und den Rohrzucker auf, zülle mit dem Strohhalm das geschmolzene Eis raus, zerbrösele die durchgefeuchtete

Serviette, klammere mich ans Glas ... und ... BOING! SCHLAGWACH! DAS IST'S: Alle sind beschäftigt. Niemand achtet auf mich ... Ich könnt' einfach gehen ...

Ich winke die nächste Bedienung heran, bezahle meinen Mojito, nochmal sichergehen: links-rechts wie zufällig über die Schultern, und will eben aufbrechen, da sehe ich Erik auf mich zusteuern – mit Svenias Blick auf den Fersen. Und mit was für einem!

„Da komme ich extra wegen der Frau Wegner und was macht die? Will sich schon verdrücken." Und prompt habe ich einen Knutscher auf der Wange. „Na du, wie geht es dir?", und Erik bleibt vor mir stehen, irgendwie viel zu nah.

„Mir geht's gut. Danke. Und dir?"

„Bei dir geht's mir immer gut. Und dann noch mit Rock, oh là là, und ..." Eriks Augen machen einen Rutsch höher. *Ich werde nicht rot, ich werde nicht rot und werde* NICHT *rot!!!* „... chic! Schaust gut aus. Machst mir hier wieder die Männer nervös, was?!"

„Ha, ha, ha. Und wie!"

„Bin ich vielleicht kein Mann?" Erik tut mich nochmal von oben bis unten angrinsen. Oder lacht der mich aus? Und unten angekommen sagt er: „Und dabei heißt es, an die Erinnerung käme nichts ran."

„Mal unter uns, was haben sie dir denn heute ins Essen getan?"

„Owwh, sie kann also immer noch keine Komplimente vertragen, die Lena Wegner. Genau wie früher. Muss ich dich wohl erst abfüllen. – Guck nicht so, du kennst mich doch, ich liege doch eher unterm Tisch als du. Aber wenn ich uns was hole, wartest du solange? Der Barkeeper dort ist gerade frei. Ich lad' dich ein ..."

Und mit zwei Piña Coladas kommt Erik zurück und setzt sich auf den Barhocker neben mich. „Ich hoffe, du magst so was Pappiges. Oder musst du wirklich schon heim?"

Von wegen pappig! Der Cocktail ist ein Traum. Ein riesengroßer, cremig-duftender, exotischer Traum, dass es eine Sünde wäre, ihn nicht mehr zu probieren. Allein die Garnitur aus saftiger Ananas, Physalis und einer kunstvoll eingedrehten Orangenscheibe schreit meinen Namen. Und wo auch noch Svenia 'rüberschielt! Zwar längst wieder in Olivers Arm, aber trotzdem.

„Prost?!"

„Prost."

„Auf unseren Abend, Lena!"

„Mmmmh, lecker."

„Ja, voll!"

„Ich hatte vorhin einen Mojito. Auch total genial."

„Habe ich noch nie probiert. Ist fast wie Caipi, oder?"

Und so kommen Erik und ich ins Quatschen. Dass er ein Kristallweizen hatte – *Halt, Stopp, Schnitt, wie kann man in so einer geilen Bar Bier trinken???* –, über diese neue Disko im Industriegebiet, Silvesterpläne und Neujahrsvorsätze, über Weißt-du-noch und Wie-die-Zeit-rennt, hin zu Eriks Umzug nach Köln und wie es ihm dort gefällt. Und je länger wir reden und je mehr wir dabei trinken und zu lachen anfangen, umso rasanter rutschen wir von einem Thema ins andere. Bis wir auf Leute von früher zu sprechen kommen und, Rammbock, WOMM, zwischen Brust und Magen, plötzlich ihr Name fällt: „Was macht eigentlich die Verena? Klebt ihr zwei immer noch wie die Kletten aneinander?"

Mir beginnt das Herz doppelt und dreifach zu schlagen. Weiß er was? Himmel, heiliger, was soll ich antworten? Verena und ich sind geschiedene Leute und ich kriege die rasende Wut, wenn ich nur an sie denke?! Oft bin ich aber auch so was von stinkig auf mich, weil ich ihr so lange hörig gewesen bin. *Sech-zehn-Jahre!* Doch wie oft passiert es, dass jede andere Empfindung in einem hohlen Schmerz erlischt ...! Oder soll ich vielleicht erzählen, dass ich mich wegen Verenas Eifersuchtsdramen jahrelang von allen anderen zurückziehen musste, bis diese sich schließlich von mir zurückgezogen haben? Und dass ich deshalb nun einsam bin, weil ich außer Christian keinen einzigen Freund habe? Der sich bemüht, wo er nur kann. Den ich liebe. Aber er ist nun mal kein Mädchen. Und wie sehr der Zweifel in mancher schlaflosen Nacht an mir nagt! Seit der 3. Klasse: Nie wieder wirst du so was haben. Der Zweifel, ob es nicht doch besser gewesen wäre, mich bei Verena zu entschuldigen. Jeder hat Freunde, bloß du nicht. Nicht einen, den du anrufen kannst. Alles feste Cliquen. Wer würde mich überhaupt wollen? Mich Streberin, die auch die allerletzte Freundin hängenlässt. Sind das die Noten wert? Bis dir noch der Christian abhaut ... Aber der, der tröstet mich, macht Wärmflaschen und stellt mir „Nutella" auf die Heizung – geschmolzenes „Nutella", esslöffelweise! –, bis am Morgen auch in mir ganz zart so was wie Hoffnung keimt, irgendwann einmal wieder eine Freundin zu haben. Eine echte. Ohne Angst und Psycho-Terror.

„Wer?"

„Na die Verena! Deine beste Freundin!"

„Au Mann, klar, die Verena meinst du, keine Ahnung, wo ich grad gewesen bin. Alzheimer lässt grüßen."

„Und? Wie geht's ihr?"

„Der Verena? Ja, ähm, der Verena, der geht's gut. Gibt eigentlich nicht viel Neues. Alles in Ordnung. Alles beim Alten. Was macht Luisa?"

„Woran du dich immer erinnerst! Luisa habe ich seit Jahren nicht mehr gesehen."

„Und wie heißt sie dann?"

„Wie heißt wer?"

„Jetzt erzähl!"

„Habe ich dir nicht vorhin gesagt, ich bin wegen dir hier?"

„Und bist gleich mal ein paar Stunden zu spät gekommen", ulke ich mit. „Mal lässig um den »Goldenen Schwan« gedrückt."

„Wenn du mich nur einmal ernst nehmen würdest, Lena."

„Wenn du mich nur einmal nicht verarschen würdest."

„Du und dein Verarschen, echt, das werde ich nie verstehen." Erik klopft sich die Taschen ab, zückt eine Zigarettenschachtel, – wirft sie vor sich auf die Theke. Leer. „Und du bist also noch mit diesem Christian zusammen, habe ich gehört?"

„*Dieser* Christian? Und ja: Wir sind noch zusammen. Jetzt schon über fünf Jahre."

„Schade."

„Das wird ja immer besser. Ich bin glücklich und du findest das schade? Vielen Dank. Bloß weil du gerade mal keine zum Flachlegen hast."

Erik bringt eine Miene fertig, als wäre eine Straßen-
walze über sein Gesicht gerollt. „Denkst du das wirklich?
So schätzt du mich ein?"

„Tu doch nicht so, ich kenne dich doch nicht erst seit
gestern: Rein – Raus – Die Nächste bitte!"

„Autsch, das muss ich erstmal sacken lassen ... Hör
mal, ich bin kurz Kippen holen, brauchst du irgendwas?"

„Eigentlich nicht, ich bin versorgt."

„Bin gleich zurück. Aber nicht abhauen ...!"

„Schmeckt's?!"

Eine Silbe wie eine Watsche und Svenia mit hochge-
zogenen Augenbrauen neben mir: Die Wegner, Mund
voll, klebrige Finger, und logisch muss es mir noch auf
die Theke tropfen.

„Kommt Erik nochmal? Ich wollte ihn fragen, ob er
mich später nach Hause fahren kann."

„Erik hat doch gar kein Auto ..." Wohin mit der rest-
lichen Ananas? „... soweit ich weiß."

„Ihr habt euch über Autos unterhalten?" Svenia zuckt
nur wieder die Augenbrauen. „Worüber denn noch?"

„Alles Mögliche ..."

„Das heißt?"

„Das heißt ... dass er in Köln wohnt?"

„Und weiter?"

„Dass er über Weihnachten bei seinen Eltern gewesen
ist? Und nach Silvester will er mit ihnen zum Skifahren."

„Das ist alles?" Und wie ich nichts dagegen sage, da
macht sie es: ihr Gähnen, *wenn ich das schon sehe!*, genau
wie früher. Als ob die Zeit in der 8. Klasse stehenge-
blieben wäre – wenn man sich nach Wochenenden und

Wochenenden mit Babysitten endlich einen „Oilily"-Rucksack zusammengespart hatte. Oder wie oft hat sie damit Schüler beim Referat aus der Fassung gebracht! Brillenträgern eins reingewürgt, wenn die zum ersten Mal mit Kontaktlinsen in die Schule gekommen sind. Und war das ihre Antwort auf eine Geburtstagseinladung, das wusste sie genau, dann ging natürlich keiner hin. Immer dieses fiese, aufgesetzte, lahm hingezogene, arrogante Rumgegähne! „Das hat Erik mir längst erzählt! Bei mir konnte er gar nicht aufhören!"

„Wenn das so ist", möchte ich fast schon genauso dämlich zurückgähnen, „wenn du alles weißt: kann ich dir auch nicht weiterhelfen."

„Weiterhelfen? *Du? Mir?* Ich bitte dich!"

„Na dann – !" Und dieses Mal sind's meine Augenbrauen, die zucken.

„NA DANN???"

Wortlos halte ich ihr stand.

Schließlich springt sie mir ins Gesicht und zischelt: „Lass die Finger von Erik! Ich kann auch anders. Oder hast du das bereits vergessen?"

Ich verstehe sofort, worauf sie abzielt: BWL studiert doch jeder. Null Chancen!!! Kannst vielleicht beim „Wertkauf" Kassiererin machen.

Und das kommt von einer, die es ohne ihr Gewackel und Getue nicht einmal bis zum Abitur geschafft hätte. Ich habe mein Studium immerhin schon abgeschlossen. Mit sauguten – ha, schluck das – 1,47!!! Und du? Mach du erstmal dein Examen, dann reden wir weiter. Mit all den anderen, die übernommen werden wollen. Schon leicht blöd, wenn man nur einen möglichen Arbeitgeber hat. Bayern spart, die Kassen sind leer, und nix von die-Qual-der-Wahl. Darfst dich noch als billige Referendarin dort verheizen lassen, wo sonst keiner hin will. Hyperaktive Kinder, Eltern, die alles besser wissen, „Orff"-Musik, Burn-out, „Wir beobachten eine Schnecke", „Karius & Baktus", „Unser Tag in der Kläranlage" – Glückwunsch, Svenia, wahnsinnig prickelnde Zukunft!

„Wenn ich will, kann ich dich so", dabei schnalzt sie vor mir herum, „mit einem Schnipp bloßstellen."

„Danke fürs Gespräch, Svenia, noch was?!"

„Zum Mitschreiben: Du sollst – die Finger – von – ihm – lassen!"

Manchmal ist Schweigen wirklich Gold, die goldene De-Luxe-Provokation. Ich lasse mir eine extra Serviette geben, wickle gemächlich das Ananasstück hinein, tue so, als würde ich für den nächsten Cocktail gleich mal die Getränkekarte durchblättern.

„Leg dich nicht mit mir an. Sonst kannst du dich warm anziehen." Nochmal ein drohendes Nackenrollen, dann dreht Svenia sich nach links in Olivers Richtung und fängt – Knopfdruck! – zu süßeln an: „Huuhuu, Olli, schau mal, tust du mir einen Gefallen?"

Jäh zuckt es durch Oliver. Und durch Patricia, mit der er gerade wieder am Anbandeln gewesen ist.

„Wärst du so lieb und würdest kurz zu mir kommen? Der Barkeeper, irgendwie tut der mich dauernd übersehen."

Olivers Blick schwappt von Patricia – zu Svenia – zurück zu Patricia.

„Aber wenn du nichts mehr mit mir trinken willst ... Vielleicht besser so. Nicht dass ich noch Dummheiten mache."

Und schwapp: zurück zu Svenia.

„Obwohl es mit dir ..." Betonungspause. Und ein langer Augenaufschlag. „... ja keine Dummheit wäre."

Darauf macht Oliver aber schnell, dass er Patricia loslässt, und wedelt Svenia heran: „Dann sieh zu, dass du herüberkommst!"

Auf den Zuruf trippelt Svenia los --- und zögert. Ein Ruck, und sie hat sich zurück zu mir gedreht. Pickelkalt. „Denk dran: Bei mir hat Erik es längst versucht. Auch wenn du dich jetzt noch so toll findest: Du bist bloß der Lückenbüßer."

Damit haut sie ab, hinein in Olivers Arme. Wie sie da schwänzelt und macht und kuschelt und tut. Dass Oliver gar nicht merkt, wie sie mich über seine Schulter hinweg unentwegt fixiert.

Glotz so viel, wie du willst, mir kannst du den Buckel runterrutschen, und zwar Länge mal Breite, du Schlampe, du austauschbare. Denk *du* lieber dran: Oliver hat es bei Patricia *längst* versucht! Kurze Kleidchen haben viele.

Im nächsten Moment kommt Erik zurück. Sowie er sitzt, gibt er eine Bestellung auf, und keine halbe Sekunde später werden Zimt und Schnapsgläser vor uns auf den Tresen geknallt. Wie flüssiges Gold schaukelt darin der Tequila, voll bis an die Ränder. „Zweimal »Jose Cuervo«!" Und der Barkeeper halbiert noch eine Orangenscheibe, um sie wie zwei Deckel auf die Gläser zu legen. Als er davon aufsieht und sein Blick den meinen trifft, blitzt in seinen glutbraunen Augen ein Funkeln auf und er zwinkert mir zu, wie es die Südländer in den Filmen machen.

Durch und durch Routine, ich bin ja nicht ganz deppert, ich sehe ihn schon dagobert-duck-mäßig im Trinkgeld baden. Und dennoch – *schluck!* – wackelt mir's Gestell. Heilig's Blechle!

Inzwischen hat Erik eine Prise Zimt auf seiner Orange angehäuft. „Prost, Lena!", sagt er und haut seinen Tequila weg.

„Ja ... Prost ..." Ich nippe mehr an meinem, während ich den Barkeeper aus den Augenwinkeln beobachte. Wie er gestoßenes Eis schaufelt, Flaschen durch die Luft jongliert, den Shaker durchschüttelt, dass sein Bizeps unter dem schmalschwarzen T-Shirt pulsiert, hinterm Rücken herumschleudert und – *pack!* – mit der Linken fängt. Wie jeder Handgriff sitzt – obwohl ihm doch so viele zuschauen! Diese olivsonnige Haut. So niveasauber! Und dann der tätowierte Löwenkopf auf seinem rechten Unterarm ... stark, mächtig, königlich ... SCRATCH! Plötzlich habe ich Eriks Arm um die Taille: „Alles klar bei dir?"

„Alles o.k." Ganz salopp drehe ich mich zu Erik herum – und ganz salopp, als hätte ich Butter unterm Po, heraus aus dem Arm. „Hab bloß ein bisschen beobachtet."

„Der hat echt was drauf, der Barkeeper. Ist insgesamt richtig cool hier."

„Ist Mircos Idee gewesen."

„Den habe ich gerade getroffen. 'Tschuldige, dass du deshalb länger warten musstest. Aber Svenia war solange bei dir, stimmt's? Was wollte sie denn?"

„Sie wollte ... wissen, ob du sie heimfahren kannst?"

„Wieso fragt sie denn nicht Oliver?"

„Holla, da ist aber einer eifersüchtig."

„Quatsch, kein Auto, zu viel Alkohol." Und Erik schlürft seine Piña Colada aus. „Außerdem: Hast du Svenia vorhin nicht gesehen? Der Typ neben uns hat schon geschaut, als hätte ich für einen Lap-Dance bezahlt. Heftig, echt."

„Dich habe ich gesehen. Wie's dir gefallen hat."

„Gefallen? Dass ich mit den Jungs keine zehn Sätze reden konnte? Manche habe ich vor fünf Jahren das letzte Mal getroffen! Ich hab mir nur gedacht, jetzt mach mal locker."

„Dafür hast du aber stillgehalten wie 'ne Wanze."

„Was hätte ich denn sonst machen sollen?"

„Was hättest du bei Petra gemacht?"

Von irgendwoher war es plötzlich da.

„Der Pferdekopf?"

Wie er das so hinwischt! „Zeig mir, wo dort ein Pferdekopf ist!" Und weil Erik nicht mal so tut, als würde er meiner Bewegung folgen und zu Petra schauen, frisst es mich erst recht an. „Ich kann nämlich beim besten Willen keinen erkennen. Petra ist top! Sie sieht besser aus als alle anderen hier zusammen. Sie hat Klasse. Himmel, Sack, Zement, sie ist klasse! Wenn ich ein Mann wäre! Siehst du das nicht?"

„Was willst du von mir? Was willst du mit dem Pferdekopf?"

„Hör auf, sie so zu nennen!"

„Als hättest du das früher nicht gemacht."

„Doch. Scheiße genug. Aber sie ist keiner mehr! Wie sie sich gemacht hat!"

„Und wennschon."

„Und wennschon? Was meinst du, wie das für Petra ist? Die kommt hierher, will's allen beweisen. Dass sie es geschafft hat. Dass sie dazugehört. Sie wollte vielleicht einmal der Mittelpunkt sein. Dass ihr euch grün und blau ärgert, dass ihr bei ihr verkackt habt. Und was passiert? Die wird nicht mal angeschaut! Geht einem sonstwo vorbei. In den Köpfen ist Petra der Pferdekopf und dabei bleibt's. Traum geplatzt. Kannst du dir vorstellen, wie enttäuscht sie sein muss?"

„So schlimm wird es schon nicht sein."

„Meine Fresse, Erik, machst du Witze? Es IST schlimm!"

„Und? Ist das vielleicht mein Bier?"

Das sitzt. „Weißt du was, vergiss es. Weiß der Geier, wie ich überhaupt auf die Idee kommen konnte, irgendetwas anderes zu erwarten. Wie sollte jemand wie du auch fähig sein, sich in eine Petra hineinzuversetzen?!"

„Aber du!"

„Du sagst es."

„Bist jetzt unter die Hobby-Psychologen gegangen?"

„Dazu brauche ich keine Psychologie. Ich muss mich nur an meine eigene Schulzeit erinnern."

„Soll heißen?"

„Dass ich weiß, wie es ist, wenn du deinen Stempel hast ... Ja, schön, lach nur, vielen Dank!"

„Dir soll es also früher wie dem Pfer... – äh wie ... der da gegangen sein?"

„Gott, nein, zum Glück nicht! Aber ich weiß, wie es ist, wenn du keines der »Mädchen-Mädchen« bist. Kein Freundin-Material. Wenn du dir wünschst, dass eines

Tages alles anders sein wird, aber lachhaft, ätsch bätsch, das Image zählt."

„So ein Schrott!"

„Woran ich zu kauen hatte, ist Schrott für dich?", frage ich fuchsig. „Dass ich höchstens als Kumpel getaugt habe?!"

„Schrott! Umgekehrt wird ein Schuh draus."

„Ach nee, und wie kommt es dann, dass auf den Feten immer ich übrig war? Wenn langsame Lieder kamen, wer saß grundsätzlich auf der Couch? Bestimmt nicht Svenia."

„Du wolltest doch gar nicht tanzen."

„Ich schmeiß mich weg. Warum wollte ich bitte schön nicht tanzen?"

„Mit wem hättest du denn getanzt? Sag mir einen! Du hättest höchstens noch gelacht, wenn sich einer getraut hätte, dich zu fragen."

„Geil! Jetzt bin also ich schuld? Dass sich keiner »getraut« hat, mich zu fragen? Wenn du dich über mich lustig machen willst, dann lass es lieber. Dazu brauche ich keinen, das kann ich ..."

„Lustig machen?", fährt er mir dazwischen. „Dich verarschen? Oder auf den Arm nehmen? Verscheißern, veräppeln, verkohlen?" Schließlich tut er so, als würde er sich vor die Stirn klatschen: „All das kannst du selbst. Ich weiß."

Mir klappt der Mund zu. So kommt's raus, so lernt man jemanden kennen. Und so weit zu Kumpels. Du Arsch kannst mich mal ...

Dahinein platzt der Barkeeper: „Darf es noch was sein?"

Ich winke ab. „Für mich nicht."

„Ich nehme noch einen. Einen klaren diesmal."

Salz, Zitrone, Tequila. Zack, zack, zack. Erik schüttelt sich und schlägt das geleerte Glas vor sich auf die Theke. „Kannst du dich erinnern, wie wir früher immer Tischtennis gespielt haben?"

„Hä?"

„7. Klasse. Große Pause."

„Und?"

Keine Ahnung, wer damals damit angefangen hatte. Infiziert waren wir irgendwann alle: Tischtennis-Rundlauf! Für ein ganzes Schuljahr gab es nichts anderes. Ob in der nächsten Stunde ein Mathe-Test anstand oder die Hausaufgaben eingesammelt werden würden, ob der Boden pfützenglitschig war, ein Herbstwind pfiff, dass es die Bäume beutelte, als hätten sie was getan, oder ob im Sommer die Hitze wie fettig über den Schulhof flirrte: die Tischtennisplatte ähnelte in jeder großen Pause einem aufgescheuchten Wespennest. Sobald der Pausengong ertönt war, schwirrte unsere Klasse dicht an dicht im Rundlauf darum. „Ich hau' dich raus! Laber nicht, mach Aufschlag! Schneller! Beschiss, der hat mir's Bein gestellt. Heul halt! Ich geb' dir ... Uuunndddd ENDSPIEL, YEAH!" Wir spielten, als hätten wir Chilizäpfchen im Hintern gehabt. Was für ein Spaß! Was für ein Halligalli! Wie viele aufgeschlagene Knie! Und endlich gab es für mich Unsportliche mal etwas, was mein Ding war. Selbst wenn an meinen Kleidern gezerrt oder vor meinem Gesicht herumgehampelt wurde, um mich abzulenken, peitschten meine Bälle wie der geölte Blitz übers Netz und berührten nur haarscharf die Kante, ehe sie ins „Aus" schossen. Wurde allerdings ein solch schneller Angriff von mir erwartet, täuschte ich dies für einen Sekundensplitter an. Dazu riss ich meinen Schläger zurück, holte in der Luft weit aus und tat, als würde ich zum Schmettern ansetzen. Ging man mir auf den Leim und hielt großen Abstand zur Platte, lupfte ich den Ball schließlich besonders klein und knapp hinter dem Netz hinüber, dass an eine Revanche nicht mehr zu denken war. Und sogar mit meiner Rückhand konnte ich die Bälle astrein anschneiden, sodass sie auf der anderen Hälfte der Tischtennisplatte aufsprangen, indem sie sich drehten und abrupt die Richtung änderten. Fluchend schleuderten die anderen dann ihre Schläger von sich, während ich – *grins!* – weiterflitzte ...

„Mal darüber nachgedacht", fragt Erik, „warum bei uns alle Jungs Tischtennis gespielt haben?"

„--- ???"

„Die aus den anderen Klassen sind alle zusammen am Bolzen, nur die Jungs unserer Klasse sind an der Tischtennisplatte."

„Ja und?"

„Die haben wegen dir Tischtennis gespielt! Weil sie dir imponieren wollten. Weil sie dich ... – Das gibt's nicht, echt, hör erstmal zu, bevor du gleich wieder mit den Augen rollst!" Und dabei rollt er selbst mit den Augen! Schnappt sich seine Zigaretten, fieselt die Folie ab und steckt sich eine an. „Auch eine?"

„Nein. Danke."

„Stört's?"

„Passt."

Erik qualmt in die andere Richtung und folgt mit seinem Blick dem gekräuselten Rauch, der hoch zu den

Ventilatoren steigt und dort verwirbelt wird. „Es ging nicht um Tischtennis, Lena, es ging um dich. Und zwar nicht als Kumpel. Mensch, wir waren 13! Willst du mit mir gehen? – das wollten sie von dir. Aber rangekommen ist keiner an dich. Hast alles abgebügelt."

„Das ist doch Schmarrn, und das weißt du."

„Wenn du mir nicht glaubst, dann frag sie doch. Mirco. Karsten. Ben. Hier und heute. Vielleicht klingelt es dann bei dir."

Gar nichts brauche ich fragen. Ich war schließlich dabei! Mirco und ich im Endspiel, Mirco und die andern Mädels im Schulbus, auf seinem Schoß. Mir schenkte Karsten als Trostpflaster nach einer Niederlage seinen sogenannten „Kamikaze"-Schläger – zusammen mit einer selbst aufgenommen Kassette für die Martina aus der b-Klasse, die im zusammengelegten Religionsunterricht neben mir saß. „Best of Kuschelrock" hatte er in einer aufgepumpten 3-D-Schrift auf das Cover gemalt und jeden Titel mit Interpret und Dauer per Computer ausgedruckt. Wie sie ihn so findet, ob ich was weiß, hat sie schon mal was gesagt? Und dieses eine Mal mit Ben ... da waren wir eben *noch nicht* 13 gewesen. Und ich auch noch nicht die lange Latte ...

Zu Beginn der 5. Klasse bot unser Gymnasium Förderunterricht in Mathe und Englisch an. Und ich hatte gleich beide nötig. Allererste Englisch-Schulaufgabe: 4, in Mathe sogar – Schock! – 'ne glatte 5. An einem dieser Nachmittage war außer mir nur Ben zur Schule gekommen. Wo waren denn alle? Hatten wir was verpasst? Und wieso war das Schulhaus verschlossen? Kein Lehrer weit und breit. Mist, und jetzt muss es noch anfangen runterzukübeln! Wir drückten uns unter den Eingang und warteten ... brrr, kalt ... und warteten. Meine rechte Schulter war schon durchgeweicht, dass mein Anorak an mir klebte wie diese pappigen Algen aus dem Gardasee, als plötzlich – da! Schon wieder! – etwas meine linke Hand berührte. Und dann ... ließ Ben sie nicht mehr los ...

Es dämmerte bereits, als der Regen endlich aufgehört hatte und wir uns auf den Heimweg machten. Stillschweigend brachte Ben mich nach Hause. Dort standen wir vor unserer Tür und mir brizzelten die Fingerspitzen wie „Ahoj-Brause".

Bis Frau Bergkamp vorbeilief!

Und wir standen unter der Straßenlaterne wie im Flutlicht!

Und dann war Ben auf einmal so nah. „Hubba Bubba"-Atem-nah. Und so spitz die Lippen, *was muss ich jetzt machen???, woher weiß man das?!?!?!*, spitz ... und wie ein Saugnapf. Noch nie hatte ich so schnell den Schlüssel im Schloss und die Tür hinter mir zu.

Am nächsten Morgen schaffte ich es, meiner Mutter Halsschmerzen vorzuschwindeln. Nie wieder würde ich in die Schule gehen! Ab in die Hauptschule! Die 5 hatte ich ja schon. Aber als ich schließlich dennoch zurück in unsere Klasse musste, war aller Bammel umsonst gewesen. Ben war wie immer, alles cool, nichts gewesen, alles paletti ...

„Oder du fragst Oliver", sagt Erik, wobei er einen letzten langen Zug nimmt und dann den Zigarettenstummel im Aschenbecher zerdrückt, zerdreht und zerquetscht, als wär's ein hässliches Insekt. „Und was mir gerade kommt: Der Oliver, hatte der nicht sogar mal zusammen mit dir zur Schulfete gehen wollen? So viel zu deiner Immer-übrig-Version."

„Jetzt ist es schon eine Version?"

„Hatte er?"

„Was soll das Verhör?"

„Hast du von Oliver eine Einladung bekommen, ja oder nein?"

„Hm."

Einen Zettel hatte ich zugesteckt bekommen, ungefähr eine Woche vor den Weihnachtsferien der 9. Klasse. Es war tatsächlich eine Einladung zur Fete gewesen, die am Abend des ersten Ferientags im Schulhaus zugunsten der „Welthungerhilfe" stattfinden sollte. „Lust, mit mir zur Schulfete zu gehen?", stand auf dem Zettel und darunter waren mit dickem, schwarzem „Edding" drei Kästchen zum Ankreuzen gemalt: „JA", „NEIN" oder „VIELLEICHT", die Unterschrift: „Oliver!"

„Er hat dich eingeladen und du hast ihn eiskalt abblitzen lassen."

„Ich hab ihn nicht »eiskalt abblitzen lassen«! Ihn nicht und sonst keinen!"

Was hätte ich denn ankreuzen sollen? Wo ich gerade wieder einen Schuss in die Höhe gemacht hatte?! Mein verhasster Körper hörte einfach nicht auf! Alles würde lachen: „Zwick mich, da drüben, guck hin, wer da kommt!"

„Ist der krank? Was will der Olli mit der?"

„Was bildet die sich ein?"

„Huuhuu, Olli, was kostest'n du heut' die Stunde?"

„Ich brech weg! Pass auf, dass sie dir nicht auf den Kopf spuckt! Woahhahaha!!!"

Warum überhaupt hätte Oliver sich das antun wollen? Irgendwas anderes musste dahinterstecken. Ein Test, ein blöder Gag, 'ne verlorene Wette? Hatte meine Mutter seine angerufen? Erschieß mich, dann lieber doch eine Falle! „Versteckte Kamera!" Oder ... aber logo! Der Zettel hatte keinen Namen und war bloß aus Versehen bei mir gelandet ...

Dann kam die Fete. Und Oliver allein.

Die Aula platzte aus allen Nähten. Wer ist alles da, was haben die anderen an? Kein Cracker hätte sich noch auf die Tanzfläche knören können! Lichtorgel und Nebelmaschine, ein Bass, dass sich die Wände zusammenzogen, hineingeschmuggelter „Batida de Coco", die Mädels gelockt, gepufft, gehaarlackt, die Jungs mit hängender Latzhose oder „Starter"-Käppi. So musste es im „Airport" sein!

Auch wenn die Einladung gar nicht für mich gewesen war: Irgendwie konnte ich nicht anders, als immer wieder zu schauen, was Oliver so machte. Viel gab es jedoch nicht. Gangsterhart drückte er sich am Rand der Tanzfläche herum, ein paar Abstecher zum Klo, um heimlich zu rauchen, eine Runde mit Ben durchs Schulhaus, und nur ein einziges Mal, als der DJ „O.P.P." von „Naughty by Nature" aufgelegt hatte, wippte er zum Beat seinen Kopf. Ich hatte gerade meine Schicht in der Getränkeecke, Oliver wippte, ich fing an zu wippen, während ich schön unauffällig beobachtete, und – SNAPPP!!! – da hatte er mich! Die Welt stand still. Keine Musik mehr.

Niemand. Nur sein Blick ... Dann, ehe Oliver es tun konnte, zerriss ich den Faden zwischen uns.

Zehn Jahre her, und plötzlich bummbert mein Herz. Der Blick – die Einladung – was wenn ...

„Mich schon."

Wie-wo-was? „Nochmal, sorry, ich hab grad ... – was meinst du, was meinst du mit ..." *Und da zieht's dir die Latschen weg. Knall!neon!sprüh!spritz rattern die Dominosteine.* --- „Du?"

Und Erik!, der nickt!

„Ehrlich?!"

„Ehrlich. Allerdings ohne Chance. Du hast dir nie was aus mir gemacht."

„Ich hab nichts gemerkt."

„Bei anderen warst du auch nicht so blind. Ich sage nur: Brian. Wie du damals die Fotos von euch dabeihattest, echt!"

Dass er sich daran erinnert! Das war doch bloß, weil ich einmal hatte mitreden wollen. – Obwohl ich mir eigentlich hätte denken können, dass Svenia wieder mal ihren Mund, ihren dummen, aufreißen würde: „Ein Ami? Die sind ja an andere Dimensionen gewöhnt!"

„Und nicht viel später ist Christian aufgetaucht. Ab da war der Zug eh abgefahren. Was habe ich mir in den Arsch gebissen, dass ..."

„Aaaauuuuwhatthefuck ...!" Ich schnappe herum. Ich glaub', es hackt! Wenn der jetzt offen ist, ich schwör's, ich gong' ihr eins. Pfätzt die mir am BH!

Und mitten hinein quetscht Svenia sich. Und schokodunkel schnurrt sie zu Erik: „Klopf-Klopf, macht dein Mäuschen, du und ich, wohin entführst du mich noch?"

„Wohin, wieso?"

„In welchen Club. Hier machen sie zu. Alle sind am Abstimmen, »Maxim« oder »One«, wofür bist du?"

„Wofür bist du, Lena?"

Erik schaut mich an. Ich glotze ihn an. Und Svenia glotzt, als hätte er sie mit dem Gartenschlauch abgespritzt. Yes! G'scheit so, da hast du dein *„Mäuschen"*!

„Ganz ehrlich? Ich bin eigentlich gar nicht mehr so scharf auf Disko."

„Sicher?"

„Irgendwie schon."

„Wegen mir?"

„Bild' dir mal nichts ein."

„Ahh, die Frau Wegner hat schon wieder ihren Spott. Zwischen uns ist alles klar?"

„Klar!"

„Und dann gehst du nicht mehr mit? Auf, komm! Steilgehen!"

„WER geht hier nicht mehr mit?" So plötzlich, als hätte ihn da einer hingebeamt, steht Mirco neben mir.

„Ich?!"

„Klingt, als könnten wir dich überreden."

„Schon probiert", sagt Erik.

„Nichts zu machen?"

Ich schüttle den Kopf. „Ist aber nicht bös' gemeint."

„Wenigstens bist du nicht erst so ewig spät aufgetaucht wie der Knaller hier." Mirco wutscht Erik eins vor die Brust.

„Alter, echt!", und WUTSCH gibt's dasselbe zurück.

Sofort: *„Schlä-ge-rei!"*, kommen die Nächsten lachend herüber ...

... und wie im Zeitraffer ...

... ein Gewühl und ein Gewusel, eine letzte Runde Tequila aufs Haus ...

... sind alle da. Mirco lässt fürs „Maxim" und fürs „One" durchzählen, doch nur knapp die Hälfte ist überhaupt dabei. Der Rest hebt mit mir die Hand.

Und die Hände sind noch nicht ganz unten, da fangen sie schon an, die ersten Verabschiedungen. „Der Abend ist aber auch gerast ... Grüß deine Eltern ... Du deine ... Super Idee, Karin, super Ambiente, super, müsste man regelmäßig machen ... Bis zum nächsten Mal ..."

„Ich glaube", tippe ich Erik an, „dass ich es dann auch mal langsam packen werde."

„Schade. Echt! ... Dabei ist sogar Doppeldecker im »Maxim«. Muss ich wohl einen für dich mittrinken."

„Bloß kein Kristallweizen."

„Alte Lästerbacke! Soll ich dich noch irgendwohin bringen?"

„Nicht nötig. Ich nehme mir gleich ein Taxi."

„Dass wir uns aber nicht erst wieder in fünf Jahren sehen!"

„Weißt du was, dann sind wir 30!"

„Dreißig!!!"

„Eben."

„Und du passt gut auf dich auf?"

Von Hocker zu Hocker drückt er mich.

„Mach ich. Und euch noch viel Spaß! ... Und – danke. Für alles."

Und dann stehe ich auf. Verabschiede mich ringsum, wie ich dabei grinsen muss!, ich winke sogar!, und bin schließlich die Nächste, die --- geht.

Bis auf halbem Weg zu meiner Linken Svenia auf-
taucht. „Dass du dich ausklinkst? Vorm »Maxim« gibt's
doch eine Dachrinne, aus der ...“

„... ich trinken kann?!“ Und das klatscht wie eine Flie-
genpatsche. „Was Besseres ist dir auf die Schnelle nicht
eingefallen? Pech, mit so was kriegst du mich nicht mehr
klein!“

Und damit lasse ich sie einfach stehen. Päng, platt,
hinter mir. Und wie ich einen Fuß vor den anderen
setze, merke ich, wie sich in mir was streckt. Steißbein
... Schultern ... ich muss an den Moment denken, wenn
einem die Röntgen-Blei-Weste abgenommen wird ... bis
in den Atem hinein. Ich schnaufe durch, schnaufe alles
von mir ab. --- Wohlig-weiches Licht beginnt mich zu
durchfluten. Und als hätte sich ein Spalt geöffnet, spüre
ich von tief, tief drinnen: Meine 1,82 m sind schön. So
soll ich sein ...!

Ich will schon raus, *Quietsch,* macht der Türgriff, als
ich ihn runterdrücke, und – *Quietsch,* als ich ihn wieder zurückschnappen lasse: bloß ganz kurz ..., und mich
nochmal ins „Gecko“ herumdrehe. Mein Blick findet sie
sofort. Oliver, Mirco, Erik, und gleich daneben, beim
Bezahlen an der Theke, Karsten und Ben. –

Wahnsinn! ...

Ist alles, was ich denken kann.

Einfach Wahnsinn! ...

Für einen langen Blick sauge ich's wie in mich auf.

Dann – reiße ich mich los. Greife erneut nach der Tür,
mit Schmackes geöffnet, und zwei Schritte später schlägt
sie hinter mir ins Schloss.

Sternklare Frostnacht.

In Richtung Bahnhofsplatz mache ich mich auf zum nächsten Taxistand.

Eine Stille in den Straßen.

Nur reifbedeckte Dächer, Weihnachtsglanz und ein Himmel, dessen unendliches Sternenmeer diamantfunkelnd auf mich herabschillert.

„Hast du das gesehen, Opa, dein Mädle hat's geschafft!", juble ich nach oben. „Und wie! Jippie!" Und ich reiß' die Arme weit von mir und wirble um die eigene Achse. „Jetzt fange ich neu an! Kein Verstecken mehr. Ich muss mich nicht verstecken! Ein Glück, dass ich da war. Danke, Opa! Von Herzen danke."

Und immer schneller geht's die Wittelsbacher-Promenade hinab – juchhu! Und die rote Ampel überrannt! –, hinein ins Taxi und nur noch heim. Heim zu Christian, dem ich gleich alles brühwarm erzählen muss ...

„Pack die Badehose ein"

- PLING! -

„Sehr verehrte Gäste! Wir müssen Sie bitten, Ihre Rückenlehnen in eine aufrechte Position zu bringen und sich anzuschnallen. Wir haben die maximale Flughöhe inzwischen verlassen und werden in Kürze zur Landung auf Gran Canaria ansetzen. Die Mannschaft von »Hapag-Lloyd«, Ihrem Ferienflieger, bedankt sich bei Ihnen und hofft, dass Sie Ihre Zeit mit uns genießen konnten. Vielleicht sehen wir uns auf einem Ihrer nächsten Flüge wieder. – Wir würden uns freuen! Nun wünschen wir Ihnen einen angenehmen Aufenthalt und einen guten Rutsch ins neue Jahr bei 24 Grad! Danke schön und auf Wiedersehen!"

Vier-und-geile-zwan-zig-Grad! Und das ganze Flugzeug will gar nicht mehr aufhören zu klatschen.

„Gott! Bin ich hibbelig! Bin ich gespannt! Als du mir das gestern gesagt hast, ich habe gedacht, ich flippe!"

Christian lacht. „Ich hoffe bloß, dass ich uns keinen Kakerlakenbunker gebucht habe."

„Eine Woche Sonne! Eine Woche nur du und ich! Eine Woche mal gar nichts!"

„Feiern, Silvester, all-inclusive ..."

„... ich freu' und freu' und freu' mich ..."

„... wir lassen es uns gut gehen."

„Weißt du, das ist auch wieder so ein Grund, warum ich mir hundertpro sicher bin, dass Kinder noch nichts für mich sind. Egal was alle sagen. Ich will erst noch was sehen! So viel machen! Auch wenn ich bei deiner Mutter auf ewig unten durch bin."

„Mit ihr werde ich sowieso noch reden."

„Jetzt bist du fast mit dem Referendariat fertig und ich ..."

„... staubst bald die fette Kohle ab ..."

„... drück mir die Daumen –", grinse ich, „da will ich nicht gleich wieder sparen müssen."

„Haben wir auch lange genug gemacht."

„Ich brauche das noch. Sachen probieren können, kaufen, bestellen, ohne zu überlegen. Weggehen, Klamotten, Nagellack, lach nicht, Mädchenzeugs!"

„Wer lacht denn hier?! Die nächsten Jahre gehören uns. Wir holen alles nach!"

„Und wenn ich mich irgendwann umentscheide?"

„Dann entscheiden wir neu. Ist doch keine Tür zu, nur weil wir beide jetzt noch nicht ---"

--- Ohhhhh! --- Wow! Und diese Farben! Wir gleiten in einem tiefen Bogen über Gran Canaria. Zimtgepuderte Weite, durchsonnte und olivgraue Berge, dazu Bananenplantagen und Palmen in einem satten Grün. Silberstreifen auf dem Atlantik, der im luftigen Licht topasblau und smaragden lockt. Und wie Schulkreide die kleinen Ortschaften an der Küste.

Und da!!! – Strampeln und stampfen möcht' ich, so schön ist es! 'Ne Bombe möcht' ich machen, von hier oben in den Pool! – Das „Vistasol Resort".

Ich stehe auf dem Balkon unseres Hotelzimmers. Bis in den Himmel wölbt sich vor mir das Meer, das in kraftvollem Takt gegen den kilometerlangen Strand wogt. Palmen und blühende Oleander säumen die Wege der großzügigen Gartenanlage, blitzsauber aufgereihte Liegen und Sonnenschirme die Pool-Landschaft aus zwei großen und drei kleineren, ovalen Becken, die wie Minzbonbons in der Sonne glitzern. Salzige Luft, weiße Segelboote, Wärme, Freiheit, in der Ferne kreuzt ein Frachtschiff den Ozean.

Genussvoll schließe ich meine Augen. *Mmmmhhhh...* atme ich bis runter in die Zehenspitzen. Ich spüre den Wind in den Haaren und auf der Haut. Und ich strecke mich ihm entgegen, dass er mich durchpustet wie Wäsche auf der Leine. Sonnenstrahlen tänzeln auf meinen Lidern, das Kreischen der Möwen dringt vom Strand herüber und das Spritzen und Schäumen der Gischt. Welle für Welle rollt das Meer heran. Stetig. Urgewaltig.

Was bin ich für ein Würmchen!

Tag um Tag.

Jahrein, jahraus.

Auch wenn ich längst nicht mehr bin.

Und nimmt Sand und Steine rauschend und glucksend mit sich.

Wie ich so dastehe, werde ich innerlich ganz ruhig. Höre nur auf die Wellen. Ihr Auf und Ab. Ein Kommen und Gehen ... Wachsen und Sterben. – Was lebe ich also, als ob ich ewig Zeit hätte? Wenn man jemanden glücklich machen will, dann doch wohl sich selbst! Ab jetzt bin ich dran! Das neue Jahr wird mein Jahr. Alles steht mir offen. Und mit dem nächsten Atemzug spüre ich's in mir kräftig und klar: Ich werd's schaffen, was auch kommen mag! Ich bin gewollt, ich Würmchen ich, auf dieser wundervollen, phantastischen Erde! Alles wird sich finden – wann immer ich so weit bin ...

„Gefällt es dir?" Christian kommt raus auf den Balkon und legt von hinten die Arme um mich.

„Der Kakerlakenbunker oder was?!" – Und erst als Christian mich schon zu sich umdrehen will, lache ich los. „Hammer! Und wie es mir gefällt! Es ist so! so! schön! Traumhaft schön!"

„Puh! Ich hab schon gedacht ...!", lacht Christian mit, während er mich wieder zurück in seine Arme zieht und ich hineinschmelze, als wär's ein schaumbubbelndes Lavendelbad.

„Keine Sorge", schüttle ich den Kopf. „Alles ist gut." Und durchs Herz schwappt es mir wie Kakao mit samtiger Karamellsahne. „Du weißt gar nicht, wie gut!"